Auge um Auge

JACK HIGGINS

Auge um Auge

Roman

Aus dem Englischen von
Bernhard Kleinschmidt

RONDO

Die Originalausgabe erschien unter dem Titel
Edge of Danger
bei Harper Collins Publishers, London

Umwelthinweis:
Dieses Buch wurde auf chlor- und
säurefreiem Papier gedruckt.

Rondo ist ein Unternehmen der Heyne Verlagsgruppe, München
Satz: Schaber Satz- und Datentechnik, Wels
Druck und Bindung: Wiener Verlag, Himberg
Printed in Austria

ISBN 3-453-19950-2

Für Tess,
die meint, es wäre allmählich an der Zeit …

Am Anfang

I

Paul Rashid war einer der reichsten Engländer der Welt. Abgesehen davon war er zur Hälfte Araber. Kaum jemand hätte sagen können, welcher Teil seines genetischen Erbes einen größeren Einfluss auf sein Wesen hatte.

Pauls Vater war der Führer der Rashid-Beduinen in der Provinz Hazar am Persischen Golf gewesen. Durch Herkunft und Tradition zum Soldaten bestimmt, hatte man ihn als jungen Mann an die königliche Militärakademie in Sandhurst geschickt, wo er bei einem Ball Lady Kate Dauncey begegnet war, der Tochter des Earl of Loch Dhu. Pauls Vater war reich und sah gut aus, so dass sich die beiden trotz der offenkundigen Hindernisse ineinander verliebten. Obgleich beide Elternpaare anfangs Bedenken hatten, heirateten sie; anschließend pendelte Pauls Vater zwischen England und seiner Heimat, wie es die Umstände erforderten. Im Lauf der Jahre gingen vier Kinder aus der Ehe hervor: Paul als Ältester, Michael, George und Kate.

Die Kinder waren ungemein stolz auf die beiden Linien ihres Stammbaums. Aus Respekt gegenüber der illustren Geschichte ihrer omanischen Vorfahren sprachen sie fließend Arabisch und waren im Herzen echte Beduinen. Trotzdem war ihnen ihre englische Hälfte, wie Paul Rashid gerne betonte, genauso wichtig, und sie hüteten den Namen Dauncey und damit das Erbe einer der ältesten Familien Englands mit Leidenschaft.

Die beiden Traditionen - die des britischen Mittelalters und die der Beduinen - vermischten sich in ihrem Blut und brachten eine Wildheit hervor, die besonders bei Paul zu Tage trat.

Sichtbar wurde sie wohl am deutlichsten bei einem außergewöhnlichen Vorfall, der sich ereignete, als Paul, wie früher schon sein Vater, in Sandhurst war.

Weil er ein paar Tage frei hatte, fuhr er nach Hause. Damals war Michael achtzehn, George siebzehn und Kate zwölf.

Der Earl war an diesem Tag in London. Als Paul in Hampshire eintraf, saß seine Mutter in der Bibliothek von Dauncey Place und hatte blaue Flecke im Gesicht. Sie umarmte ihn schweigend, doch Kate sagte: »Er hat sie *geschlagen*, Paul. Dieser abscheuliche Mann hat Mummy geschlagen!«

Paul wandte sich an Michael und fragte ruhig: »Was ist passiert?«

»Fahrendes Volk«, erklärte sein Bruder. »Eine Gruppe hat sich am Wäldchen von Roundhay breit gemacht. Sie haben vier Wohnwagen und ein paar Pferde dabei. Ihre Hunde haben unsere Enten totgebissen, und da ist Mutter hingefahren, um mit ihnen zu sprechen.«

»Ihr habt sie allein dort hingelassen?«

»Nein, wir sind alle mitgefahren, sogar Kate. Die Männer haben uns ausgelacht, und als Mutter sie angefahren hat, hat der Anführer, ein aggressiver, riesiger Kerl, ihr ins Gesicht geschlagen.«

Paul Rashids Gesicht war sehr bleich. Mit düsterem Blick betrachtete er Michael und George. »Dieses Vieh hat sich an unserer Mutter vergriffen, und ihr habt das zugelassen?« Er schlug beiden ins Gesicht. »Ihr habt zwei Herzen, das der Rashids und das der Dauncey. Jetzt werde ich euch zeigen, wie ihr euch beiden würdig erweisen könnt.«

Seine Mutter packte ihn am Ärmel. »Bitte, Paul, mach keinen Ärger. Das ist es nicht wert.«

»Nicht wert, meinst du?« Sein Lächeln war furchtbar. »Da drüben ist ein Hund, der eine Lektion verdient hat. Ich habe vor, ihm die nun zu erteilen.« Damit drehte er sich um und führte seine Geschwister hinaus.

Die drei jungen Männer fuhren in einem Landrover zum Wäldchen von Roundhay. Paul hatte Kate verboten mitzukommen, doch als die anderen weg waren, sattelte sie ihre Lieblingsstute und folgte ihnen, indem sie quer über die Felder galoppierte.

Die Wohnwagen waren zu einem Kreis zusammengestellt. In der Mitte brannte ein großes Feuer, um das sich etwa ein Dutzend Männer und Frauen scharten, dazu mehrere Kinder, vier Pferde und ein paar Hunde.

Der große Mann, von dem Michael gesprochen hatte, hockte auf einer Kiste am Feuer und trank Tee. Als die drei jungen Männer zu ihm traten, hob er den Kopf.

»Was wollt ihr hier?«

»Wir kommen von Dauncey Place.«

»Ach, der edle Herr höchstpersönlich?« Der Mann warf seinen Kumpanen lachend einen Seitenblick zu. »Ist aber noch ein ziemlicher Pimpf, was?«

»Immerhin schlage ich Frauen nicht ins Gesicht. Ich versuche, wie ein Mann zu handeln, was man von dir nicht gerade sagen kann. Du hast einen Fehler gemacht, du Stück Dreck. Die Dame ist meine Mutter.«

»Hör mal, du kleiner Scheißer ...«, begann der große Mann, ohne seinen Satz je beenden zu können.

Paul Rashids Hand fuhr in die Tasche seiner Wachsjacke und brachte eine Jambiya zum Vorschein, das gebogene Messer der Beduinen. Seine Brüder taten es ihm gleich.

Während die anderen Fremden näher traten, ließ Paul seine Jambiya an der linken Schädelseite des großen Mannes herabzucken und trennte ihm so das Ohr ab. Einer der anderen Männer zog ein Messer aus der Tasche, doch Michael Rashid, erfüllt von einer Energie, die er noch nie gespürt hatte, führte einen seitlichen Stoß mit seiner Jambiya und schlitzte ihm die Wange auf. Der Mann heulte auf vor Schmerz.

Ein dritter ergriff einen Ast als Knüppel, um nach George zu schlagen, aber da rannte Kate Rashid aus ihrem Versteck, hob einen Stein auf und schleuderte ihn dem Mann mit einem schrillen arabischen Schrei mitten ins Gesicht.

So rasch, wie es begonnen hatte, war es vorbei. Die restlichen Mitglieder der Gruppe blieben argwöhnisch und schweigend stehen. Selbst aus der Schar der Frauen und Kinder erhob sich kein Schrei. Und dann riss plötzlich der Himmel auf und es begann in Strömen zu regnen. Der Anführer drückte sich ein schmieriges Taschentuch an das, was von seinem

Ohr noch übrig war, und stöhnte: »Das zahle ich dir heim.«

»Nein, das wirst du nicht«, sagte Paul Rashid. »Denn wenn du es noch einmal wagen solltest, in die Nähe unseres Anwesens oder meiner Mutter zu kommen, wirst du nicht nur dein anderes Ohr verlieren, sondern das Teil, das zwischen deinen Beinen hängt.«

Er wischte seine Jambiya an der Jacke des Mannes ab, dann zog er eine Walther-Pistole aus der Tasche und schoss zweimal in die Seite des Kessels, der über dem Feuer hing. Wasser strömte heraus und die Flammen erloschen.

»Ihr habt eine Stunde, um von hier zu verschwinden. Soweit ich weiß, kümmert man sich im Krankenhaus von Maudsley sogar um Gesindel wie euch. Aber ihr solltet mich ernst nehmen.« Er macht eine Pause. »Wenn ihr oder eure Freunde meine Mutter noch einmal behelligt, bringe ich euch um. Darauf könnt ihr Gift nehmen.«

Die drei jungen Männer fuhren durch den Regen davon, Kate folgte ihnen auf ihrem Pferd. Der Regen fiel in Strömen, als sie ins Dorf Dauncey kamen und das Pub ansteuerten, das »Dauncey Arms«. Paul hielt an, die drei Männer stiegen aus, und Kate glitt von ihrer Stute und band sie an einen kleinen Baum.

Im strömenden Regen blickte sie Paul mit sorgenvoller Miene an. »Es tut mir Leid, dass ich dir nicht gehorcht hab, Bruder.«

Doch Paul küsste sie auf beide Wangen und sagte: »Du warst großartig, kleine Schwester.« Unter den Blicken seiner Brüder hielt er sie einen Augenblick in den Armen, dann ließ er sie wieder los. »Und es ist höchste Zeit, dass du dein erstes Glas Champagner bekommst.«

Unter der Balkendecke der Gaststube stand eine wunderbare alte Mahagoni-Theke mit einem umfangreichen Arsenal an Flaschen; im Kamin brannte ein großes Holzfeuer. Die Hand voll einheimischer Männer, die an der Theke standen, drehten sich um und nahmen ihre Mützen ab. Die Wirtin, Betty Moody, die gerade Gläser polierte, blickte auf und sagte: »Ach ... Paul!« Ihr vertraulicher Ton war nicht ungewohnt. Sie kannte alle vier seit ihrer Kindheit und war sogar eine Zeit lang Pauls Kinderfrau gewesen. »Ich wusste gar nicht, dass du zu Hause bist.«

»Ein unvorhergesehener Besuch, Betty. Es gab ein paar Dinge, um die ich mich kümmern musste.«

Ihre Augen wurden hart. »Du meinst wohl das Gesindel am Wäldchen von Roundhay?«

»Woher weißt du denn von denen?«

»Hier im Pub erfährt man so ziemlich alles. Die gehen den Leuten hier schon seit Wochen auf die Nerven.«

»Na, sie werden niemanden mehr belästigen, Betty. Jetzt nicht mehr.« Paul legte seine Jambiya auf die Theke.

Von draußen drang das Geräusch vorbeifahrender Wagen herein, und einer der Männer ging zum Fenster. Dann drehte er sich um. »Mensch, das gibt's ja nicht. Das ganze Pack zieht ab.«

»Tja, das war zu erwarten«, sagte Michael.

Betty stellte ein Glas ab. »Niemand mag dich mehr als ich, Paul Rashid, abgesehen von deiner lieben Mutter, aber ich weiß auch, dass du ein hitziges Temperament hast. Hast du womöglich wieder was angestellt?«

»Dieser abscheuliche Mann ist auf Mummy losgegangen. Er hat sie geschlagen«, sagte Kate.

Es wurde still in der Gaststube, dann fragte Betty Moody: »*Was* hat er getan?«

»Es ist schon wieder in Ordnung. Paul hat ihm das Ohr abgehauen, und da haben sie sich davongemacht.« Kate lächelte. »Er hat sich großartig geschlagen.«

Das Schweigen im Raum war mit den Händen zu greifen. »Kate war aber auch nicht übel«, sagte Paul. »Sieht ganz so aus, als könnte unsere kleine Schwester gut mit Steinen umgehen. Also, Betty, meine Liebe, mach uns bitte eine Flasche Champagner auf. Eine anständige Portion Fleischpastete könnten wir auch gebrauchen.«

Betty hob die Hand und berührte sein Gesicht. »Ach, Paul, ich hätte es wissen müssen. Sonst noch etwas?«

»Ja, morgen fahre ich wieder nach Sandhurst. Hättest du vielleicht Zeit, mal zu schauen, ob Mutter Hilfe braucht? Übrigens tut es mir Leid, dass das Kind hier eigentlich zu jung ist, um in einem Pub zu sein.«

»Das macht nichts.« Betty öffnete den Kühlschrank und nahm eine Flasche Bollinger heraus. Sie tätschelte Kate den Kopf. »Komm zu mir hinter die Theke, Mädchen. Dann ist es völlig ordnungsgemäß.« Während sie die Flasche entkorkte, lächelte sie Paul an. »Liegt wohl in der Familie, was, Paul?«

»Ganz recht«, sagte Paul.

Später, nach dem Essen und dem Champagner, führte Paul seine Geschwister über die Straße und durch den Friedhof zum überdachten Eingang der Pfarrkirche von Dauncey, die aus dem zwölften Jahrhundert stammte.

Sie war ein sehr schöner, gotischer Bau mit einer gewölbten Decke. Der Regen hatte aufgehört, und ein wunderbares Licht fiel durch die bunten Glasfenster auf die Bänke und die marmornen Grabsteine und Steinfiguren, die an die lange Linie des Geschlechts der Daunceys erinnerten.

Ihr Adel war schottischer Herkunft. Bis zum Tod von Königin Elizabeth I. hatte das Familienoberhaupt Sir Paul Dauncey geheißen. Als König James VI. von Schottland zu James I. von England wurde, war sein guter Freund Sir Paul Dauncey einer der Männer, die von London nach Edinburgh ritten, um ihm die Nachricht zu überbringen. James I. ernannte ihn zum Earl von Loch Dhu, nach jenem »schwarzen See« oder »Ort des dunklen Wassers« in den westlichen Highlands. Da es dort allerdings meistens an sechs von sieben Tagen regnete, waren die Daunceys verständlicherweise lieber auf Dauncey Place geblieben und hatten das kleine, baufällige Schloss und das Anwesen von Loch Dhu mehr oder weniger sich selbst überlassen.

Der einzige bedeutsame Unterschied zwischen dem schottischen und dem englischen Adelstitel bestand darin, dass der schottische beim Ausbleiben eines männlichen Erben nicht verfiel. Gab es keinen Sohn in der Familie, ging er auf die weibliche Linie über. Als der Earl starb, wurde daher seine Tochter, Pauls Mutter, zur Countess. Paul erhielt vorläufig den Ehrentitel Viscount Dauncey, seine Brüder wurden mit »Honourable« angeredet, und die junge Kate wurde zu Lady Kate. Eines Tages würde Paul der Earl of Loch Dhu werden.

Ihre Schritte hallten, als sie durch den Seitengang schritten. Paul blieb neben einer herrlichen Statue stehen, die einen Ritter in Rüstung neben seiner Dame darstellte. »Ich glaube, er wäre heute zufrieden mit uns gewesen, meint ihr nicht?« Er zitierte einen Teil der Familiengeschichte, den sie alle kannten: »Sir Paul Dauncey, der in der Schlacht von Bosworth für Richard III. kämpfte, sich dann durch die feindlichen Reihen schlug und nach Frankreich entkam.«

»Später hat Henry Tudor ihn wieder ins Land gelassen«, sagte die junge Kate, »und ihm seinen Besitz wiedergegeben.«

»Worauf sich der Wahlspruch unserer Familie bezieht«, fügte Michael hinzu. *»Ich kehre immer zurück.«*

»Ja, das ist immer so gewesen.« Paul zog Kate zu sich heran und legte den Arm um seine Brüder. »Und immer gemeinsam. Wir sind Rashids und wir sind Daunceys. Immer gemeinsam.«

Er umarmte sie alle leidenschaftlich, und Kate weinte ein wenig und drückte sich an ihn.

Nach seiner Zeit in Sandhurst kam Paul zu den Grenadier Guards, leistete eine Zeit lang Dienst in Nordirland und wurde 1991 vom SAS, dem Special Air Service, einem auf Geheimoperationen spezialisierten Regiment der britischen Armee, im Golfkrieg eingesetzt.

Das war eine bittere Ironie, denn sein Vater war ein omanischer General und ein Freund von Saddam

Hussein. Zu Ausbildungszwecken zu den irakischen Streitkräften abkommandiert, geriet er ebenfalls in den Golfkrieg, wenn auch auf der anderen Seite. Dennoch stellte niemand Pauls Loyalität in Frage. Für den SAS, der ihn hinter den irakischen Linien einsetzte, war er von unschätzbarem Wert, und nach Kriegsende erhielt er eine Auszeichnung. Sein Vater hingegen war im Kampf gefallen.

Paul haderte nicht mit diesem Schicksal. »Vater war Soldat und hat das Risiko aller Soldaten auf sich genommen«, erklärte er seinen beiden Brüdern und seiner Schwester. »Ich bin Soldat und tue dasselbe.«

Auch Michael und George besuchten Sandhurst. Anschließend ging Michael an die Harvard Business School und George zu einem Fallschirmjägerregiment, mit dem er ebenfalls in Nordirland diente. Ihm genügte allerdings ein Jahr. Danach nahm er seinen Abschied und machte eine Ausbildung zum Vermögensverwalter.

Die junge Kate kam nach der St. Paul's Girls' School ans St. Hugh's College in Oxford. Anschließend begann ihre wilde Zeit, in deren Verlauf sie sich wie ein Wirbelsturm ihren Weg durch die Londoner Gesellschaft bahnte.

Als der alte Earl 1993 starb, hatte niemand das vorhergesehen. Es war einer jener Herzanfälle, die ohne Vorwarnung auftreten und in wenigen Sekunden zum Tod führen. Lady Kate war nun Countess of Loch Dhu. Sie begruben den alten Mann im Familienmausoleum auf dem Friedhof von Dauncey. Das ganze Dorf war da, doch es kamen auch viele Auswärtige, darunter Leute, die Paul noch nie gesehen hatte.

Im Großen Saal von Dauncey Place, wo der Empfang stattfand, suchte Paul nach seiner Mutter und sah, wie sich einer der Trauergäste über sie beugte, ein Mann im reiferen Alter. Paul blieb in der Nähe stehen und wartete, bis seine Mutter aufblickte.

»Paul, mein Lieber, ich möchte dir einen meiner ältesten Freunde vorstellen, Brigadier Charles Ferguson.«

Ferguson ergriff seine Hand. »Ich weiß alles über Sie. Ich war selbst bei den Grenadier Guards. Was Sie mit Colonel Tony Villiers hinter den irakischen Linien geleistet haben, war großartig. Das Military Cross, das Sie dafür bekommen haben, war nicht genug.«

»Sie kennen Colonel Villiers?«, fragte Paul.

»Schon sehr lange.«

»Sie wissen offenbar sehr gut Bescheid, Brigadier. Dieser SAS-Einsatz war streng geheim.«

»Charles und dein Großvater waren zusammen im Einsatz«, sagte seine Mutter. »An merkwürdigen Orten – in Aden, Oman, Borneo, Malaya. Jetzt leitet er einen speziellen Geheimdienst, der direkt dem Premierminister unterstellt ist.«

»Kate, das solltest du doch nicht herumerzählen«, mahnte Ferguson.

»Unsinn«, sagte sie. »Jeder, der etwas darstellt, weiß Bescheid.« Sie nahm seine Hand. »Er hat deinem Großvater in Borneo das Leben gerettet.«

»Und der hat meines gleich zweimal gerettet.« Ferguson drückte ihr einen Kuss auf die Stirn, dann wandte er sich Paul zu. »Wenn ich irgendetwas für Sie tun kann – hier ist meine Karte.«

Paul Rashid drückte ihm fest die Hand. »Man kann nie wissen, Brigadier. Womöglich komme ich eines Tages auf Ihr Angebot zurück.«

Als ältester Sohn erhielt Paul den Auftrag, nach London zu fahren, um sich mit dem Anwalt der Familie über das Testament des verstorbenen Earl zu beraten. Als er am späten Abend zurückkehrte, hatte sich die Familie vor dem Kamin im Großen Saal versammelt. Alle hoben erwartungsvoll den Kopf.

»Na, was gibt es Neues?«, fragte Michael.

»Tja, da du in Harvard ins Geschäftsleben eingeführt worden bist - was meinst du wohl, wie viel es ist?« Er bückte sich und gab seiner Mutter einen Kuss auf die Wange. »Mutter war wie üblich sehr unartig und hat mich nicht vorbereitet.«

»Worauf?«, wollte Michael wissen.

»Auf das Vermögen von Großvater. Ich hatte keine Ahnung, dass ihm ein großer Teil von Mayfair gehört hat. Etwa die Hälfte der Park Lane zum Beispiel.«

George flüsterte: »Um wie viel geht es?«

»Um dreihundertfünfzig Millionen Pfund.«

Pauls Schwester schnappte nach Luft; seine Mutter lächelte nur.

»Das hat mich auf eine Idee gebracht«, sagte Paul. »Mir ist eingefallen, wie wir das Geld sinnvoll anlegen können.«

»Was schlägst du vor?«, fragte Michael.

»Ich war nach meiner Zeit in Sandhurst in Nordirland«, erwiderte Paul, »und dann mit dem SAS am Persischen Golf. An schlechten Tagen schmerzt meine rechte Schulter noch immer von der Armalite-Kugel, die sie durchschlagen hat. Du warst ebenfalls in

Sandhurst, Michael, und in Harvard; George war ein Jahr mit seinem Fallschirmjägerregiment in Nordirland. Kate muss sich noch die Hörner abstoßen, aber ich glaube, wir können auf sie zählen.«

»Du hast uns noch nicht gesagt, wie deine Idee aussieht«, sagte Michael.

»Folgendermaßen: Es ist Zeit, dass wir uns zusammentun und einen Familienbetrieb gründen, eine Macht, mit der man rechnen muss. Wer sind wir? Wir sind Dauncevs, aber wir sind auch Rashids. Niemand hat mehr Einfluss am Persischen Golf als wir, und was begehrt die Welt momentan von dort am meisten? Öl. Vor allem die Amerikaner und Russen schnüffeln da schon seit Monaten herum und versuchen, Rechte für neue Bohrungen aufzukaufen. Um an Öl zu kommen, brauchen sie aber das Wohlwollen der Beduinen, und um in Kontakt mit den Beduinen zu kommen, brauchen sie uns. Sie müssen sich an uns wenden, an unsere Familie.«

»Um wie viel geht es dabei?«, fragte George.

Seine Mutter lachte. »Ich glaube, ich weiß es.«

»Sag's ihnen«, forderte Paul sie auf.

»Zwei Milliarden?«

»Drei«, sagte er. »In Pfund Sterling natürlich, nicht in Dollar.« Er griff nach einer Flasche Champagner. »Schließlich bin ich ein sehr britischer Araber.«

Mit klugen Investitionen und dem Einfluss der Beduinen im Rücken betrieben die Rashids die Erschließung neuer Ölfelder nördlich der Region Dhofar. Geld strömte in unglaublicher Menge herein. Die Amerikaner und Russen mussten tatsächlich mit der Familie verhandeln, auch wenn sie das nicht gerne taten. Außerdem halfen die Rashids dem Irak, seine Ölindustrie wieder in Gang zu bringen.

Die erste Milliarde war innerhalb von drei Jahren erreicht, die zweite nach zwei weiteren Jahren und auch die dritte würde nicht mehr lange auf sich warten lassen. George und Michael wurden gemeinsam zu Generaldirektoren von Rashid Investments ernannt, und die junge Kate Rashid, die inzwischen in Oxford ihren Master of Arts gemacht hatte, wurde zur geschäftsführenden Vorsitzenden. Alle Geschäftspartner, die glaubten, nur eine hübsche junge Frau in einem Armani-Kostüm und Schuhen von Manolo Blahnik vor sich zu haben, wurden rasch eines Besseren belehrt.

Paul zog es vor, im Schatten zu bleiben und aus dem Hintergrund die Fäden zu ziehen. Er verbrachte viel Zeit bei den Beduinen in Hazar. Für den Stamm der Rashid war er ein großer Krieger, der hin und wieder auf dem Kamel die Einöde durchstreifte, in der Großen Arabischen Wüste nach der alten Tradition der Beduinen lebte, bewacht von Stammesbrüdern mit von der erbarmungslosen Sonne verbrannten Gesichtern, und mit ihnen Datteln und Dörrfleisch aß.

Oft wurde er von seinen Brüdern begleitet oder von Kate, die die Einheimischen mit ihrer westlichen Lebensart schockierte. Dennoch konnte sie keiner ignorieren, denn inzwischen war ihr Bruder eine Legende mit mehr Macht als selbst der Sultan in Hazar, dessen Cousin zweiten Grades er war. Es ging das Gerücht, dass ihn der Ältestenrat eines Tages selbst zum Sultan wählen würde, doch vorläufig klammerte der alte Herrscher sich noch an die

Macht. Seine wichtigste Unterstützung waren die Hazar Scouts, eine von britischen Freiwilligen befehligte Truppe.

Dann kam die Nacht, als sich ein Hawk-Hubschrauber knatternd der Oase Shabwa näherte, in der Paul an einem lodernden Feuer vor seinem Zelt saß, und in einer Sandwolke landete.

Kamele und Esel liefen umher, Kinder schrien vor Freude und die Frauen schimpften sie. Michael, George und Kate stiegen in arabischer Kleidung aus dem Hubschrauber, und Paul begrüßte sie.

»Was wird das - ein Familientreffen?«

»Es gibt Probleme«, sagte Kate.

Er nahm sie an der Hand, führte sie zum Feuer und winkte eine der Frauen herbei, um Kaffee bringen zu lassen.

Kate nickte Michael zu. »Erzähl ihm deinen Teil zuerst.«

»Wir haben die dritte Milliarde erreicht«, sagte Michael.

»Also haben wir es endlich geschafft.« Paul drehte sich um. »Ich würde mich mehr freuen, wenn ich nicht auf die schlechte Nachricht warten müsste. Sag schon, Kate. Ich muss dir bloß ins Gesicht schauen, um herauszubekommen, ob gerade schlechtes Wetter ist, und momentan würde ich sagen, es regnet.«

»Hast du den Sultan in letzter Zeit gesehen?«

»Nein, er ist auf einer Wallfahrt zu den heiligen Quellen.«

»Zu den heiligen Quellen? Was für ein Witz. Die einzige Wallfahrt, die er gemacht hat, hat ihn nach Dubai geführt, wo er sich mit amerikanischen und russischen Politikern und Geschäftsleuten getroffen hat. Sie haben vereinbart, gemeinsam die Ölfelder in Hazar auszubeuten - ohne uns.«

»Das schaffen sie nicht ohne die Einwilligung der Beduinen, und die bekommen sie nicht ohne uns«, sagte Paul.

»Paul«, sagte Kate, »sie haben es doch geschafft. Der Sultan hat uns verkauft. Du weißt ja, wie sehr es den Amerikanern und Russen zuwider war, mit uns zu verhandeln. Tja, und nun haben sie uns ausgeschlossen. Sie werden auf uns herumtrampeln und auch auf den Beduinen. Ohne uns werden diese verfluchten Ölleute bohren, wo immer sie wollen, und die Araber können sich zum Teufel scheren.«

»Stimmt das, Michael?«, fragte Paul.

Michael nickte. »Sie werden die Wüste vergewaltigen, Paul, und wir können nicht das Geringste dagegen unternehmen.«

Paul nickte nachdenklich, während er im Feuer herumstocherte. »Sprich nicht so voreilig, Michael. Es gibt immer Dinge, die man tun kann, wenn man den Willen dazu hat.«

»Was willst du damit sagen?«, fragte George.

»Jetzt nicht«, sagte Paul. Er wandte sich an Kate. »Steht die Gulfstream am Air-Force-Stützpunkt in Haman?«

»Ja«, erwiderte Kate.

Er zog sie sanft an sich und gab ihr einen Kuss auf die Stirn. »Gute Nacht. Morgen sprechen wir weiter.«

Er nickte seinen Brüdern zu, und alle standen auf. Kate drehte sich um und ging davon. In diesem Augenblick geschah es: Aus dem Schatten sprang schreiend ein Beduine und rannte, die gekrümmte Jambiya hoch über den Kopf gehoben, auf die Brüder zu. Nur Kate stand ihm im Weg. Pauls Leibwächter hatten einen Moment lang nicht aufgepasst. Sie hatten ihre AK 47 auf den Boden gelegt und hielten Kaffeebecher in der Hand. Paul stürzte zu seiner Schwester, stieß sie zu Boden und zog seinen Browning aus dem Gürtel. In rascher Folge drückte er viermal ab, und der Angreifer fiel in den Sand.

Erneut ertönte ein schriller Schrei, und ein zweiter Mann stürmte mit erhobener Jambiya aus der Dunkelheit, wurde aber sofort von den Wachen überwältigt.

»Lasst ihn am Leben!«, rief Paul auf Arabisch. »Am Leben lassen!« Er wandte sich zu George um. »Finde heraus, wer er ist und woher er kommt!«

George lief zu den Wachen, die den Mann mühsam niederhielten, und Paul half Kate auf. »Alles in Ordnung? Bist du verletzt?«

Sie umarmte ihn und sagte auf Arabisch: »Nein, mein Bruder, dank dir.«

Er drückte sie an sich. »Ich kümmere mich um alles. Geh schlafen.«

Sie drehte sich zögernd um. Paul ging in den Schatten und hockte sich neben den zweiten Angreifer, den die Wachen nun auf dem Boden festhielten. Das Gesicht des Mannes sah zerfurcht und erschöpft aus. Die Pupillen seiner Augen waren klein wie Nadelköpfe, Schaum trat ihm aus dem Mund.

»Ein gedungener Mörder, berauscht von Quat«, sagte George.

Paul Rashid steckte sich eine Zigarette an und nickte. Quat war eine Droge aus den Blättern bestimmter Sträucher von Hazar. Viele seiner Leute waren davon abhängig. Und manchen verlieh sie gefährlichen Mut.

Im Fall dieses Mannes würde sie nur den Tod bringen.

»Tu, was du tun musst«, sagte Paul zu George.

Er ging zum Feuer zurück, ließ sich dort nieder und trank Kaffee. Kate erschien und setzte sich neben ihn. Aus dem Schatten drang zuerst Schmerzensgeheul, dann ein plötzlicher Aufschrei. Danach herrschte Stille. George und Michael kamen zum Feuer.

»Nun?«, fragte Paul.

»Das hat der Sultan im Auftrag der Amerikaner und Russen angezettelt. Die können es sich nicht leisten, dass wir am Leben bleiben.«

»Was für ein Pech für sie, dass sie keinen Erfolg hatten«, sagte Paul Rashid.

Eine Pause entstand; Michael und George setzten sich. »Was nun?«, fragte George.

»Zuerst mal ist es Zeit für einen neuen Sultan, denke ich«, sagte Paul. »Du hast den besten Kontakt zu unseren Leuten in Hazar. Kümmere dich darum. Aber es geht noch um etwas viel Wichtigeres. Lassen wir es zu, dass diese Großmächte unserem Volk so etwas antun? Lassen wir zu, dass sie unser Land zerstören? Lassen wir zu, dass sie uns attackieren? Nein, ich glaube, wir müssen sie attackieren.«

In diesem Augenblick läutete sein Handy. Er nahm es aus seinem Gewand. »Rashid.«

Im Schein des Feuers sahen seine Geschwister, wie sich sein Gesichtsausdruck abrupt veränderte. Seine Augen wurden zu schwarzen Löchern.

Er sagte: »Wir kommen so schnell wie möglich.«

Er schaltete das Telefon aus und reichte es Kate. »Ruf in Haman an. Sie sollen die Gulfstream startbereit machen. Wir fliegen sofort mit dem Hubschrauber hin.«

»Aber weshalb, Paul? Was ist passiert?«, wollte Kate wissen.

»Das war Betty Moody. Mutter ist etwas Furchtbares zugestoßen.«

2

Und tatsächlich war etwas Furchtbares geschehen. Auf der Heimfahrt nach Dauncey Place war Lady Kate frontal mit einem Wagen zusammengestoßen, der auf der falschen Straßenseite gefahren war. Die vier Rashids kamen zehn Minuten vor ihrem Tod im Krankenhaus an. Es war gerade genug Zeit, um neben ihr zu stehen und ihre Hände zu halten.

»Meine lieben Jungen«, sagte Lady Kate in ihrem schlechten Arabisch, über das sie immer gelacht hatten. »Meine wunderbare Tochter. Habt euch immer lieb.« Dann war sie tot.

Michael und George brachen in lautes Weinen aus, Kate hingegen nicht. Sie umklammerte Pauls Hand, als er sich niederbeugte, um seine Mutter auf die Stirn zu küssen. Ihre Augen brannten, doch die Tränen wollten nicht fließen. Die kamen später, als sie herausfanden, wer für den Unfall verantwortlich gewesen war.

Als sie den Namen hörten, war er mit weiteren schlechten Neuigkeiten verbunden. Ein Chief Inspector der Polizei von Hampshire berichtete, der Fahrer des anderen Wagens, ein gewisser Igor Gatow, sei auf dem Weg von London zu dem im Besitz der russischen Botschaft befindlichen Landsitz Knotsley Hall auf der falschen Straßenseite gefahren. Auch sei er eindeutig betrunken gewesen und habe überdies auf wundersame Weise bei dem Zusammenstoß nur geringe Verletzungen erlitten. Leider sei er jedoch Handelsattaché bei der russischen Botschaft in London und genieße daher diplomatische Immunität. Der Mann, der ihre Mutter auf dem Gewissen hatte, konnte also nicht vor ein englisches Gericht gestellt werden.

Aus Achtung vor dem christlichen Glauben ihrer Mutter bestatteten sie sie an einem Märznachmittag im Mausoleum neben der Pfarrkirche von Dauncey. Einer der führenden Imams von London beehrte die Trauergäste mit seiner Anwesenheit. Während sie am Grab standen, fühlten sich die drei Brüder und ihre junge Schwester stärker verbunden denn je.

Später, bei dem Empfang im Großen Saal von Dauncey Place, trat Charles Ferguson zu Paul Rashid. »Was für eine Schande, Paul«, sagte der Brigadier. »Es tut mir so Leid. Sie war eine großartige Frau.«

»Wissen Sie etwas, das Sie uns nicht sagen, Brigadier?«, fragte Kate.

Ferguson sah sie an. »Besuchen Sie mich einmal.«

Er ging davon. »Paul?«, sagte Kate.

»Sobald wir hier fertig sind«, antwortete ihr Bruder, »werden wir ihn aufsuchen.«

Zwei Tage später standen Paul und Kate Rashid vor der im georgianischen Stil gehaltenen Wohnung von Charles Ferguson am Londoner Cavendish Place. Als Fergusons Diener Kim, ein Gurkha, sie hereinbat, stellten sie fest, dass der Brigadier nicht allein war. Zwei weitere Gäste waren anwesend, einer davon ein kleiner Mann mit so hellem Haar, dass es fast weiß aussah.

»Lady Kate, das ist Sean Dillon. Er arbeitet für meine Abteilung«, sagte Ferguson. Dann stellte er den anderen Gast, eine rothaarige Frau, vor. »Detective Superintendent Hannah Bernstein vom Special Branch bei Scotland Yard. Lord Loch Dhu, was kann ich Ihnen anbieten? Vielleicht ein Glas Champagner?«

»Nein, danke. Vielleicht für meine Schwester, aber ich hätte lieber einen guten irischen Whiskey, wie Mr. Dillon ihn sich gerade einschenkt. Ich sehe, es ist Bushmills.«

»Guter Geschmack«, meinte Dillon, »aber zuerst kommen die Damen.« Er goss Champagner ein.

»Sie haben in Oxford studiert, nicht wahr?«, fragte Hannah Bernstein Kate. »Ich war in Cambridge.«

»Nun, das ist nicht Ihr Fehler«, erwiderte Kate mit einem leichten Lächeln.

»Ich war mit den Grenadier Guards und dem SAS in Nordirland«, sagte ihr Bruder. »Dort habe ich allerhand Geschichten über Sean Dillon gehört.«

»Wahrscheinlich stimmen sie alle«, kommentierte Hannah Bernstein mit einem Unterton, den Rashid nicht deuten konnte.

»Hören Sie nicht auf sie«, sagte Dillon. »Für Hannah werde ich immer der Mann mit dem schwarzen Hut sein. Aber für Sie und mich, Major, und für alle Soldaten sind wir diejenigen, die sich mit dem Mist beschäftigen, dem die Allgemeinheit machtlos gegenübersteht. So viel zum Thema Smalltalk«, fügte er hinzu und drehte sich zu Kate um. »Meinen Sie nicht auch?«

Kate war nicht im mindesten beleidigt. »Durchaus.«

»Also«, sagte Paul Rashid, »Igor Gatow, Handelsattaché an der russischen Botschaft, bringt meine

Mutter um, indem er betrunken auf der falschen Straßenseite fährt. Die Polizei sagt, er genießt diplomatische Immunität.«

»Leider ja.«

»Ist er nach Moskau zurückgekehrt?«

»Nein, man braucht ihn hier«, erklärte Ferguson.

»Man braucht ihn?«, fragte Paul.

»Der Geheimdienst Ihrer Majestät wird sich nicht freuen, dass ich Ihnen das erzähle, aber mit dem bin ich ohnehin nicht gut Freund. Klären Sie ihn auf, Superintendent.«

»Wie weit soll ich gehen?«, fragte Hannah Bernstein.

»So weit es nötig ist«, sagte Dillon. »Da bringt dieser russische Mistkerl eine großartige Frau um und kommt ungeschoren davon.« Er goss sich noch einen Bushmills ein, prostete Kate zu, wandte sich an Paul Rashid und sagte in gutem Arabisch: »Gatow ist ein Spitzenmann. Wenn Miss Bernstein zögert, sollten Sie ihr das nicht übel nehmen. Sie ist eine empfindsame Seele. Ihr Großvater ist Rabbi.«

»Und mein Vater war ein Scheich«, sagte Paul Rashid auf Hebräisch zu ihr. »Vielleicht haben wir viel gemein.«

Ihr Erstaunen war nicht zu übersehen. »Ich weiß nicht recht, was ich sagen soll«, erwiderte sie in derselben Sprache.

»Ich schon«, mischte Dillon sich auf Englisch ein. »Nicht nur die russische Botschaft schützt Gatow vor dem Arm des Gesetzes. Auch die Amerikaner haben ihre Hand im Spiel.«

Eine Pause entstand. »Was bedeutet das?«, fragte Paul Rashid schließlich.

»Wie Sie wissen«, erwiderte Hannah, »treten sich die Amerikaner und die Russen in Südarabien meist als Rivalen gegenüber, aber sie arbeiten auch zusammen, wenn es ihnen nützt.«

»Das ist mir bekannt«, sagte Paul, »aber was hat das mit dem Tod meiner Mutter zu tun?«

Dillon erklärte es ihm, und zwar auf Arabisch. »Dieser Scheißkerl ist ein Doppelagent. Er arbeitet gleichzeitig für die Amerikaner. Deshalb wollen ihn nicht nur die Russen nicht vor Gericht sehen, sondern auch die Yanks. Er ist einfach zu wichtig.«

»Zu wichtig in welcher Hinsicht?«, fragte Paul Rashid.

Ferguson mischte sich ein. »Die Amerikaner und die Russen arbeiten an irgendeinem großen Ölgeschäft, das Gatow vermittelt hat. Er steckt mittendrin, und es geht um Milliarden.«

»Das stimmt«, sagte Dillon. »*Arabia felix*, glückliches Arabien, so hat man es früher einmal genannt.«

Kate Rashid, die bislang schweigend zugehört hatte, fragte: »Es geht also um Geld?«

»Offenbar«, sagte Dillon.

»Und damit ihre Geschäfte nicht gestört werden, wollen die Amerikaner und die Russen den Tod meiner Mutter lediglich als eine Unannehmlichkeit behandeln?«

»Als eine ernste Unannehmlichkeit.«

Sie schwieg und warf einen Blick auf ihren Bruder, der nickte. Dann sagte sie: »Vor einigen Tagen ist in der Oase Shabwa etwas sehr Interessantes vorgefallen. Wussten Sie, Brigadier, dass der Sultan von Hazar sich nicht nur mit einer großen amerikanischen Ölgesellschaft verbündet hat, sondern auch mit einer russischen?«

Ferguson runzelte die Stirn. »Nein, das ist mir neu.«

»Zwei Attentäter haben versucht, meinen Bruder umzubringen. Das war in der Nacht, in der wir vom Unfall meiner Mutter erfuhren.« Sie nickte Dillon zu. »Der eine hätte mich beinahe getötet. Mein Bruder hat mir das Leben gerettet und ihn erschossen.«

»Interessant an der Sache ist Folgendes: Wie wir herausbekommen haben, hatte der Sultan selbst meinen Tod befohlen, und zwar im Auftrag der Amerikaner und Russen«, fügte Paul Rashid hinzu.

Ferguson nickte. »Die Attentäter haben Ihnen alles gebeichtet?«

»Natürlich«, warf Dillon ein.

»Wollen Sie damit andeuten, dass der Tod Ihrer Mutter kein Zufall war?«, fragte Ferguson.

»Nein«, sagte Paul. »Die Polizei hat uns den Unfallhergang genau erläutert und außerdem weiß ich nicht, was diese Hunde durch die Ermordung meiner Mutter gewonnen hätten. Klar ist allerdings, dass ihnen ein Leben nicht viel bedeutet. Ich werde ihnen zeigen, dass wir anders denken.«

Paul stand auf und streckte seine Hand aus. »Herzlichen Dank für die Informationen, Brigadier.« Er wandte sich Dillon zu. »Als ich mit den Guards in South Armagh war, hat ein loyalistischer Politiker einmal zu mir gesagt, Wyatt Earp habe zwanzig Männer auf dem Kerbholz gehabt, während Sean Dillon die genaue Zahl nicht einmal kenne.«

»Eine leichte Übertreibung«, meinte Dillon. »Glaube ich wenigstens.«

Rashid lächelte allen Anwesenden zu und machte dann Anstalten, Kim zur Tür zu folgen. Kate bot Dillon die Hand. »Sie sind ein sehr interessanter Mann.«

»Das haben Sie nett gesagt.« Er küsste ihr die Hand. »Und Sie sind eine schöne Frau.«

»Das ist meine Schwester, Mr. Dillon«, sagte Paul Rashid.

»Wie könnte ich das je vergessen?«

Paul und Kate gingen. Noch bevor Ferguson etwas sagen konnte, läutete sein rotes Telefon. Er hob ab, lauschte, stellte einige Fragen und legte den Hörer mit ernstem Gesicht wieder auf.

»Offenbar ist der Sultan von Hazar soeben ermordet worden.« Er blickte Dillon an. »Ein bemerkenswerter Zufall, meinen Sie nicht auch?«

Der Ire steckte sich eine Zigarette an. »Bemerkenswert ist das richtige Wort.« Er blies den Rauch aus. »Eines kann ich Ihnen sagen: Igor Gatow tut mir jetzt schon Leid.«

Am selben Abend fand im Dorchester eine festliche Veranstaltung statt – eine politische Zusammenkunft –, der auch der Premierminister beiwohnte. Ferguson, Bernstein und Dillon waren zu seinem Schutz aufgeboten, was sie nicht ohne ein gewisses Murren akzeptiert hatten.

Dillon und Bernstein betraten den Ballsaal des Hotels durch den Eingang in der Park Lane, überprüften die Vorkehrungen und folgten Ferguson, da alles in Ordnung war.

In der Bar sahen sie den Earl of Loch Dhu und seine Schwester stehen.

»Denen entkommen wir heute offenbar nicht mehr«, sagte Ferguson. »Ich werde mich mit Hannah weiter umsehen. Schauen Sie, ob Sie noch was herausbekommen können, Dillon.«

Kate und Paul Rashid standen nebeneinander und beobachteten die anderen Gäste, als Dillon zu ihnen trat und sagte: »Was für ein Zufall.«

»Ich habe noch nie an Zufälle geglaubt, Mr. Dillon«, meinte Paul Rashid. »Sie etwa?«

»Komisch, dass Sie das sagen. Ich bin zwar Zyniker wie Sie, aber heute ...«

In diesem Moment unterbrach sie ein junger Mann. »Mylord, der Premierminister würde gern kurz mit Ihnen sprechen.«

»Es tut mir unendlich Leid, Mr. Dillon, aber wir müssen unsere Unterhaltung vorläufig verschieben«, sagte Rashid. »Ich würde mich allerdings freuen, wenn Sie sich ein wenig um meine Schwester kümmern.«

»Das ist eine Ehre für mich.«

Paul Rashid ging davon und Kate sagte zu Dillon: »Tja, wenn Sie sich schon um mich kümmern, wie wäre es mit einem weiteren Drink?«

Dillon wandte sich gerade ab, um ihr ein Glas zu holen, als ein ziemlich großer Mann mit gerötetem Gesicht erschien und Kate von hinten umarmte. »Kate, mein Schatz«, sagte er mit dröhnender Stimme.

Da Dillon merkte, dass er jetzt keine Chance hatte, mit ihr zu sprechen, entschloss er sich zu gehen – allerdings nicht ohne dabei auf den rechten Fuß des Mannes zu treten. Der ließ Kate los. »Sie verfluchter Tollpatsch!«

Dillon lächelte. »Es tut mir furchtbar Leid.« Er verbeugte sich vor Kate. »Ich bin in der Piano-Bar.«

Er ging durchs Hauptgebäude des Hotels zur Piano-Bar, wo es angesichts der frühen Stunde noch ruhig war. Giuliano, der Geschäftsführer, begrüßte ihn herzlich, denn die beiden waren alte Freunde.

»Ein Glas Champagner?«

»Warum nicht?«, sagte Dillon. »Dafür spiele ich dir was auf dem Klavier vor, bis der Pianist auftaucht.«

Er spielte gerade eine Melodie von Gershwin, als Kate Rashid erschien.

»Offenbar sind Sie ein Mann mit vielen Begabungen.«

»Ich spiele nur ein wenig Barpiano, das ist alles, Ma'am. Was ist aus dem Gentleman von vorhin geworden?«

»Dieser Gentleman – ich benutze den Begriff nicht allzu gern – war Lord Gravely, ein Peer auf Lebenszeit, der sich im Oberhaus häuslich niedergelassen hat und dort nicht viel Gutes tut.«

»Ich nehme an, Ihr Bruder ist nicht gerade glücklich über sein Interesse an Ihnen.«

»Das ist eine Untertreibung. Sagen Sie, mussten Sie ihm wirklich auf den Fuß treten?«

»Allerdings.«

»Na, ich habe mich darüber gefreut. Der Mann ist ein echter Widerling. Er betatscht mich laufend und fummelt an mir herum. Wenn man nein sagt, hört er einfach weg. Ein schmerzender Fuß ist das Mindeste, was er verdient hat.«

Sie griff nach Dillons Champagnerglas und leerte es mit einem Zug. »Eigentlich bin ich nur hergekommen, um mich kurz zu bedanken. Jetzt muss ich weg. Ich habe meinen Wagen für sieben Uhr bestellt.«

Da keine weitere Unterhaltung möglich war, lächelte Dillon. »Es war mir ein Vergnügen.«

Kate ging. Als Dillon am Ende des Stücks angelangt war, beschloss er, ihr zu folgen. Er wusste nicht genau, weshalb er das tat, aber irgendwie hatte er das Gefühl, es gäbe noch etwas zu erledigen.

Er trat aus dem Haupteingang, bog rechts in die Park Lane ein und sah dort eine Reihe Limousinen, die die Gäste des Empfangs am Eingang des Ballsaals abholten. Lady Kate Rashid stand auf dem Gehsteig, einen Schal um die Schultern, als plötzlich Lord Gravely wieder auftauchte. Er legte den Arm um sie, zog sie zu sich heran und flüsterte ihr etwas ins Ohr. Sie wehrte sich, und dann geschahen gleichzeitig zwei Dinge. Paul Rashids Daimler schnurrte an den Bordstein. Noch während Rashid, der auf dem Rücksitz saß, hastig ausstieg, trat Dillon auf Gravely zu und presste ihm beide Fäuste in die Nieren. Gravely schrie auf und ließ Kate los. Ihr Bruder zog sie in den Wagen. Wütend wollte Gravely auf Dillon losgehen, der sich jedoch zur Seite drehte und ihm dabei den Ellbogen an den Kiefer rammte, worauf Seine Lordschaft aufs Pflaster stürzte.

Während die Limousine davonfuhr, blickte Rashid aus dem Rückfenster und sah, wie Dillon in der Menge verschwand, während ein Polizist auf Gravely zutrat. »Ein bemerkenswerter Mann, dieser Dillon. Ich schulde ihm etwas. Alles in Ordnung?«

»Ja. Abgesehen davon bin ich diejenige, die ihm etwas schuldet.«

»Du magst ihn?«

»Sehr sogar.«

»Ich lasse ihn gründlich durchleuchten.«

»Nein, Paul, darum kümmere ich mich selbst.«

Nach einem Gespräch mit ihren Rechtsanwälten fuhren die beiden am folgenden Vormittag zu Dauncey Place. Paul hatte seine Brüder vorher angerufen, um sie ebenfalls dorthin zu bestellen. Sie hatten Betty

Moody Fotos von Gatow überlassen, und Betty wiederum hatte mit den Dorfbewohnern gesprochen.

Als Paul sie am Abend in ihrem Pub aufsuchte, reichte sie ihm sein gewohntes Glas Champagner und sagte mit leiser Stimme: »Er ist im Dorf, Paul. Gegen Mittag ist er mit ein paar Leuten von der russischen Botschaft hier angekommen.«

»Gut.« Er kostete den Champagner.

»Was hast du vor?«, wollte sie wissen.

»Ich werde ihn hinrichten«, erwiderte er und lächelte, als sie scharf die Luft einsog.

Später am Abend sprach er im Großen Saal mit seinen Brüdern. Auch Betty war da, um eine brandneue Information zu übermitteln, die sie im Pub bei einer Unterhaltung von Bediensteten von Knotsley Hall belauscht hatte: Gatow würde um elf Uhr nach London fahren, um dort die Nacht zu verbringen.

Paul Rashid erklärte seinen Brüdern, was er vorhatte. Kate hatte er bewusst ausgeschlossen. »Ich will sie da nicht mit hineinziehen«, sagte er. »Das ist Männersache.«

Er wusste nicht, dass Kate oben auf der Galerie stand und lauschte. Sie wollte gerade wütend protestieren, als Betty hinter ihr auftauchte und ihr eine Hand auf die Schulter legte. »Benimm dich, Mädchen. Deine Brüder begeben sich in große Gefahr. Da können sie es nicht brauchen, dass du ihnen in den Weg kommst.«

Und Lady Kate Rashid wurde vorübergehend wieder zum Kind und tat, was man ihr aufgetragen hatte.

Am selben Abend fuhr Igor Gatow auf der engen Landstraße um eine Kurve und sah einen Lieferwagen im Straßengraben. Eine Gestalt lag mitten auf der

Straße. Gatow stieg aus seinem BMW, ging hin und beugte sich über die Gestalt auf dem Boden. Es war Paul Rashid, der ihm einen Schlag an den Hals versetzte.

Paul und seine Brüder hatten die schwarzen Overalls der britischen Sondereinheiten an. Michael und Paul trugen den halb bewusstlosen Gatow zu seinem BMW und schoben ihn hinters Lenkrad.

George ging zum Lieferwagen, legte den Rückwärtsgang ein und steuerte ihn aus dem Graben. Paul Rashid nahm eine Flasche aus seinem Overall und übergoss Gatow mit Benzin.

»Feuer reinigt, heißt es im Koran«, sagte er. Dann ließ er den Motor des BMWs an und löste die Handbremse. »Das bringt unsere Mutter nicht zurück, aber es ist besser als nichts.«

Er schnippte sein Feuerzeug an und führte die Flamme an den Saum von Gatows benzingetränktem Jackett, das sofort zu brennen begann. Dann schoben George und Michael den Wagen an, der den Abhang hinunterrollte und auf die Mauer einer alten Steinbrücke prallte, wo er sich in einen Feuerball verwandelte.

Am folgenden Vormittag brachte Hannah Bernstein den Ausdruck einer Mitteilung zu Ferguson, der in seinem Büro im Verteidigungsministerium saß. Sie bezog sich auf den schrecklichen Unfall, bei dem Igor Gatow verbrannt war.

»Meine Güte«, sagte Ferguson, »noch ein bemerkenswerter Zufall.«

Sean Dillon, der am Türrahmen lehnte, steckte sich eine Zigarette an. »Die Frage ist: Welchen Zufall haben wir als Nächstes zu erwarten?«

Paul Rashid saß mit seinen Geschwistern im Salon von Kates Haus in der South Audley Street. »Gatow ist tot«, sagte er. »Auch der Sultan ist tot. Solche Hinrichtungen sind richtig und gerecht. Aber sie reichen nicht aus.«

»Was willst du damit sagen, Paul?«, fragte Michael.

»Ich will damit sagen, dass es einfach nicht ausreicht, zwei unbedeutende Männer zu beseitigen. Den Tod dieser beiden wird man rasch kompensieren, und die Großmächte werden weiter arrogant auf der ganzen Welt herumtrampeln, als wäre nichts geschehen. Amerika und Russland, die beiden Hälften des großen Satans, haben die arabische Kultur angegriffen. Sie haben die Beduinen hintergangen, den Leuten in Arabien und Hazar mit List und Tücke weggenommen, was ihnen - und uns - rechtmäßig gehört. Wir müssen ihnen einen Denkzettel verpassen, den sie nie vergessen werden.«

»Was hast du vor?«, fragte George.

»Erstens: Kate, du nimmst Kontakt mit unseren Freunden in der Armee Allahs, dem Schwert Gottes und der Hisbollah auf. Sie sollen überall lautstark dagegen protestieren, dass die USA und Russland versuchen, Arabien auszuplündern. Und sie sollen überall so viel Schaden anrichten wie irgend möglich.«

»Und dann?«, fragte Michael.

»Dann ermorden wir den Präsidenten der Vereinigten Staaten.«

Einen Moment lang herrschte fassungsloses Schweigen. Dann flüsterte Michael: »Aber weshalb, Paul?«

»Weil Gatow nur ein Handlanger war und der Sultan nicht mehr als eine Schachfigur. Weil es nichts nützt, nur die Nebenfiguren umzubringen. Wenn wir jetzt nicht mit dem Fuß aufstampfen, und zwar *hörbar,* werden die Großmächte nie etwas begreifen. Sie werden uns nie in Frieden lassen. Wenn die Sache richtig eingefädelt ist, wird der Tod von Präsident Jack Cazalet der Welt ein für allemal vor Augen führen, dass Arabien den Arabern gehört. Schließlich bezeichnet man den amerikanischen Präsidenten als den mächtigsten Mann der Welt, nicht wahr? Natürlich könnten wir stattdessen auch den russischen Ministerpräsidenten töten - der ist genauso schuldig -, aber der Tod von Cazalet wird wesentlich mehr Wirkung zeigen.«

Wieder herrschte Schweigen. Schließlich sagte Michael: »Das meinst du ernst, oder?«

»Ja, Michael. Absolut. Es ist Zeit, endlich Stellung zu beziehen.« Er sah seinen Bruder scharf an. »Wir tun es für die Beduinen.« Er richtete den Blick auf George. »Wir tun es für Hazar.« Er ließ den Blick auf Kate ruhen, und sie erwiderte ihn. So saßen die beiden einen Moment da, der allen wie eine kleine Ewigkeit erschien. Schließlich sagte Paul: »Wir tun es für Mutter.« Das raue Flüstern schien den gesamten Raum zu erfüllen.

Nach einem Augenblick fragte Kate: »Aber wer soll das versuchen?«

»Ein Söldner. Da der Friedensprozess in Nordirland allmählich zu greifen beginnt, sind eine Menge exzellenter IRA-Killer ohne Arbeit.« Er zog einen Umschlag hervor und reichte ihn ihr. »Dieser Mann, ein gewisser Aidan Bell, hat die besten Referenzen. Er hält sich im Südosten von Nordirland auf, im County Down. Offenbar hat er für die Tschetschenen einen russischen General erschossen und dessen Begleiter in die Luft gesprengt. Er ist also bereit, ein gewisses Risiko einzugehen. Spür ihn auf, Kate. Nimm George mit. Er war als Soldat drüben und kennt sich aus.«

Es gab kein Zögern mehr. Die Entscheidung war gefallen. »In Ordnung, Bruder.«

»Noch etwas.« Paul steckte sich eine Zigarette an. »Du magst Sean Dillon?«

»Das habe ich dir ja schon gesagt.«

»Nimm Kontakt mit ihm auf. Du kannst bestimmt ein zufälliges Treffen arrangieren. Denk dir eine Geschichte aus, um herauszubekommen, was er über Aidan Bell weiß.«

Sie lächelte. »Es wird mir ein Vergnügen sein.«

»Schön, aber übertreib es nicht.« Er erwiderte ihr Lächeln.

London
County Down (Nordirland)

3

Kate Rashid studierte die Informationen, die ihr Bruder beschafft hatte. Sie waren gut und detailliert. Aidan Bell war achtundvierzig Jahre alt. Mit zwanzig war er der IRA beigetreten. Er hatte keinen einzigen Tag im Gefängnis gesessen und jahrelang der Irischen Nationalen Befreiungsarmee angehört, einer überaus extremistischen Organisation. Obgleich er oft mit der Provisional IRA aneinander geraten war, war ihm im Verlauf seiner Karriere eine Reihe wichtiger Anschläge gelungen.

Am interessantesten war die Tatsache, dass er in all den Jahren auch als bezahlter Söldner für viele ausländische Revolutionsbewegungen tätig gewesen war.

Kate überließ die Angelegenheit ihrem Sicherheitschef bei Rashid Investments, zu dem sie großes Vertrauen hatte. Er war ein früherer Fallschirmjäger namens Frank Kelly. Nicht, dass sie sich ganz auf ihn verlassen hätte; so sehr vertraute sie keinem ihrer Angestellten. Sie hoffte inständig, dass sich bald eine Gelegenheit ergab, Dillon rein »zufällig« wiederzutreffen. Schon am folgenden Montagabend war es soweit.

Kelly rief sie in ihrem Haus in der South Audley Street an, das nur fünf Minuten vom Dorchester entfernt war. »Dillon hat soeben die Piano-Bar betreten. Offenbar hat er heute seinen freien Abend. Er trägt einen dunkelblauen Anzug und eine Krawatte in den Farben der Grenadier Guards.«

»Aber er war doch gar nicht bei den Guards.«

»Wahrscheinlich will er jemanden verarschen, wenn Sie mir den Ausdruck verzeihen, Ma'am. Ich war viele Jahre mit den Fallschirmjägern in Nordirland und habe da allerhand über diesen Burschen gehört.«

»Mir war gar nicht bewusst, dass Sie drüben waren. Haben Sie meinen Bruder George dort kennen gelernt?«

»Ja, Ma'am. Der war allerdings ein paar Ränge über mir. Er war Second Lieutenant und ich bloß Sergeant.«

»Schön. Haben Sie einen Wagen dabei?«

»Einen Benz von der Firma.«

»Holen Sie mich ab. Sie können mit ins Dorchester kommen und auf mich warten. Sie persönlich, Kelly; ich will niemand anders dabei haben.«

»Lady Kate, ich würde es mir nicht einmal im Traum einfallen lassen, jemand anders damit zu beauftragen.«

Wenig später holte Kelly sie ab. Er war gut gekleidet, kaum größer als einen Meter siebzig, hatte ein ehrliches, hartes Gesicht und kurz geschorenes Haar – ein Überbleibsel aus seiner Zeit bei der Armee. Nachdem er sie am Eingang des Dorchester abgesetzt hatte, parkte er den Wagen auf einem der für VIP-Gäste reservierten Stellplätze.

Kate, die einen flotten schwarzen Hosenanzug gewählt hatte, trat durch die Drehtür. Als sie in die Bar kam, hörte sie Musik, und tatsächlich saß Dillon wieder am Klavier und spielte.

Giuliano tauchte auf. »Lady Kate, welch ein Vergnügen. Ihr gewohnter Tisch?«

»Nein, den da hinten links am Klavier. Ich möchte mich ein wenig mit dem Pianisten unterhalten.«

»Ah, mit Mr. Dillon. Er spielt gut, nicht wahr? Ab und zu setzt er sich ans Klavier, bis unser eigentlicher Pianist kommt. Keine Ahnung, womit er sonst seine Zeit verbringt. Kennen Sie ihn?«

»Mehr oder weniger.«

Er führte sie zum Tisch. Kate nickte Dillon zu, bestellte ein Glas Champagner Marke Krug, setzte sich und nahm ihr Handy heraus, obwohl sie damit gegen die strikten Regeln der Bar verstieß.

Sie rief George an, dessen Wohnung nicht allzu weit entfernt lag.

Als er abhob, sagte sie: »Ich bin in der Piano-Bar im Dorchester. Dillon ist hier, und draußen wartet Frank Kelly. Ruf ihn auf seinem Handy an und sag ihm, er soll dich abholen. Ich brauche dich.«

»In Ordnung«, sagte George. »Bis bald.«

Dillon spielt wirklich gut, dachte Kate. Eine Zigarette im Mundwinkel, spielte er die alten Standards, also genau die Stücke, die sie mochte. Plötzlich schlug er *Our Love Is Here to Stay* an, ein etwas schiefes Grinsen im Gesicht. Als er sich dem Ende näherte, tauchte der reguläre Pianist auf und Dillon lächelte, glitt vom Klavierhocker und überließ dem anderen den Platz.

Dann kam er zu Kate herüber. »Welch glücklicher Zufall, nicht wahr? Es ist mir ein ebenso vollkommenes wie unerwartetes Vergnügen.«

»Mr. Dillon, Sie sind ein ausgesprochen wortgewandter Mann.«

»Dabei war ich im Gegensatz zu Ihnen nicht in Oxford. Ich musste mich mit der Königlichen Schauspiel-Akademie begnügen.«

»Sie waren früher Schauspieler?«

»Ach, hören Sie doch auf, Kate Rashid, Sie wissen verdammt gut, was ich mal war, und zwar in jeder Einzelheit.«

Sie lächelte, und als Giuliano an den Tisch trat, sagte sie: »Früher hat er am liebsten Krug getrunken, aber soweit ich weiß, bevorzugt er inzwischen Louis Roederer Cristal. Wir nehmen eine Flasche.«

Dillon zog ein silbernes Zigarettenetui aus der Tasche, klappte es auf und nahm eine heraus. »Sie dürfen der Dame ruhig eine anbieten«, sagte Kate, nahm ihm das Etui aus der Hand, betrachtete es und wählte eine Zigarette. »Art déco. Sie haben Geschmack. Oder ist es womöglich eine Erinnerung ans Nationaltheater?«

»Sie sind gut informiert«, sagte Dillon. Er klappte sein Zippo auf und gab ihr Feuer, während der Champagner serviert wurde. Dann steckte er seine Zigarette an. »Wissen Sie, es gibt Zufälle, zu denen auch dieses Zusammentreffen durchaus gehören könnte – aber da wäre auch noch C. G. Jung.«

»Sie meinen seine These von der Synchronizität – beziehungsweise, dass es einen tieferen Grund für dieses Treffen geben könnte?« Er hob sein Glas und prostete ihr zu. »Und was trifft Ihrer Meinung nach zu?«

Im selben Augenblick kam George die Stufen zur Bar herab und trat zu ihnen. Frank Kelly folgte ihm. Kate sagte: »Ach, da kommen ja noch zwei Freibeuter von den Fallschirmjägern. Dillon, das ist mein Bruder George.«

Doch Dillon wandte sich Kelly zu. »Wenn ich Sie wäre, Junge, würde ich kein Schulterhalfter tragen. So ist es zu schwierig, die Kanone herauszubekommen, wenn es Schwierigkeiten gibt. Stecken Sie das Ding lieber in die Tasche - und sagen Sie nicht, ich kann Sie mal, sonst sag ich dasselbe zu Ihnen.«

Kelly grinste tatsächlich, und Kate sagte: »Setzen Sie sich an den Nebentisch, Frank, damit Sie mithören können.«

Er grinste Dillon noch einmal an. »Ja, Ma'am, ich gehorche wie ein braver Hund.«

Dillon lachte laut auf. »Na, so einen Hund mag ich. Darf er ein Schlückchen trinken?«

»Im Dienst nie«, sagte Kelly. »Übrigens komme ich auch aus dem County Down, Sie irischer Bastard.«

»Dann wissen wir ja beide, woran wir sind.« Dillon lächelte. »Kommen Sie, trinken Sie einen Bushmills und hören Sie zu, was die Dame zu sagen hat.«

Ihre Geschichte klang ziemlich überzeugend. »Die Sache ist die, Dillon: Wir, das heißt Rashid Investments, wollen eine Menge Geld in Nordirland investieren, aber wir stoßen dort sozusagen auf Straßensperren, wenn Sie wissen, was ich meine. Was wir vorhaben, würde viele Arbeitsplätze schaffen, aber man setzt uns unter Druck.«

»Und?«, fragte Dillon.

»Nun, wir brauchen Schutz. Jedenfalls würden Sie es wohl so nennen. Leute, die uns helfen könnten.«

»Und um wen könnte es sich dabei handeln?«

Kate winkte einen Kellner heran und schwieg, bis er Champagner nachgegossen hatte. »Haben Sie schon mal von einem Mann namens Aidan Bell gehört?«

Dillon kippte vor Lachen fast vom Stuhl. »Ach, du lieber Himmel, Mädchen, der hat mehr als einmal versucht, mich umzulegen. Der gute Aidan war einer der führenden Köpfe von gewissen Organisationen, die wohl am äußersten rechten Flügel der IRA anzusiedeln sind.«

»Ich habe gehört, er war womöglich für den Anschlag auf Lord Mountbatten verantwortlich.«

»Nun, das hat man auch mir in die Schuhe schieben wollen.«

»Außerdem hört man, Sie hätten im Februar 1991 das Haus des Premierministers in der Downing Street mit einem Granatwerfer beschossen.«

»Das hat man mir nie nachweisen können.« Er lächelte. »Übrigens, wenn wir ein wenig mehr Zeit gehabt hätten ...«

»Na schön«, sagte sie. »Sie sind also ein schlimmer Junge, aber ich muss trotzdem in Kontakt mit Aidan Bell treten, um ihm einen Deal anzubieten. Es geht um Schutz oder wie immer man es nennen will. Er hält sich momentan an einem Ort namens Drumcree im County Down auf.«

»Den kenne ich gut. Schließlich bin ich selbst aus Down, aber das wissen Sie ja schon.«

»Ich soll ihn am Donnerstag treffen. George nehme ich mit.« Sie wandte sich an Kelly. »Kann ich auch auf Sie zählen?«

»Selbstverständlich, Ma'am.«

»Alle Achtung!«, sagte Dillon zu Kelly, dann sah er Kate an. »Und mich wollen Sie auch dabeihaben? Ich arbeite für Ferguson.«

»Dann sagen Sie's ihm. Hier geht es schließlich nicht um irgendwelche Spionageangelegenheiten. Ich brauche Unterstützung, das ist alles, und Sie kennen sich in Nordirland am besten aus. Was ist, lässt Ferguson Sie nie auf eigene Rechnung arbeiten?«

»Ich werde mal schauen, was der gute Brigadier denkt, und es Ihnen dann mitteilen.«

Später am selben Abend berichtete Dillon Ferguson in dessen Wohnung kurz, was vorgefallen war. Hannah Bernstein hörte auch zu. Als Dillon fertig war, dachte Ferguson eine Weile nach, dann schaute er sie an.

»Was meinen Sie dazu?«

»Oberflächlich gesehen ergibt es einen Sinn. In letzter Zeit engagieren sich die Firmen der Rashids tatsächlich in Nordirland, aber da sind sie nicht die Einzigen. Auf der anderen Seite sieht es einfach zu perfekt aus.«

Ferguson blickte Dillon an, der lächelte und sagte: »Ich war schon immer der Meinung, dass mehr Frauen zur Polizei sollen. Sie hat Recht.«

Ferguson nickte. »Hinter der Sache verbirgt sich was. Versuchen Sie herauszubekommen, was, Sean.«

»Jetzt haben Sie mich schon wieder ›Sean‹ genannt.« Dillon grinste. »Momentan haben wir keinen Grund zur Aufregung. Ich werde mich mal umschauen.«

»Aber bleiben Sie in Kontakt«, sagte Ferguson.

Die Gulfstream der Rashids startete vom Air-Force-Stützpunkt Northolt, der gern von Privatjets benutzt wurde, die den überfüllten Londoner Flughafen Heathrow umgehen wollten. Neben den beiden Piloten waren Kate, Dillon, George Rashid und Kelly an Bord. Dillon war als Letzter angekommen. Sobald sie in der Luft waren, öffnete er die Kiste mit dem Alkoholvorrat und fand eine halbe Flasche Bushmills.

»Wir wissen noch immer nicht, wie das Ganze vor sich gehen soll«, sagte Kate.

»Nun, es ist ziemlich einfach. Aidan Bell erwartet Sie morgen in Drumcree, um mit Ihnen zu besprechen, was Sie eben mit ihm besprechen wollen. Wir landen heute Nachmittag in Aldergrove. Mein Plan lautet folgendermaßen: Wir begeben uns zu einem kleinen Fischerhafen namens Magee, fahren von dort über Nacht mit dem Boot nach Drumcree, und dann können Sie sich vormittags mit Bell treffen.«

Alle schwiegen, dann sagte Kate: »Ist das Ihr Ernst?«

»Es ist ein hübsches, zwölf Meter langes Boot mit dem Namen *Aran*. Ich würde auch allein damit fertig, aber die beiden da können sich als Matrosen betätigen. Wenn Sie auf diese Weise ankommen, überraschen Sie Aidan Bell. So etwas wird er nicht erwarten, und da kann ein kluges Mädchen wie Sie ihn leicht in die Tasche stecken.«

»Wie kommt es nur, dass ich Sie für einen Mistkerl halte?«

»Weil ich einer bin.«

»Na, so lange Sie auf dieser Reise mein ganz privater Mistkerl sind, ist ja alles in Ordnung, oder?«

Nicht, dass Kate ihm auch nur einen Augenblick lang vertraut hätte, aber sie hatte einen Plan, und den zog sie durch.

Der Flug war ruhig, die Fahrt zur Küste ebenso ereignislos. Magee war einer jener kleinen Orte, in denen man sich früher fast ausschließlich der Fischerei gewidmet hatte. Die *Aran* war am Pier festgemacht.

Sie war ein schäbiges Boot, wie Dillon angekündigt hatte, aber da er Fergusons beste Kontakte angezapft hatte, wusste er, dass sie über zwei Schrauben und eine Maschine verfügt, wie man sie bei Nacht brauchte. Mit dem Ablegen wartete er fast bis Mitternacht.

Vorher gab es ein einfaches Abendessen aus Spiegeleiern und Spaghetti aus der Dose; dazu teilten sie sich eine Flasche Weißwein, der so billig war, dass er einen Schraubverschluss statt eines Korkens hatte.

»Jetzt wollen wir uns mal verabschieden«, sagte Dillon schließlich. »Das Wetter ist gar nicht so übel. Windstärke sechs oder sieben. Halbe Kraft voraus.« Er nickte George Rashid und Kelly zu. »Ihr beiden macht die Leinen los, und dann würde ich vorschlagen, dass ihr euch ein wenig aufs Ohr legt. Schließlich haben wir keine Ahnung, wie sich die Dinge morgen entwickeln werden.«

»Und was ist mit Ihnen?«, fragte Kate.

»Ich komme schon zurecht.«

»Dillon, ich bin nicht zum ersten Mal auf einem Boot.«

»Dann können Sie mir ja zur Hand gehen, wenn's rau werden sollte.«

Während die *Aran* aufs Meer hinausfuhr, stieg die Flut noch immer an. Die Sicht war schlecht, Regenschleier trieben übers Wasser. Kate stand neben Dillon im Ruderhaus, das nur von der Lampe über dem Kartentisch erleuchtet war.

»Böiges Wetter, Regen und eventuell Nebel morgen früh«, sagte er. »Wie geht es Ihnen? In der Schublade da sind Pillen gegen Seekrankheit.«

»Ich habe Ihnen doch schon gesagt, Dillon: Ich bin nicht zum ersten Mal auf einem Boot. Ich mache uns eine Kanne Tee und ein Sandwich.«

Wenig später roch Dillon Schinkenspeck, und dann kam Kate mit einer Thermosflasche Tee und drei Sandwiches ins Ruderhaus zurück.

»Zwei für Sie, eins für mich.«

»Sie als halbe Beduinin essen Schinken?«

»Der Islam ist eine herrlich verständnisvolle, moralische Religion, Dillon.«

»Und wie verträgt sich die mit den Dainceys aus dem Christentum des zwölften Jahrhunderts?«

»Ach, das waren zähe Burschen, deren Glauben in mancher Hinsicht ganz ähnlich war. Wissen Sie, Dillon, ich bin zwar zur Hälfte Beduine, aber ich bin unheimlich stolz auf die Dainceys. Unter denen finden sich viele wirklich eindrucksvolle Ahnen.«

Dillon schob sich den letzten Bissen seines zweiten Sandwichs in den Mund. »Eine ungewöhnliche Situation, das ist mir schon klar. Was den Adel betrifft, habe ich zwar gewisse Vorbehalte, Kate, aber Sie mag ich. Übrigens, was ist mit George und Kelly?«

»Die haben sich hingelegt.«

»Gut. Ich tue dasselbe, und da Sie ständig mit Ihren Seefahrtskünsten prahlen, überlasse ich Ihnen das Ruder.«

Vier Stunden später kehrte er wegen einer rollenden Bewegung zurück. Er hatte auf einer der Bänke in der Kajüte gelegen, war langsam aufgewacht und dann den Niedergang hochgestiegen. Als er die Tür zum Ruderhaus öffnete, sah er die Morgendämmerung, graues Licht, starken Nebel und Regen – und die Küste von Down in einigen Meilen Entfernung. Kate stand da, das Ruder fest in den Händen.

»Alle Achtung!«, sagte Dillon. »Ich übernehme.« Er schob sie beiseite. »Wie geht's Ihnen?«

»Gut. Ich habe schon lange nichts mehr so genossen. Jetzt mache ich uns Tee. Möchten Sie noch ein paar Sandwiches?«

»Schauen Sie doch mal, was unsere Matrosen wollen. Ich würde sagen, wir sind in etwa einer Stunde in Drumcree. Ich kenne das Kaff von früher. Das Gasthaus trägt den stolzen Namen ›Royal George‹, aber lassen Sie sich davon nicht täuschen. Es ist ein Treffpunkt von Nationalisten. Wir gehen rein und fragen nach Bell.«

»Die gute, alte Überraschungstaktik, was?«

»So ungefähr. Übrigens, damit ich auf dem Laufenden bin, Kate Rashid: Sie wollen mich nicht dabeihaben, wenn Sie mit ihm sprechen, stimmt's?«

»Es geht um Geschäfte, Dillon, die die Firma betreffen. Nur George kann mitkommen.«

»Schön«, sagte Sean Dillon und bewegte das Steuer. »Also, was ist mit dem Tee?«

Später kamen George und Kelly zu den beiden ins Ruderhaus, schlürften Tee aus Bechern und hörten Dillon zu.

»Das Gasthaus, das Royal George, ist eine streng nationalistische Institution und steht direkt am Pier. Sie waren beide mit dem Militär in Nordirland, also wissen Sie Bescheid.«

»Sollen wir Waffen tragen?«, fragte Kelly.

»Greifen Sie mal unter den Kartentisch. Da ist ein Verschluss.«

Eine Klappe fiel herab. Kelly zog eine Schublade heraus, und darin lag eine Auswahl Handfeuerwaffen. »Ich stecke mir die Walther in die Tasche, damit sie die entdecken, wenn sie mich filzen«, sagte Dillon. »Außerdem müssen da noch drei Knöchelhalfter mit kurzläufigen Zweiundzwanzigern sein, für jeden von uns einer.«

»Meinen Sie, wir werden sie brauchen?«, wollte George wissen.

»Dies ist Indianerterritorium und ich bin einer der Indianer.« Dillon grinste. »Kopf hoch, Leute. Immer locker bleiben.«

Drumcree war ein kleiner Ort mit einem winzigen Hafen, einem Pier, verstreut daliegenden Häusern aus grauem Stein und ein paar Fischerbooten. Sie fuhren auf den Hafen zu, dann lenkte Dillon das Boot an den Pier, und George sprang über die Reling und vertäute es. Es war ganz ruhig; niemand war zu sehen.

»Da drüben, Kate.« Dillon hob die Hand. »Das Royal George.«

Der Bau stammte offensichtlich aus dem achtzehnten Jahrhundert, aber das Dach sah vertrauenswürdig aus. Das Schild war in Grün gehalten, hatte schwarze Lettern und die Vergoldung war offenbar kürzlich erneuert worden.

»Also, was machen wir?«, fragte Kate.

»Nun, wie in jedem anständigen Gasthof in der Gegend gibt's hier ein irisches Frühstück. Ich würde sagen, wir bestellen eines und ich sage dem Wirt, er soll Aidan Bell mitteilen, dass wir da sind.«

»Und das wird reichen?«

»Auf jeden Fall. Wir sind schon auf ihrem Bildschirm, wie man so sagt.« Er wandte sich an die anderen zwei. »Sie bleiben beim Boot, Kelly – und machen Sie sich auf alles gefasst.«

Eine Glocke klingelte, als sie die Gaststube betraten. Dillon und George trugen Pullover und Matrosenjacken, Kate hatte einen schwarzen Overall an und eine Aktentasche in der Hand. Am Fenster saßen drei Männer beim Frühstück; einer von ihnen war mittleren Alters und hatte einen Bart, die anderen beiden waren jünger. Sie drehten den Kopf, um herüberzublicken. Es waren raue Männer mit harten Gesichtern. Hinter der Theke erschien ein untersetzter Mann mit weißem Haar.

»Sie wünschen?«

»Wir würden gern frühstücken«, sagte Kate.

Ihr kultivierter englischer Tonfall durchschnitt die Stille wie ein Messer. Die Männer am Fenster starrten unverwandt herüber.

»Frühstücken?«

Dillon mischte sich ein, nicht ohne seinen Belfaster Akzent noch deutlicher werden zu lassen. »Richtig, mein Alter, drei anständige Platten wie von Muttern. Wir sind gerade mit dem Boot von Magee gekommen. Und dann kannst du Aidan Bell anrufen und ihm sagen, Lady Kate Rashid ist da.«

»Aidan Bell anrufen?«, sagte der Mann.

»Wie heißt du eigentlich?«, fragte Dillon.

»Patrick Murphy«, erwiderte der Mann reflexartig.

»Schön, Patrick. Jetzt bring uns das Frühstück und ruf Bell an. Die Reihenfolge kannst du selbst bestimmen.«

Murphy zögerte, dann sagte er: »Setzt euch.«

Das taten sie, und zwar an einem Tisch gegenüber dem, an dem die drei Männer saßen. Dillon steckte sich eine Zigarette an. Man hörte ein kurzes Gemurmel, dann stand der bärtige Mann auf und kam herüber. An ihrem Tisch blieb er stehen und schaute sie an.

»Aus England, was?«, sagte er zu Kate, beugte sich vor und strich ihr übers Gesicht. »Na ja, bei 'ner Frau ist das wohl nicht so schlimm. Also los, du englische Nutte, zeig uns mal, was du zu bieten hast.«

Auf dem Tisch stand eine große Flasche mit brauner Soße. George wollte aufstehen, doch Dillon drückte ihn nieder, packte die Flasche und schlug sie dem Mann seitlich über den Kopf. Der Mann sank auf die Knie, Blut und Soße auf der Wange, und Dillon trat ihm ins Gesicht, worauf er rücklings auf den Boden fiel.

In diesem Augenblick erschien Patrick Murphy. Er erschrak zu Tode, als die beiden jungen Männer aufsprangen und Dillon seine Walther zog.

»Nur mit der Ruhe.«

»Um Gottes willen«, sagte der Wirt, »was macht ihr da bloß? Die sind von den Provos!«

»Und wenn man da mal dabei ist, kommt man nie wieder raus, habe ich gehört«, sagte Dillon. »Ich selbst bin schon mit neunzehn eingetreten, aber ich will dir mal was sagen: Martin McGuinness wäre nicht begeistert von den Burschen da. Schließlich hat er Manieren.« Er wandte sich den beiden jungen Männern zu und deutete mit einem Kopfnicken auf den Boden. »Schafft dieses Arschloch hier raus.«

Die Wut der beiden IRA-Aktivisten war unverkennbar, doch sie zerrten den Bärtigen auf die Beine. Hinter ihnen ging die Tür auf, und ein Mann trat ein, der fast so klein wie Dillon war. Sein dunkles Haar war zerzaust, er war unrasiert und trug eine Wachsjacke gegen den Regen. Ihm folgte ein großer Mann mit rotem Haar.

»Du lieber Himmel«, sagte er, »bist du das, Quinn? Schaust aber mächtig übel aus.« Er stieß ein lautes

Lachen aus. »Wem bist du denn auf die Zehen getreten?«

»Mir«, sagte Dillon.

Bell drehte sich erstaunt um, und sein Gesicht nahm einen fast ehrfürchtigen Ausdruck an. »Mein Gott, das kann doch wohl nicht wahr sein!«

»Ist es aber. Ist schon 'ne ganze Weile her, seit die Fallschirmjäger uns in Derry durch die Kanalisation gehetzt haben, was?«

»Du hast mir mal das Leben gerettet.« Bell streckte ihm die Hand entgegen.

»Und du hast zweimal versucht, mich umzubringen.«

»Na ja, wir hatten eben Streit.« Bell drehte sich zu den beiden Männern um, die Quinn stützten. »Schafft ihn mir aus den Augen.«

Während sie den Bärtigen hinausschleppten, sagte Bell: »Worum zum Teufel geht's hier eigentlich, Dillon?«

»Das ist Lady Kate Rashid. Soweit ich weiß, habt ihr beiden eine Verabredung.«

Bell zeigte keine Spur von Überraschung. »Das hätte ich wissen müssen. Ihr wolltet mich überrumpeln, was? Was macht dieser Bastard hier eigentlich?«, fragte er Kate.

»Mr. Dillon ist als Privatmann hier. Ich brauchte seine Ortskenntnis, und er hat zehntausend Pfund erhalten, um mir damit zu dienen.«

»Wir sind gestern mit dem Flugzeug nach Aldergrove gekommen und haben über Nacht 'ne kleine Bootsfahrt gemacht. In ein oder zwei Stunden geht's wieder zurück nach Magee. Leicht verdientes Geld«, sagte Dillon.

»Ach, hör auf – du arbeitest doch immer noch für Ferguson, du Überläufer.« Bell zog einen Browning aus der Tasche. »Hände hoch. Schau nach, was er dabeihat, Liam.«

Der rothaarige Mann filzte Dillon und fand die Walther. Dann wandte er sich Kate zu. »Jetzt Sie, Schätzchen.«

»Benimm dich, Casey, das ist eine Lady«, sagte Bell und deutete auf die Aktentasche. »Sieh nach, was da drin ist.«

»Nein, Mr. Bell«, erklärte Kate, »was da drin ist, geht nur uns beide was an.«

»Aha.« Bell betrachtete George, während dieser von Liam Casey gefilzt wurde. »Das ist wohl Ihr jüngerer Bruder? War früher bei den Fallschirmjägern.«

»Sie sind gut informiert«, sagte Kate.

»Das bin ich immer. Falls Ihr Sicherheitschef auf dem Boot sein sollte – der war auch bei den Fallschirmjägern und ist außerdem ein verfluchter Protestant.«

»Du bist doch selbst einer«, erinnerte ihn Dillon und sagte achselzuckend zu Kate: »Von denen gibt's nicht viele in der IRA.«

»Also, was soll ich hier?«, fragte Bell.

»Ein Geschäft machen, Mr. Bell. Da Sie so gut informiert sind, wissen Sie sicher, dass ich Geschäftsführerin von Rashid Investments bin und dass wir große Pläne in Ulster haben.«

»Habe ich gehört.«

»Können wir uns unterhalten?«

Bell nickte dem Wirt zu. »Wir gehen ins Nebenzimmer.« Er führte sie zu einer Tür, hielt sie für Kate auf und warf Dillon einen Blick zu. »Sean?«

»Sie haben es immer noch nicht kapiert«, sagte Kate. »Dillon ist nur als mein Aufpasser hier. Was ich geschäftlich mit Ihnen zu besprechen habe, geht nur Sie und Rashid Investments etwas an.« Sie drehte sich um und nickte ihrem Bruder zu. »George, komm mit.«

Die Tür ging zu. Dillon drehte sich um und sagte zu dem Wirt: »Es ist zwar noch ziemlich früh, aber draußen ist es kalt und es gießt in Strömen. Außerdem bin ich selbst von hier, und da gibt's was zu feiern. Hol den Bushmills raus.«

Im offenen Kamin des Nebenzimmers brannte ein Feuer, davor standen ein kleiner Couchtisch und zwei Sessel. Kate Rashid setzte sich; ihr Bruder blieb hinter ihr stehen. Bell nahm ihr gegenüber Platz und steckte sich eine Zigarette an. Hinter ihm stand Liam Casey.

»Also, wenn ich die Sache recht verstehe, hat Ihre Firma Probleme bei ihren Vorhaben in Nordirland und braucht Schutz.«

»Nicht ganz, Mr. Bell. Das ist nur die offizielle Geschichte, die selbst Dillon glaubt. Nein, ich brauche Sie nicht, um die Tür zu bewachen. Dafür sind Sie viel zu talentiert.«

»Tatsächlich? Wofür brauchen Sie mich dann?«

»Letztes Jahr haben Sie in Tschetschenien General Petrowski umgelegt und den Großteil seiner Begleiter in die Luft gejagt. Damals war man im Allgemeinen der Ansicht, die dortigen Freiheitskämpfer hätten einen großen Coup gelandet, aber ich weiß, dass tschetschenische Exilanten in Paris Ihnen dafür eine Million Pfund gezahlt haben.«

»Das wissen Sie?«

»Allerdings.«

Seine Miene war ruhig. »Sie und Ihr berühmter Bruder, der Earl, nicht wahr? Ein Mann, mit dem man rechnen muss, außerdem der reichste Mann der Welt, wie man hört.«

»Nicht ganz, aber fast. Sie sind einander natürlich nie begegnet.«

»Beinahe doch. Er war Lieutenant bei den Grenadier Guards, drüben in Crossmaglen in South Armagh. Ich hatte einen meiner besten Scharfschützen dabei, als Ihr Bruder mit einer kleinen Patrouille auf uns zukam. Mein Mann hatte ihn schon im Visier, aber da kam ein Hubschrauber mit weiteren zwanzig Briten, und wir mussten uns schleunigst aus dem Staub machen.«

»Wenn Sie ihn erschossen hätten, müssten Sie jetzt auf eine anständige Summe Geld verzichten.« Sie schob ihm die Aktentasche zu. »Sehen Sie hinein.«

Bell ließ die Schlösser aufschnappen und hob den Deckel an. Mehrere Reihen Fünfzig-Pfund-Scheine wurden sichtbar. »Wie viel?«, fragte er.

»Einhunderttausend Pfund als Zeichen unseres Vertrauens. Die können Sie auf jeden Fall behalten, ohne Wenn und Aber. Ein Geschenk meines Bruders für Sie.«

»Und was soll ich dafür tun?«

»Möglicherweise haben Sie schon gehört, dass die Amerikaner und Russen in Hazar nach Öl bohren wollen. Der Sultan hat einen Deal für sie ausgeheckt, zu dem auch die Ermordung meines Bruders gehörte.«

»Der Sultan ist tot; das stand in der Zeitung.«

»Richtig. Ein von ihm gedungener Mörder hätte mich um ein Haar umgebracht. Den hat mein Bruder erschossen. So ist er eben.«

»Kein Wunder. Das macht die Zeit in Nordirland, Lady Kate. Ich, Dillon, Casey da, Ihr Bruder – wir sind alle aus demselben Holz geschnitzt. Aber das ist noch nicht alles. Ich weiß, ich bin ein Bastard, aber ich bin ein schlauer Bastard.«

»Na schön, ich sag's Ihnen. Es geht um meine Mutter und einen Mann namens Igor Gatow.«

Als sie mit ihrem Bericht geendet hatte, sagte Aidan Bell: »Entschuldigen Sie den Ausdruck, aber das sind alles Arschlöcher – die Amerikaner, die Russen, die Briten. Die benutzen dich, und dann werfen sie dich weg wie einen Pappbecher.«

»Deshalb werden wir ihnen endlich einen Denkzettel verpassen, und zwar einen, der wehtut. Wir schlagen ganz oben zu. Soweit ich weiß, ist Jack Cazalet ein netter Mensch, aber was soll's? Irgendjemand bezahlt solche Leute wie Gatow und im Grunde ist es immer derjenige, der die größte Macht hat. Für Präsident Jack Cazalet bekommen Sie zwei Millionen. Also, sind Sie dabei oder nicht?«

»Du lieber Himmel«, sagte Liam Casey.

Bell saß nur da und schaute sie an. »Sie sind verrückt, gute Frau.«

»Nein, ganz im Gegenteil. Wie schon gesagt: Die Hunderttausend können Sie auf jeden Fall behalten.« Kate nahm eine Visitenkarte und einen Kugelschreiber aus ihrer Handtasche und schrieb rasch etwas darauf. »Die Geheimnummer meines Handys. Sie haben sieben Tage. Kommende Woche werden mein Bruder und ich in New York sein, in unserem Apartment im Trump Tower. Wenn Sie Interesse haben, kommen Sie und präsentieren einen schlüssigen Plan. Wenn nicht, sind Sie um hunderttausend

Pfund reicher, ohne dass wir Ihnen irgendetwas nachtragen würden.«

Bell grinste. »Ich werde kommen, Lady Kate. Donnerstag im Trump Tower.«

Sie nickte. In ihrer Miene war eine gewisse Befriedigung zu erkennen. »Um das Geld geht es Ihnen gar nicht, stimmt's? Es geht Ihnen nur ums Spiel, genau wie Dillon.«

»Na, bezahlt werden will ich trotzdem, und für einen solchen Job erwarte ich nicht zwei, sondern drei Millionen Pfund Sterling.«

Er streckte seine Hand aus, und sie ergriff sie. »Irgendwie habe ich mir schon gedacht, dass Sie so was sagen würden.«

»Dann sehen wir uns also nächste Woche in Manhattan.«

»Ich bin da.«

Casey hielt ihr die Tür auf, und sie gingen hinaus zu Dillon, der an der Theke stand und Bushmills trank.

»Ein bisschen früh, selbst für jemanden wie Sie«, sagte sie.

»Wir müssen gleich durch den Regen gehen, Mädchen, da muss ich mich gegen die Kälte schützen. Alles erledigt, nehme ich an?«

»Ja, jetzt geht's nach Magee zurück«, sagte sie.

Dillon sah Bell an. »Es war mir ein Vergnügen, Aidan. Ich bin sicher, du wirst das, was die Lady von dir will, mit der gewohnten skrupellosen Effizienz erledigen.«

»Oh, darauf kannst du wetten, Sean.«

Kate, Dillon und George verließen das Pub. Bell und Casey traten an die Tür und blickten ihnen nach.

»Das ist doch Wahnsinn, Aidan«, sagte Casey. »Selbst du kommst mit so was nicht durch.«

Bell lächelte. Er sah unglaublich gefährlich aus. »Falsch, Liam. Ich komme mit allem durch. Und ich habe was im Kopf, das ich neulich gelesen habe. Das werde ich überprüfen. Was für eine tolle Frau.« Er sah sie davongehen, flankiert von Dillon und George. »Aber Dillon? Komisch, dass sie ihn dabeihat.«

»Als ›Aufpasser‹, hat sie gesagt.«

»Schon möglich, aber er arbeitet immer noch für Ferguson und das heißt, dass er von der Sache nichts wissen kann. Das würde nämlich keinen Sinn machen.«

Die beiden traten ebenfalls in den Regen hinaus und gingen auf den Hafen zu. Im selben Augenblick erreichten Kate und ihre zwei Begleiter die *Aran*, stiegen über die Reling – und sahen Frank Kelly bäuchlings auf dem Deck liegen. Quinn, der Bärtige aus dem Royal George, trat mit wütendem Grinsen aus dem Ruderhaus, gefolgt von seinen beiden Spießgesellen. Alle drei waren bewaffnet.

Ohne zu zögern, sprang Dillon über die Reling ins Hafenbecken, tauchte ab und schwamm ein Stück weit. Am Heck kam er wieder zum Vorschein.

»Macht ihn kalt, den Bastard, macht ihn kalt!«, brüllte Quinn.

Dillon griff zu seinem Knöchelhalfter und zog die Zweiundzwanziger. Als die jungen Männer oben über die Reling blickten, schoss er beiden direkt zwischen die Augen. Entgeistert drehte Quinn sich um, um festzustellen, was da vor sich ging, und George Rashid zog seinen Revolver aus dem Halfter und schoss ihm in den rechten Arm. Quinn ließ seine Waffe fallen, kletterte hastig über die Reling und stolperte davon.

George zielte gerade sorgfältig, als Dillon wieder über die Reling kletterte. »Lassen Sie ihn laufen«, sagte er. »Bloß weg hier.« Zu Kate gewandt, fügte er hinzu: »Kümmern Sie sich um Kelly.« Dann ging er ins Ruderhaus und brachte die Maschinen in Gang.

Auf dem Weg vom Royal George zum Hafen sahen Bell und Casey, was unten auf dem Boot vor sich ging.

»Quinn, dieses Arschloch«, sagte Bell. »Der wird noch alles ruinieren. Los, komm!« Er rannte den Hang hinab zum Hafen.

Sie sahen die ganze Szene – wie Dillon ins Wasser sprang und die beiden Kumpane von Quinn erledigte, wie Quinn von George Rashid angeschossen wurde und versuchte, sich in Sicherheit zu bringen. Bell und Casey blieben stehen und beobachteten, wie George die Leinen löste und die *Aran* den Hafen verließ. Zwischen den Fischerbooten watete Quinn auf den Strand zu.

»Mir reicht's, Liam«, sagte Bell. »Die Provos sollten sich zum Teufel scheren. Das hier ist mein Revier, und dieser Bastard hat es fast geschafft, den größten Auftrag meines Lebens zu ruinieren. Diesmal ist Schluss.«

Er lief los, gefolgt von Casey. Auf seinem Weg zum Ufer musste Quinn noch ein Stück weit durchs Wasser waten. Als er ums Heck eines Fischerboots kam, sah er Bell und Casey vor sich stehen.

»Aidan?«, sagte er fragend.

Bell grinste. »Du gehst mir schon zu lange auf die Nerven, du Bastard. Machen wir Schluss damit.« Er zog seinen Browning aus der Tasche und schoss Quinn zweimal ins Herz. Der fiel nach hinten und trieb dann reglos im Wasser.

»Soll ich ihn wegschaffen?«, erkundigte sich Casey.

»Nicht nötig, gleich ist Ebbe. Die wird ihn rausziehen, und hier in Drumcree wird niemand irgendwelche Fragen stellen.«

Die *Aran* fuhr aufs Meer hinaus. Kate ging zum Heck, setzte sich in den Regen und tippte eine Nummer in ihr abhörsicheres Handy. Paul Rashid meldete sich.

»Ich bin's, mein Lieber.«

»Wie ist es gelaufen?«

»Das sage ich dir, wenn wir uns sehen. Nur so viel: Bell hat angebissen.«

»Gut. Wie war Dillon?«

»Tja, wie sich herausgestellt hat, haben er und Bell in der guten, alten Zeit gelegentlich aufeinander geschossen.«

»Also hat Dillon dir deine Geschichte abgekauft?«

»Keine Ahnung. Er ist ein hinterlistiger Kerl. Aber er hat mir das Leben gerettet.«

Nach einer Pause sagte Paul Rashid: »Erzähl.«

Anschließend meinte er: »Er macht keine Gefangenen.«

»Nein. Übrigens hat George dich auch nicht blamiert.«

»Ich bin stolz auf ihn, das kannst du ihm ausrichten. Also, bis bald.«

Die *Aran* pflügte durch hohe Wellen auf offener See. Dillon und George standen im Ruderhaus, und Kate brachte ihnen Tee.

»Wie geht es Kelly?«, fragte Dillon.

»Der kommt wieder auf die Beine. Ein Schlag auf den Schädel, das war alles. Er wird eine Zeit lang Kopfweh haben, aber er ist ein harter Brocken.«

»Gut«, sagte Dillon. »Übrigens, Kate, unter dem Kartentisch ist eine halbe Flasche Bushmills.«

Sie fand sie, holte sie heraus und goss Whiskey in zwei Teebecher. »George, mein Junge«, sagte Dillon, »Sie haben sich tapfer geschlagen. Schönen Dank.«

»Dillon, ich war in Sandhurst und bei den Fallschirmjägern. Manchmal vergesse ich meinen Job als Vermögensverwalter.«

»Hören Sie bloß auf.« Dillon lachte. »Schaffen Sie ihn hier raus, Kate.«

Als sie fort war, nahm er ihr abhörsicheres Handy, um Ferguson anzurufen. Der Brigadier meldete sich und er berichtete ihm kurz, was vorgefallen war.

»Mein Gott, Dillon, Sie haben schon wieder jemanden umgebracht.«

»Aus den Reihen der Gottlosen, Charles.«

»Na schön. Haben Sie Kate Rashid diese Geschichte abgekauft, dass sie Bell als Wachhund für Rashid Investments anheuern will?«

»Nicht einen Augenblick lang.«

»Weshalb wollte sie Sie dann dabeihaben?«

»Das habe ich Ihnen schon gesagt. Ich kenne Down, und Bell kenne ich auch von früher. Außerdem habe ich ein paar Burschen umgelegt, die sie umlegen wollten. Sie hat mich als Aufpasser angeheuert, und ich habe tatsächlich auf sie aufgepasst. Ohne mich wäre sie jetzt tot.«

»Und Sie glauben weiterhin, dass irgendwas anderes dahintersteckt?«

»Auf jeden Fall. Was Großes, aber ich habe keine Ahnung, was.«

»Kommen Sie heim, Sean, dann denken wir darüber nach.«

In Aidan Bells Haus stand Casey in der Küche und kochte Tee. Plötzlich ging die Tür auf und Bell kam herein, eine Zeitschrift in der Hand.

»Ich hatte Recht. Ich habe den Artikel im *Time Magazine* gefunden. Da steht genau drin, wie man Jack Cazalet umlegen kann.«

»Du bist meschugge.«

»Überhaupt nicht, Liam. Es könnte klappen. Vertrau mir.«

MANHATTAN
LONDON
WEST SUSSEX
WEISSES HAUS

4

Aidan Bell und Liam Casey bewohnten gemeinsam eine Suite im Plaza Hotel am New Yorker Central Park. Sie waren mit der Concorde gekommen – auf Kosten von Rashid Investments – und hatten am Flughafen eine Limousine samt Chauffeur vorgefunden, die sie ins Hotel brachte.

»Das ist das wahre Leben, Aidan«, sagte Casey.

»Pass auf, dass es dir nicht zu Kopf steigt. Rasier dich, stell dich unter die Dusche und zieh deinen besten Anzug an. Die Sache heute Abend ist wie ein Empfang im Königshaus. Ich will nicht, dass der Eindruck entsteht, wir kommen direkt aus dem Kuhstall.«

Bell duschte im zweiten Badezimmer, dann zog er ein weißes Hemd, eine blaue Krawatte und einen legeren dunklen Anzug an. Als er ins Wohnzimmer kam, stand Liam Casey am Fenster und schaute hinaus.

»Mensch, Aidan, was für eine Stadt.«

Er drehte sich um und Bell sah, dass er einen schwarzen Anzug, ein schwarzes Hemd und eine schwarze Krawatte trug.

»In Ordnung?«

»Du siehst aus wie ein Rausschmeißer im Colosseum«, sagte Bell. »Los jetzt. Es ist nur ein paar Häuserblocks entfernt. Benimm dich und tu, was ich dir sage, dann geht alles wie geschmiert.«

Im Trump Tower fuhren sie mit einem privaten Aufzug ins Penthouse der Rashids empor, wo Kate die Tür öffnete. Sie trug ein schlichtes schwarzes Kleid und um den Hals eine Goldkette.

»Mr. Bell.«

»Lady Kate. Was bringt man einer Frau mit, die schon alles hat?« Er öffnete seine Aktentasche und nahm eine billige Plastikschachtel heraus. »Ein Geschenk aus dem County Down, ein Glücksbringer. Ein vierblättriges Kleeblatt.«

»Das können wir gut gebrauchen. Mr. Casey.« Sie nickte Casey zu. »Nur herein. Meine Brüder warten.«

Paul Rashid saß mit Michael und George im Salon am offenen Kamin. Kate stellte sie einander vor.

»Aidan Bell und sein Mitarbeiter Liam Casey.«

»Mr. Bell.« Paul Rashid reichte ihm nicht die Hand. »Meine Schwester hat mir erzählt, Sie hätten mich in Crossmaglen fast erschießen lassen.«

»Richtig, aber Allah war nett zu Ihnen«, erwiderte Bell.

»Das gefällt mir - das gefällt mir sogar sehr. Wollen Sie etwas trinken?«

»Vielleicht später. Sprechen wir erst mal übers Geschäft, würde ich sagen.«

»Schön. Sie wären wohl nicht hier, wenn Sie nicht glauben würden, Sie könnten es schaffen, habe ich Recht?«

»Haben Sie«, antwortete Bell. »Also, politische Mordanschläge folgen im Allgemeinen zwei Mustern. Im einen Fall handelt es sich um Spinner, die sich durch die Menge drängen und den Präsidenten aus nächster Nähe erschießen, ohne jede Chance, davonzukommen. Oft *wollen* sie noch nicht mal davonkommen.

Das ist nichts für mich. Die zweite Möglichkeit ist eine clevere, komplizierte Angelegenheit, so wie etwa in *Der Schakal*, penibel vorbereitet, wobei jede mögliche Entwicklung einkalkuliert wird. So bin ich in Tschetschenien vorgegangen, als ich Petrowski und seine Leute erledigt habe. Das braucht allerdings eine lange Vorbereitungszeit, und ich habe den Eindruck, dass Sie relativ bald Erfolge sehen wollen.«

»Da haben Sie ganz Recht«, sagte Paul. »Also, was ist die Lösung?«

Bell lächelte. »Es gibt einen dritten Weg.«

Alle schwiegen. Schließlich fragte Kate: »Welchen denn, um Gottes willen?«

Bell amüsierte sich sichtlich. »Nun, eigentlich sollte es unmöglich sein, den Präsidenten der Vereinigten Staaten zu erschießen. Oder ist es vielleicht wahnsinnig *einfach*?« Er klappte seine Aktentasche auf, nahm eine Zeitschrift heraus und hielt sie in die Höhe. »Wie Großbritannien ist auch Amerika eine Demokratie. Man kann also alles über die Großen und Mächtigen schreiben, was man will, und hier ist ein Artikel über Jack Cazalet, den allseits beliebten Präsidenten. Ich hatte ihn noch im Kopf und habe ihn wieder gefunden. Er enthält alles, was ich als Grundlage meines Planes brauche. Jetzt muss ich nur noch die Details ausarbeiten.«

Das Schweigen war bedeutungsvoll. Im vollen Bewusstsein seiner Macht über die anderen lächelte Bell. »Ich glaube, ich hätte gern ein großes Glas irischen Whiskey - einen Bushmills -, und dann unterhalten wir uns darüber.«

Einige Minuten später stand er auf der Dachterrasse und betrachtete den Verkehr unter sich, während

Paul Rashid den Artikel las und ihn dann an die anderen weitergab.

»Na schön«, sagte Paul. »Und jetzt Ihr Plan, Mr. Bell.«

»Wie in dem Artikel steht, verbringt Jack Cazalet das Wochenende gern in seinem alten Strandhaus auf Nantucket. Man bringt ihn am Freitagabend mit dem Hubschrauber direkt dorthin, und er bleibt zwei Tage dort, bis er am Sonntagabend zurückfliegt. Abgesehen von einer Tochter, die in Paris lebt, hat er keine Angehörigen. Cazalet mag keine großen Umstände; für diese Eigenheit ist er regelrecht berüchtigt. In dieses Haus kommen selbst die Köchin und die Haushälterin nur tageweise; sie wohnen in der Stadt. Natürlich gibt es Unterkünfte für seine Mitarbeiter, aber er lehnt es strikt ab, am Wochenende mehr als zwei Geheimdienstleute um sich zu haben. Ich habe ein paar zusätzliche Recherchen angestellt und herausbekommen, dass der eine Harper heißt. Er ist der Verbindungsoffizier. Der andere ist sein erklärter Liebling, ein großer Schwarzer namens Clancy Smith, der als Marineinfanterist im Golfkrieg gekämpft hat. Smith ist Cazalet absolut ergeben und würde sich vor ihn werfen, um ihn vor einer Kugel zu schützen, wenn es nötig wäre. Außerdem wäre da noch Blake Johnson.«

»Ja, der wird in dem Artikel auch erwähnt. Da steht, er ist im Weißen Haus der Chef der Abteilung für allgemeine Angelegenheiten.«

»Die ist auch als ›Souterrain‹ bekannt, denn da ist sie untergebracht. In Wirklichkeit handelt es sich um die private Einsatztruppe des Präsidenten, die völlig unabhängig von der CIA, dem FBI und dem Secret

Service operiert. Seit mindestens zwanzig Jahren - niemand weiß genau, wie lange - reicht ein Präsident sie an den nächsten weiter. Johnson ist Cazalets bester Freund. Er ist ein Veteran des Vietnamkriegs mit allerhand Verdiensten.«

»Und das alles wissen Sie mit absoluter Sicherheit?«, fragte George Rashid.

»Natürlich. Nur so bleibt man am Leben.«

»Na schön, dann haben wir es also mit einem bodenständigen Präsidenten zu tun, der keine großen Umstände mag und gern allein ist«, sagte Paul. »Aber Sie wissen verdammt gut, dass die Umgebung des Hauses intensiv vom Geheimdienst überwacht werden wird.«

»Richtig.« Bell klappte seine Aktentasche wieder auf, zog eine Karte heraus und faltete sie auf. »Wie Sie sehen, liegt das Haus des Präsidenten an einem Strand mit Sanddünen, aber dahinter ist ein sumpfiges Gebiet, was für Nantucket sehr ungewöhnlich ist. Es ist der einzige Sumpf auf der Insel, und der breitet sich auf einer ziemlich großen Fläche aus, mit hohem Schilf, Tümpeln, Schlamm - ein Paradies für Vogelfreunde. Cazalet findet es großartig. Jeden Morgen geht er dort mit seinem Hund joggen und der gute, alte Clancy Smith läuft hinterher. Smith hat einen Revolver unter dem linken Arm und natürlich ein Funkgerät, aber sonst ist niemand dabei, falls Cazalets Freund Blake Johnson nicht zufällig da ist und beschließt mitzulaufen. Falls er auftaucht, lege ich ihn auch um.«

Nun entstand eine bedeutungsschwangere Pause, bis Kate schließlich meinte: »Was Sie sagen, klingt vernünftig, aber ich sehe keine Möglichkeit, wie Sie in die Sperrzone und in den Sumpf gelangen könnten.«

Bell lächelte. »Tut mir Leid, das habe ich noch nicht erklärt. Sie, Mylord, besitzen ein Haus auf Long Island, soviel ich weiß.«

»Richtig.«

»Sie besorgen mir ein Boot – ein Speedboot zum Sportfischen reicht aus – und jemanden, der es steuert. Wir fahren nach Nantucket und lassen uns etwa eine Meile vor der Küste treiben. Außerdem besorgen Sie mir einen Dolphin Speed Trailer. Das sind Dinger mit zwei großen Batterien, mit denen man sich im Wasser fortbewegt. Liam und ich werden tauchen, was wir gut können, und unter Wasser in den Sumpf eindringen, wo wir uns im Schilf verstecken.«

»Und dann?«, fragte Michael Rashid.

»Dann warten wir auf Cazalet, erschießen ihn und Clancy Smith und machen uns schleunigst aus dem Staub. Es wird eine Weile dauern, bis Harper sich fragt, was los ist, und in dieser Zeit kehren wir mit dem Dolphin zum Speedboot zurück. Dann geht es wieder nach Long Island, wo eine Gulfstream auf uns wartet, um uns sofort aus den Staaten nach Shannon zu bringen.«

Er machte eine Pause, leerte sein Glas und fragte Paul Rashid: »Klingt das plausibel?«

Ruhig erwiderte Rashid: »Ich finde, das klingt sehr plausibel.« Er wandte sich an seinen Bruder George. »Noch einen Bushmills für Mr. Bell.«

»Das ist ein fantastischer Plan«, sagte Kate, »aber was ist, wenn was dazwischenkommt? Wenn die Sache einfach nicht klappt?«

»Nichts im Leben ist todsicher«, erwiderte Bell. »Wir werden ein paar Risiken eingehen, aber wenn wir den Anschlag sauber vorbereiten, sollte alles klappen.«

»Dann sehen Sie zu, dass Sie ihn auch tatsächlich sauber vorbereiten«, sagte Paul. »Denken Sie daran, dass wir nur eine Chance haben. Wenn Sie versagen, wird Cazalet in Zukunft so perfekt bewacht werden, dass keiner mehr an ihn herankommt. Und dann müssen wir uns die Mühe machen, ein anderes Ziel zu finden.«

»Ein anderes Ziel?«, fragte Michael.

»Ich hab's dir schon gesagt, Bruder. So oder so, irgendjemand wird bezahlen.«

Wieder schwiegen alle, dann sagte Bell zu Kate: »Werden Sie die Dinge organisieren, die wir brauchen?«

Sie warf einen Blick auf Paul und nickte. »Alles, was auf Ihrer Liste steht.«

»Gut. Das Speedboot habe ich ja schon erwähnt und den Speed Trailer auch. Außerdem Tauchausrüstung für zwei.«

»Waffen?«, fragte Paul Rashid.

»Ich hätte am liebsten zwei einfache AK-Sturmgewehre mit Schalldämpfern und zwei Brownings mit Carswell-Schalldämpfern. Das ist alles. Ganz einfach. Falls alles gut geht.«

»Jetzt haben Sie schon wieder ›falls‹ gesagt«, wandte Kate ein.

Bell lächelte. »Ach, Lady Kate, ich bin jetzt schon seit achtundzwanzig Jahren im Geschäft, und wenn Sie wüssten, wie oft die genialsten Pläne scheitern, würden Sie verstehen, weshalb ich zum Zyniker geworden bin. Aber abgesehen davon« – Bell nahm ein Kärtchen aus der Jackentasche – »habe ich mich über Ihre hunderttausend Pfund zwar gefreut, doch ich will jetzt die nächste Rate haben. Das ist die Nummer meines Schweizer Kontos. Eine Million Vorschuss.«

Paul Rashid nickte. »Natürlich.« Er nahm das Kärtchen und gab es an Michael weiter. »Kümmere dich darum.« Er lächelte. »Ich glaube, jetzt ist ein Glas Champagner angesagt.«

»Eine gute Idee.« Bell erwiderte das Lächeln. »Aber das ist das letzte Mal. Sobald ich mit der Arbeit angefangen habe, trinke ich keinen Tropfen mehr.«

»Nun, das klingt vernünftig.«

Kate goss allen Champagner ein, und Paul Rashid hob sein Glas. »Dann wollen wir mal die Welt verändern.«

Bell lachte laut auf. »Nichts für ungut, aber wenn Sie das glauben, ist Ihnen nicht mehr zu helfen.«

Zwei Tage später brachte Kate Rashid Bell und Casey zum Pier von Quogue, wo sie ein Speedboot namens *Alice Brown* und einen Mann namens Arthur Grant vorfanden, der in den Fünfzigern war und das graue Haar zu einem Pferdeschwanz gebunden hatte.

»Mr. Grant«, sagte Kate, »das sind die Herren, von denen ich Ihnen erzählt habe. Sie wollen nach Nantucket, um dort zu tauchen. Mr. Bell sucht nach ein paar interessanten Wracks. Den Dolphin haben Sie ja schon an Bord.«

Grant schenkte sich einen Jack Daniel's ein. »Tja, Lady, das ist *Ihre* Geschichte. Was mich betrifft, habe ich den Eindruck, dass die beiden sich womöglich für was anderes als Wracks interessieren, aber das ist mir völlig egal. Zwanzigtausend Dollar, dann kriegen Sie das Boot.«

»Einverstanden.« Sie wandte sich an Bell. »Bleiben Sie in Kontakt.« Damit stieg sie den Niedergang hinauf.

»Sie hat 'nen fantastischen Hintern«, sagte Grant.

Bell ließ die Tasche mit den Waffen fallen und trat Grant gegen das rechte Schienbein. Dann drehte er ihn herum, und Casey rammte ihm den Kopf in den Magen. Grant fiel rücklings aufs Deck. Bell beugte sich über ihn.

»Von nun an gehören Sie mir, Grant. Haben wir uns verstanden? Passen Sie auf, was Sie sagen, und tun Sie, was von Ihnen verlangt wird, dann bekommen Sie die zwanzigtausend. Andernfalls ...«

Er nickte Casey zu, der ein Messer aus der Tasche zog und einen Knopf betätigte. Die Klinge sprang heraus.

»Tut mir Leid«, sagte Grant.

»Schön, behalten Sie das im Kopf«, sagte Bell.

In London saß Ferguson in seinem Büro im Verteidigungsministerium und arbeitete sich durch einen Stapel Akten. Detective Superintendent Hannah Bernstein kam herein.

»Haben Sie was für mich?«, fragte Ferguson.

»Nicht viel, Sir. Diese Sache mit den Rashids ...«

»Was ist damit?«

»Nach unseren Informationen sind sie alle in New York. Eine Art Familientreffen.«

»Was hat Dillon vor?«

»Ob Sie's glauben oder nicht, Sir, er ist in West Sussex auf der Jagd, und zwar mit Harry Salter. Fasane.«

»Mit Salter, diesem üblen Gangster?«

»Ja, Sir, und mit dem jungen Billy.«

»Mit Salters Neffen? Großartig. Der ist fast so schlimm wie Harry.«

»Ich sollte Sie eigentlich nicht daran erinnern müssen, Sir, dass er bei der Sache in Cornwall eine große Hilfe war.«

»Daran brauchen Sie mich tatsächlich nicht zu erinnern, Superintendent, aber ein Gangster ist er trotzdem.«

»Er war bereit, ohne jedes Training mit dem Fallschirm abzuspringen, und hat vier der Männer von Jack Fox erledigt. Ohne ihn wäre Dillon heute mausetot.«

»Zugegeben. Aber er bleibt immer noch ein übler Gangster.«

Bei Compton House in West Sussex fiel erbarmungslos der Regen, was die Jagdgesellschaft jedoch nicht im Mindesten störte. Es war eine dreißigköpfige Gruppe, an der Harry Salter sich finanziell beteiligt hatte. Er stieg aus einem langen Shogun, bekleidet mit einer Schirmmütze, einer Wachsjacke, Jeans und Gummistiefeln. Salter war fünfundsechzig und hatte ein fleischiges, joviales Gesicht, solange er lächelte. Obwohl er einer der bekanntesten Gangsterbosse Londons war, hatte er in seiner langen Karriere erst einmal im Gefängnis gesessen.

Inzwischen hatte er zwar Millionen in Immobilien am Hafen und in die Freizeitindustrie investiert, doch das Verbrechen lag ihm im Blut, weshalb er immer noch am Schmuggel vom europäischen Kontinent beteiligt war. Mit Zigarettenhandel konnte man viel Geld machen, denn auf dem Festland waren die Dinger unglaublich billig, in Großbritannien hingegen weltweit am teuersten. Nicht nötig, sich mit Drogen oder Prostitution einzulassen, wenn man den Zigarettenschmuggel hatte.

Im Regen stehend sagte er: »Was für ein fabelhaftes Pisswetter. Pisst es nicht herrlich, Dillon?«

»Das ist das Landleben, Harry.«

Dillon trug eine Mütze und eine schwarze Bomberjacke. Billy Salter, Harrys Neffe, kam als Nächster zum Vorschein. Er war Ende zwanzig, hatte ein bleiches Gesicht und wilde Augen und trug Mütze und Anorak. Als Adjutant seines Onkels hatte er viermal im Gefängnis gesessen, alles relativ kurze Strafen wegen tätlicher Bedrohung und schwerer Körperverletzung.

»Das ist alles deine Schuld, Dillon. In was hast du mich jetzt schon wieder reingezogen?«

»Du sollst ein paar Fasane schießen, Billy, und frische Landluft schnuppern. Bei unserem letzten Ausflug haben schließlich ein paar böse Buben versucht, dich umzubringen. Das hier ist mal was anderes.«

Joe Baxter und Sam Hall, die beiden Leibwächter von Harry, trugen Jeans und Anorak.

»Was für ein Haufen Vollidioten.« Billy deutete mit dem Kinn auf die anderen Teilnehmer der Jagdgesellschaft, die aus Jeeps und Range Rovers stiegen.

»Wozu die komische Aufmachung? Was sollen diese lächerlichen Hosen?«

»So ziehen sich die Leute an, um auf die Jagd zu gehen«, sagte Dillon. »Das ist ein alter englischer Brauch.«

Die übrige Gesellschaft scharte sich um einen großen Mann mit gerötetem Gesicht. Dillon hörte, wie jemand ihn mit »Lord Portman« anredete. Alle drehten sich um und beäugten die Gruppe Salters ungnädig.

»Du lieber Himmel, was haben wir denn da?«, fragte Portman.

Ein weiterer groß gewachsener Mann näherte sich. Er hatte einen grauen Bart. »Gentlemen, kann ich etwas für Sie tun? Mein Name ist Frobisher; ich bin der verantwortliche Wildhüter.«

»Ich hoffe schon, alter Junge. Salter ist mein Name – Harry Salter.«

Frobisher war sichtlich erstaunt und zögerte, bevor er sich an die anderen wandte. »Das ist Mr. Harry Salter, der Leiter der Jagdgesellschaft.« In einigen Gesichtern zeigte sich Entsetzen.

»Lord Portman, nicht wahr?«, fragte Salter.

»Ganz recht«, erwiderte Portman frostig.

»Der Vorsitzende von Riverside Construction, stimmt's? Da haben wir ja was gemein.«

»Ich kann mir nicht vorstellen, was.«

»Das brauchen Sie sich auch gar nicht vorzustellen. Schließlich habe ich Ihre Firma letzte Woche übernommen. Mir gehört Salter Enterprises, also arbeiten Sie gewissermaßen für mich.«

Das Entsetzen auf Portmans Gesicht war unübersehbar. Er wich zurück, während Dillon freundlich zu Frobisher sagte: »Können wir anfangen?«

Joe Baxter und Sam Hall luden die Gewehrtaschen aus. »Wir gehen das Tal hoch bis zu dem Wald da hinten«, sagte Frobisher. »Jeder von Ihnen bekommt von mir eine Nummer.«

»Wir wissen, wie es läuft«, sagte Dillon. »Ich habe es meinen Freunden schon erklärt.«

Frobisher zögerte. »Sie haben also schon gejagt?«

»Nur Menschen«, erläuterte Billy. »Also, auf geht's.«

Drei Stunden später saß Baxter am Steuer des Shoguns, während Billy eine Flasche Champagner öffnete und Plastikbecher damit füllte.

»Was für ein Haufen eingebildeter Pinkel. Und ihre Mienen, als ich alles abgeräumt hab!«

»Tja, du hast schließlich reichlich Übung«, sagte Dillon.

Harry Salter trank seinen Champagner. »Das belämmerte Gesicht von diesem Portman war eine wahre Freude.«

»Wirst du ihn endlich rausschmeißen, Harry?«, fragte Billy.

»Nein, ich kenne seine Personalakte. Er ist gut. Ich werde sein Gehalt erhöhen, dann wird er schon parieren. Das nennt man Geschäft, Billy.«

»Und das ist verflucht langweilig.« Billy schaute Dillon an. »Hast du nicht irgendwas laufen, wobei ich dir zur Hand gehen könnte?«

»Du denkst wohl wieder an Heidegger, was, Billy? Spürst du ein gewisses Bedürfnis nach Tat und Leidenschaft?«

»Jetzt mach mal Pause«, mahnte Salter seinen Neffen. »Das letzte Mal hätten wir dich fast nicht mehr zurückgekriegt.«

»Aber mir ist langweilig«, sagte Billy. »Du lässt mich nicht mal mehr die Schnaps- und Zigarettenlieferungen aus Amsterdam übernehmen.«

»Weil ich nicht will, dass du geschnappt wirst. Das Risiko können weniger wichtige Leute eingehen. Sei einfach mal ein lieber Junge.«

Er goss Champagner ein und Dillon sagte: »Ich werde darüber nachdenken, Billy.«

Billy hob seinen Becher. »Allzeit bereit, Dillon.«

Im Weißen Haus saß Jack Cazalet hemdsärmelig an seinem Schreibtisch im Oval Office und arbeitete sich durch einen Stapel Akten. Da ging die Tür auf, und Blake Johnson kam herein. Draußen prasselte der Regen ans Fenster. Der Präsident lehnte sich zurück.

»Was haben Sie für mich?«

»Hazar, Mr. President.«

»Der Tod des Sultans?«

»Die Ermordung des Sultans.«

Jack Cazalet stand auf, ging zum Fenster und blickte hinaus. »Bei der CIA wissen sie angeblich nichts darüber«, sagte Blake. »Sie behaupten, sie seien völlig perplex. Die Frage lautet: perplex oder betreten? Wir wissen, dass die Leute des Sultans versucht haben, Paul Rashid umzubringen, zum Wohle unserer Interessen und der der Russen. Der Sultan war ein Mann der CIA, weshalb ich sagen würde, die Leute da haben allerhand Fragen zu beantworten. Dazu kommt noch das ganze Geschrei von der Hisbollah, der Armee Gottes, dem Schwert Allahs und wie die sonst noch alle heißen. Da ist etwas im Busch.«

»Verflucht!«, sagte Jack Cazalet. »Das gefällt mir überhaupt nicht.«

»Wir leben in einer üblen Welt, Mr. President. Ich kann es zwar nicht beweisen, aber ich möchte wetten, dass Rashid zurückgeschlagen hat.«

»Weiß Charles Ferguson etwas darüber?«

»Keine Ahnung, Mr. President. Ich habe ihn nicht gefragt.«

»Dann tun Sie es und informieren Sie mich anschließend.«

Es war später Abend in London, als Ferguson am Kamin seiner Wohnung am Cavendish Place saß und mit Blake telefonierte.

»Was den Sultan betrifft, kann ich Ihnen nicht weiterhelfen, obwohl ich ebenfalls das Gefühl habe, dass Rashid ihn auf dem Gewissen hat.«

»Sind Sie sicher?«

»Absolut. Einer meiner zuverlässigsten Leute, Colonel Tony Villiers, führt die Hazar Scouts als Vertragsoffizier. Er hält mich auf dem Laufenden. Im Golfkrieg hat er die Spezialeinheit befehligt, in der Rashid gedient hat.«

»Na, dann stimmt es wohl. Danke, Charles. Wie geht es Dillon?«

Ferguson zögerte. »Also, da Sie schon von ihm sprechen ... Verflucht, Blake, das ist streng vertraulich, aber ... machen Sie's sich gemütlich, mein Freund, ich muss Ihnen was erzählen. Es geht um die Rashids.«

Er berichtete alles: von Drumcree, Aidan Bell, Kate Rashid, dem Tod der Männer von der Provisional IRA.

»Mein Gott«, sagte Blake, »was haben die nur vor?«

»Sie glauben diese Geschichte also auch nicht, was? Immerhin wollen die Rashids tatsächlich in Nordirland investieren, das ist unbestreitbar.«

»Mag sein, aber hinter der Sache steckt wesentlich mehr. Tja, halten Sie mich auf dem Laufenden, Charles. Grüßen Sie Hannah – und sagen Sie Dillon, er soll auf sich aufpassen.«

Blake legte den Hörer auf und ging zurück ins Oval Office, um den Präsidenten zu informieren.

Nantucket

5

Es war Nacht, als sie auf der *Alice Brown* von Long Island nach Nantucket fuhren. Arthur Grant übernahm um Mitternacht das Steuerrad von Casey und wurde um vier Uhr morgens von Bell abgelöst.

Es war noch dunkel. Der Ire saß auf dem Drehsitz, rauchte im Licht des Kompasshauses eine Zigarette, genoss jede Minute und dachte nach.

Er hatte sich gefreut, Dillon wieder zu sehen, einen fabelhaften Kameraden aus alten Zeiten, obgleich sich ihre Wege getrennt hatten. Das Mädchen hatte ihm auch gefallen. Was für eine Frau - und sie hatte ihn gleich durchschaut.

Es ging ihm nicht ums Geld; das war schon immer so gewesen. Diesen Russen in Tschetschenien hatte er es wirklich gegeben: eine Salve in den Kopf des Generals aus sechshundert Metern Entfernung, fünfzig Pfund Semtex für dessen Leute. In der guten, alten IRA-Zeit hatten sie so etwas als »Ulster-Pfanne« bezeichnet ...

Knarrend ging die Tür auf, und Liam Casey kam mit Tee und Sandwiches herein. »Ich konnte nicht einschlafen. Wie geht's dir?«

»Gut.« Aidan Bell stellte den Autopiloten an und griff nach einem Sandwich, während Casey Tee in zwei Becher goss. »Und du? Wie fühlst du dich?«

»Alles bestens.«

»Warum auch nicht? In Tschetschenien sind wir auch davongekommen, oder etwa nicht?«

Casey nahm ebenfalls ein Sandwich. »Schon, aber der Präsident der Vereinigten Staaten, Aidan – das ist doch was anderes.«

»Ja, aber wir haben einen perfekten Plan!«

Bell nahm sich noch ein Sandwich, und Casey sagte: »Ich habe mir ein paar Gedanken gemacht. Was ist, wenn Cazalet dieses Wochenende nicht auftaucht? Das muss doch manchmal vorkommen.«

»Ich habe seine Termine recherchiert, Liam. Hältst du mich für bescheuert? Außerdem habe ich mir heute auf dem Fernseher über dem Kartentisch die Nachrichten auf CNN angeschaut und erfahren, dass er wie üblich zu dem alten Haus seiner Familie am Meer fliegt. Schließlich sind wir hier in Amerika; da sagen sie dir alles.«

»Warum hast du mir das nicht erzählt, verdammt?«

»Weil Grant gerade im Ruderhaus war, während du an Deck warst, um die Ausrüstung zu verstauen. Beruhige dich.«

Casey gab ihm eine Zigarette. »Ich mag den Kerl nicht. Der ist von der Sorte, die meine Oma als ›Schlitzohren‹ bezeichnet hat.«

»Mag sein, aber wenn er mir dumm kommt, mach ich ihn so zur Schnecke, dass er nicht mal mehr auf dem Zahnfleisch kriechen kann. Mach dir keine Sorgen, ich hab 'ne Story für ihn, mit der er sich schon zufrieden geben wird. Überlass ihn einfach mir und kümmere dich nur darum, dass er seine Nase nicht in die Tasche mit den Waffen steckt.«

Der leichte Regen war eher wie ein Nebel über dem Meer, als die *Alice Brown* drei Meilen vor Nantucket parallel zur Küste trieb. Arthur Grant saß am Steuer, während Aidan Bell und Casey unter dem Schutzdach am Heck, das sie mit Fischnetzen drapiert hatten, an der Arbeit waren. Den Dolphin Speed Trailer hatten sie bereits über die Reling gehievt und festgemacht; jetzt überprüften sie ihre Tauchausrüstung.

»Maschine drosseln«, rief Bell, und Grant gehorchte, so dass sie nur noch langsam dahintrieben, während Bell und Casey ihre Tauchanzüge und Westen anlegten.

Grant hatte die Windschutzscheibe geöffnet und lehnte sich heraus. »Irgendwelche Probleme?«

»Nein«, sagte Bell. »Stellen Sie den Autopiloten an und kommen Sie her.«

Bell schlüpfte in seine Jacke, an der schon die Luftflaschen befestigt waren, und sicherte die Klettverschlüsse; Casey tat dasselbe.

»Bist du dir sicher?«, fragte Casey. »Drei Meilen in einer Dreiviertelstunde?«

»Bei dem Tempo, das das Ding bringt, schaffen wir das leicht. Wir bleiben die ganze Zeit in viereinhalb Metern Tiefe. Wir haben mehr als genug Luft, und außerdem schiebt uns die Strömung in Richtung Küste.«

Er ließ gerade die Waffentasche auf den Dolphin fallen und befestigte die Halteleine an seinem Bleigürtel, als Grant erschien. Bell zog sich die Handschuhe über.

»Tja, jetzt geht's ums Ganze. Wir lassen uns zur Küste ziehen, um nach einem Wrack aus dem Zweiten Weltkrieg zu suchen. Es ist ein irisches Schiff, die *Rose of Tralee.*« Die Geschichte klang so gut, dass er sie beinahe selbst glaubte. »Unter anderem hatte sie

Goldbarren an Bord, die die Bank von England zur Sicherheit in Boston deponieren wollte. Man sucht schon seit Jahren danach. Letzten Monat habe ich einen sechsundachtzigjährigen Knaben aufgespürt, der Matrose auf der *Rose* war und überlebt hat, als sie von einem U-Boot torpediert wurde. Von dem Gold hatte er keine Ahnung, aber er konnte mir die genaue Position nennen.«

»Meine Güte!«, sagte Grant.

»Also: Tun Sie, was angesagt ist, dann kriegen Sie was ab.«

»Klar. Sagen Sie mir, was ich machen soll, Mr. Bell«, erklärte Grant eifrig.

»Okay. Sie bleiben hier. Werfen Sie den Anker und legen Sie die Netze aus. Tun Sie so, als wären Sie beschäftigt. Wenn alles gut geht, sehen wir uns in drei Stunden wieder.«

Er zog sich die Maske übers Gesicht, steckte sich das Mundstück zwischen die Zähne und ließ sich rückwärts über die Heckreling fallen. Während er die Leine des Dolphins löste, gesellte Casey sich zu ihm. Bell schaltete die beiden Hochleistungsbatterien ein und hockte sich vorne auf das Fahrzeug. Als Casey hinter ihn geklettert war, ließ er den Dolphin abtauchen, ging bei viereinhalb Metern Tiefe in die Waagrechte und steuerte mit Höchstgeschwindigkeit die entfernte Küste der Insel Nantucket an.

In einen Trainingsanzug der US-Marineinfanterie gekleidet, stand Jack Cazalet auf der Veranda des alten Hauses, trank seine erste Tasse Kaffee und sah zu, wie Murchison, sein geliebter Flat-coated Retriever, mit Clancy Smith auf dem Strand herumtollte. Als er

Schritte hinter sich hörte, drehte er sich um und sah Blake Johnson kommen, der ebenfalls einen Becher Kaffee in der Hand hatte.

»Es ist immer ein tolles Gefühl, wieder hier zu sein, Blake«, sagte Cazalet.

»Zweifellos, Mr. President.«

»Ich kann's kaum erwarten, meine Runde zu drehen. Kommen Sie mit?«

»Nein, heute Morgen geht es leider nicht. Es ist zwar noch früh am Tag und außerdem Wochenende, aber Harper hat drüben in der Kommunikationszentrale alle Hände voll zu tun. Ständig kommt irgendwas aus Washington. Ich bleibe lieber hier, um ihn ein wenig zu unterstützen.«

»Na schön, aber dann kommen Sie wenigstens kurz mit, um sich mein neues Spielzeug anzuschauen. Ich habe es mir in dieser Woche herschicken lassen.«

Cazalet ging voraus in den Hof. Das Scheunentor stand offen und gab den Blick auf ein großes Motorrad frei. »Eine Geländemaschine von Montesa«, sagte der Präsident. »Es wird eine Menge Spaß machen, damit auf den Feldwegen herumzufahren.«

»Das glaube ich Ihnen aufs Wort«, erklärte Blake. »Aber, um ehrlich zu sein, bin ich seit Jahren nicht mehr Motorrad gefahren, Mr. President.«

»Ach, mit dem Ding könnte ein Kind umgehen. Das nehmen Schäfer, um ihre Tiere zusammenzutreiben.« Cazalet saß auf, ließ den Motor an und fuhr eine Runde im Hof. »Na bitte.« Er schaltete aus und zog das Motorrad auf den Ständer. »Sie können sie gern benutzen!«

»Das werde ich«, sagte Blake.

Während sie zur Veranda zurückgingen, begann es zu regnen. Murchison saß mit hängender Zunge da und wartete. Clancy Smith kam hinzu. Er trug eine gelbe Öljacke mit Kapuze und hatte eine zweite in der Hand, die er Cazalet reichte.

»So wie ich Sie kenne, Mr. President, laufen wir los, egal ob's regnet oder nicht.«

»Sie haben Recht wie immer, Clancy.« Cazalet zog die Jacke an, knöpfte sie zu und pfiff Murchison zu sich. »Los, Junge.«

Er ging die Stufen hinab und begann zu laufen, dicht gefolgt von seinem Hund. Clancy Smith rückte seinen Ohrhörer zurecht, nahm seinen geliebten alten Browning aus dem Schulterhalfter, steckte ihn in die rechte Jackentasche und folgte den beiden.

Aidan Bell hatte sich kaum verschätzt. Unterstützt von der starken Strömung, erreichten er und Casey die Mündung, die zum Sumpf führte, in fünfzig Minuten. Es war - natürlich - ein salziger Sumpf, eine fantastische Wildnis mit hohem Schilf, tiefen Wasserrinnen, schlammigen Flächen und einer Vielzahl verschiedenartiger Vögel, die verärgert aufflogen, als der Dolphin an die Oberfläche kam.

Bell lenkte das Gerät auf eine sanft abfallende Sandbank. Dann stiegen er und Casey ab, schoben den Dolphin ein Stück weit an Land und entledigten sich ihrer Jacken und Luftflaschen. Dabei wechselten sie kein Wort. Schließlich schnallte Bell die Waffentasche ab, reichte Casey ein AK-Sturmgewehr und einen Browning und holte seine eigenen Waffen heraus. So, wie die beiden in ihren schwarzen Tauchanzügen dastanden, sahen sie wie Söldner aus dem Mittelalter aus.

»Eines wissen wir«, sagte Bell. »Er läuft immer vor dem Frühstück. Das heißt, er hat jetzt entweder schon die halbe Runde hinter sich oder er taucht jeden Moment auf. Es gibt nur einen Weg, der vom Haus zu den Pfaden im Sumpf führt, und der ist drei- oder vierhundert Meter von hier entfernt, würde ich sagen. Wenn wir da warten, erwischen wir ihn entweder, wenn er gerade losgelaufen ist, oder wenn er zurückkommt. Auf geht's.«

Bell drehte sich um und führte Casey kaltblütig, ruhig und ohne jede Emotion durchs Schilf.

Jack Cazalet, Clancy und Murchison liefen inzwischen rasch durch den heftigen Regen. Der Präsident genoss jeden Augenblick. Wie er gern sagte, wusch das Laufen die Jahre hinweg, und angesichts des Zustands, in dem die Welt sich befand, hatte er das dringend nötig.

Murchison folgte ihm auf dem Fuße. Clancy, der fünf Meter hinter ihm war, blieb auf einer alten, überdachten Holzbrücke stehen, die vorübergehend Schutz vor dem Regen bot.

»Alles in Ordnung, Mr. President?«, fragte Clancy.

»Absolut. Das Übliche, bitte.«

Clancy zog eine Packung Marlboro aus der Tasche, steckte zwei Zigaretten an und gab eine Cazalet, der sie nahm und genussvoll inhalierte.

»Lassen Sie sich damit bloß nicht von irgendwelchen Pressefotografen erwischen, Mr. President.«

»Nun, eine Schwäche kann ich mir ja wohl erlauben. Schließlich habe ich mit Hilfe dieser Dinger den Vietnamkrieg überstanden – und Sie den Golfkrieg.«

»Wie wahr«, stimmte Clancy bei.

Die beiden rauchten in kameradschaftlichem Schweigen, dann traten sie ihre Kippen aus. »Weiter geht's«, sagte Cazalet, trat in den Regen und begann wieder zu laufen.

Im Schilf neben dem Hauptweg verborgen, sah Bell sie kommen. Laut flüsternd nahm er Kontakt zu Casey auf, der auf der anderen Seite wartete.

»Da sind sie. Mach dich bereit. Du übernimmst den Geheimdienstler, ich den Präsidenten. Und werd bloß nicht nervös. Lass dir Zeit.«

Er wartete. Es war nicht nötig, aus der Distanz zu schießen, wenn man das praktisch aus kürzester Entfernung tun konnte. Er hob das AK an die Schulter, während Cazalet direkt auf ihn zulief.

Doch wie Bell Kate Rashid erklärt hatte, können selbst die genialsten Pläne scheitern. Er hatte alles akribisch ausgearbeitet und alle Eventualitäten vorhergesehen – abgesehen vom Instinkt eines Jagdhundes namens Murchison. Mit jener besonderen Fähigkeit, die nur Hunden zu Eigen ist, spürte dieser, dass etwas nicht in Ordnung war. Er schoss los wie eine Rakete und stürzte sich ins Schilf auf der anderen Seite des Weges.

Casey taumelte heraus, damit beschäftigt, Murchison loszuwerden, der ihn am linken Knöchel gepackt hatte. Sein Sturmgewehr ging los.

In etwa fünfundzwanzig Metern Entfernung blieb Jack Cazalet stehen. Aidan Bell verharrte in der Deckung und zielte, doch Clancy Smith reagierte schnell. Im selben Augenblick stieß er den Präsidenten zur Seite. Die Kugel, die für Cazalet gedacht war, durchschlug seine rechte Schulter.

Clancy taumelte, ohne den Überblick zu verlieren. »In Deckung, Mr. President!«, brüllte er und drückte Cazalet in den Schutz des Schilfrohrs.

Cazalet stieß einen gellenden Pfiff aus, und wenige Sekunden später war Murchison bei den beiden. Aus dem Loch in Smiths gelber Öljacke strömte Blut.

»Ist es schlimm?«, fragte Cazalet.

»Das wird schon wieder. Aber Sie sollten das Ding hier nehmen, Mr. President.« Er gab Cazalet den Browning.

Bell rief leise über den Weg: »Bleib in Deckung, Liam!« Dann gab er mehrere Schüsse in die Richtung ab, in der Clancy Smith und Cazalet verschwunden waren.

Clancy nahm bereits Kontakt mit dem Haus auf, während Cazalet das Feuer zweimal erwiderte.

In der Kommunikationszentrale saß Blake Johnson neben Harper und arbeitete eine Reihe von Nachrichten ab, als in den Lautsprechern knisternd die Stimme von Clancy mit den schockierenden Worten ertönte: »Blake! Wolkenbruch! Wolkenbruch!« Im selben Augenblick hörte man das Geräusch von Schüssen.

Blake griff nach dem Mikrofon. »Wo seid ihr?«

»Auf halber Höhe des Hauptwegs. Ich bin verwundet, aber der Präsident ist okay. Er erwidert das Feuer.«

»Bin schon unterwegs.« Blake blickte Harper an. »Geben Sie mir Ihre Waffe. Sie wissen, was Sie zu tun haben.«

Mit verstörtem Gesicht reichte Harper ihm eine Beretta. Blake schob sie in seine rechte Hosentasche und rannte hinaus auf die Veranda und weiter zur Scheune. Sekunden später kam er auf der Montesa wieder zum Vorschein und raste schlingernd den Feldweg entlang.

Clancy und der Präsident, die durchs Schilfrohr lugten, sahen ihn kommen, als er noch ein gutes Stück weit entfernt war. Bell und Liam bemerkten ihn natürlich ebenfalls.

»Dieser Narr«, sagte Cazalet. »Die werden ihn abknallen. Warum hat er denn nicht gewartet, bis die Hubschrauber da sind?«

»Wer weiß, wie lang die brauchen«, sagte Clancy Smith.

Blake brachte die kleine Maschine auf hundert Stundenkilometer, eine haarsträubende Geschwindigkeit auf dem engen Weg. Aidan Bell feuerte durchs Schilfrohr, und seine kurze Salve ließ den Vorderreifen platzen, so dass die Montesa sich zur Seite neigte und über den Weg schlitterte, während Blake sich mit einem Fußtritt von ihr befreite.

In diesem Augenblick machte Liam Casey einen bösen Fehler. Mit erhobenem Sturmgewehr trat er aus dem Schilf. »Jetzt hab ich dich, du Bastard!«

Blake zog die Hand mit der Beretta aus der rechten Hosentasche und schoss dem großen Iren in den Oberkörper. Casey schrie auf. Sein Sturmgewehr ging los, während er mit dem Kopf voraus neben Bell ins Schilf sprang.

Ein Stück weiter stand Cazalet kurz auf. »Hierher, Blake! Ich gebe Ihnen Feuerschutz.«

Während er sich wieder duckte, stolperte Blake hinkend den Weg entlang.

»Kannst du den Mistkerl erledigen, der mich erwischt hat, Aidan?«, fragte Liam Casey.

Bell sah Blake davontaumeln und im Schilf verschwinden. »Das lohnt sich nicht.«

»Mein Gott, tut das weh, Aidan.«

Bell betrachtete das Einschussloch im Bauchbereich des Tauchanzugs. »Das glaube ich dir.«

Aus der Ferne hörte man ein ominöses Dröhnen. »Verdammt, da kommt die Artillerie. Zeit, zu verschwinden.«

»Was soll das heißen?«, wollte Liam wissen.

»Das heißt, dass man manchmal gewinnt und manchmal verliert, und die Sache hier ist eindeutig im Arsch, nur wegen des verfluchten Köters. Cazalet wird ihm ein goldenes Halsband spendieren. Ich werde dafür sorgen, dass die da drüben schön in Deckung bleiben, und dann haue ich ab.«

Er feuerte eine breit gestreute Salve in die Richtung, in der er den Präsidenten und seine Leute vermutete.

Als sein Sturmgewehr leer war, warf er es in den Schlamm und griff nach dem von Casey.

»Aber was wird aus mir?«, stöhnte Casey.

»Das ist ein Problem, aber dafür habe ich eine Lösung. Unsere Freunde haben nur einen von uns gesehen. Wenn sie also einen finden, werden sie erst mal damit zufrieden sein, während der andere sich davonmacht.«

Er stand auf und nahm seinen Browning mit dem Carswell-Schalldämpfer aus der Taucherjacke. Liam Casey sagte: »Du kannst mich doch nicht hier lassen, Aidan.«

»Ich bin nur vernünftig.«

Aidan Bell zielte auf Caseys Herz, der Browning bellte einmal auf, Liam Casey zuckte zusammen und blieb reglos liegen.

»Tut mir Leid, alter Junge«, sagte Aidan leise. Dann steckte er sich den Browning wieder in die Jacke und schlich sich durchs Schilfrohr davon. Vierhundert Meter weiter wartete der Dolphin; das war nicht zu weit und er konnte wieder unter Wasser sein, bevor die Hubschrauber begannen, das Gelände abzusuchen. Außerdem würden sie bald auf Liam stoßen und damit erst einmal beschäftigt sein.

Nach der langen letzten Salve herrschte Stille. »Vielleicht ist er bewusstlos«, sagte Cazalet.

»Oder abgehauen«, kommentierte Clancy.

Murchison jaulte, dann streckte er die Schnauze in die Luft und schnüffelte. »Er riecht was«, sagte der Präsident.

Die Helikopter - zwei Maschinen - waren nun ganz in der Nähe. »Auf die wird er bestimmt nicht warten«, sagte Blake. »Entweder liegt er flach oder er ist abgehauen. Ich gehe raus.«

Er trat aus dem Schilf, bevor der Präsident ihn davon abhalten konnte, stellte sich auf den Weg und winkte mit beiden Armen, während die Hawk-Hubschrauber herunterkamen. Sie landeten und aus jedem stürmten sechs Geheimdienstleute in marineblauen Kampfanzügen, von denen jeder die neue Parker-Hale-Maschinenpistole trug. Sie scharten sich um den Präsidenten, der aus dem Schilf trat. Er stützte Clancy Smith, der eine beträchtliche Menge Blut verloren hatte.

»Dem Präsidenten ist nichts passiert«, sagte Blake.

»Nur, weil Clancy sich eine Kugel eingefangen hat, die für mich gedacht war«, sagte Cazalet. »Schafft ihn sofort in einen der Hubschrauber.«

»Mr. President, Sie kennen die Vorschriften«, sagte Blake. »Wir bringen Sie unverzüglich aus der Schusslinie, bis alles geklärt ist.«

»Na gut, verdammt.« Cazalet pfiff nach Murchison und folgte den beiden Männern, die Clancy Smith zum Hubschrauber trugen.

Während der eine Hawk abhob, wandte sich Blake an die verbliebenen Agenten. »Es war ein Mann in einem schwarzen Tauchanzug. Er hat versucht, mit einem Sturmgewehr auf mich zu schießen. Ich habe ihn auf jeden Fall getroffen und er hat sich ins Schilf da drüben geworfen. Kommt bloß nicht ohne ihn zurück!«

Etwa zur selben Zeit hatte Aidan Bell seine Tauchutensilien wieder angelegt und schob den Dolphin ins Wasser. Er schaltete ihn an, kletterte hinauf und brachte ihn zur Sicherheit auf sechs Meter Tiefe. Nach zehn Minuten hatte er das offene Meer erreicht.

»Du überlebst immer, Aidan«, sagte er zu sich selbst. »Du überlebst immer.«

Als sie Liam Casey fanden, hielten sie ihn zuerst für tot. Einer der Männer holte Blake, doch als der ankam, hatte sich die Lage geändert. Sie trugen Casey durchs Schilf zum zweiten Helikopter.

Campbell, der den Trupp anführte, sagte: »Er hat einen wirklich üblen Bauchschuss. Das waren wahrscheinlich Sie, aber Sie haben gesagt, Sie hätten nur einmal geschossen.«

»Mit Sicherheit.«

»Dann war noch jemand hier. Der hat aufs Herz gezielt, wahrscheinlich, um den Burschen endgültig zu erledigen. Aber er hatte einen Browning in der Jacke, der die Kugel abgelenkt hat. Allerdings wird er trotzdem kaum überleben, glaube ich.«

»Schaffen wir ihn auf jeden Fall so rasch wie möglich in die Chirurgie.« Auf einem kleinen Air-Force-Stützpunkt an der Küste des Festlands, etwa vierzig Kilometer weit entfernt, befand sich ein Militärkrankenhaus.

»Ich habe gerade gehört, dass der Präsident und Clancy schon dort sind«, berichtete Campbell.

»Na, dann los.«

Im Hubschrauber legten sie den notdürftig verbundenen Liam Casey auf eine Trage. Er schlug die Augen auf und blickte sich um. Als er Blake sah, blitzte ein Schimmer des Wiedererkennens in ihm auf.

»Ich kenne Sie«, flüsterte er.

Blake beugte sich nah zu ihm. »Woher kennen Sie mich?«

»Aus dem Souterrain. Sie sind ein Freund von Dillon. Dem Mann vom Souterrain.«

Blake war noch nie so verblüfft gewesen. »Woher, zum Teufel, wissen Sie das?« Doch es kam keine Antwort, denn Liam Casey war bewusstlos geworden.

Im Krankenhaus wurde Casey von Ärzten weggebracht. Blake fand den Präsidenten bei einer Tasse Kaffee in einem privaten Aufenthaltsraum.

»Wie geht es Clancy, Mr. President?«, erkundigte er sich.

»Der kommt wieder auf die Beine. Er sollte einen Orden bekommen. Teufel, er hat mich zur Seite gestoßen und die Kugel abgefangen, Blake. Man hat mir gesagt, ihr habt den Attentäter gefunden. Wie ist sein Zustand?«

»Man bringt ihn gerade in den Operationssaal. Er hat kurz den Mund aufgemacht.« Blake berichtete, was der Ire gesagt hatte.

»Der Mann vom Souterrain? Ein Freund von Dillon? Blake, was hat das zu bedeuten?«

»Weiß Gott, Sir. Wir müssen abwarten.«

»Na, eines ist sicher, ich will keinerlei Aufsehen. Halten Sie die Sache absolut geheim, als wäre nie etwas geschehen. Sie, ich und der Geheimdienst – sonst weiß niemand Bescheid. Aber wir müssen unbedingt herausfinden, wer dahinter steckt, und was seine Motive sind.«

»Soll ich Ferguson anrufen, Mr. President? Schließlich hat der Mann den Namen Dillon erwähnt. Das sollte man überprüfen.«

»Klingt logisch. Gut, sprechen Sie mit Charles und auch mit Dillon. Aber sonst mit niemandem.«

»Mit Ausnahme von Murchison, nehme ich an, denn der weiß sowieso schon alles.«

Murchison, der vor dem elektrischen Heizofen lag, stand auf, und der Präsident gab ihm einen Kuss auf die Nase. »Er hat sich geradewegs auf diesen Mistkerl gestürzt. Hat mir das Leben gerettet.«

»Er ist eindeutig was Besonderes.« Blake lächelte. »Entschuldigen Sie mich. Ich werde mich an die Arbeit machen, Mr. President.«

Die *Alice Brown* hob und senkte sich in der starken Dünung, als Bell mit dem Dolphin an die Oberfläche kam. Netze hingen ins Wasser und alles sah ganz unauffällig aus. Grant kam zur Heckreling.

Bell löste die Klettverschlüsse seiner Jacke und ließ die Luftflaschen ins Wasser gleiten. Er streifte Maske und Schwimmflossen ab; des Sturmgewehrs hatte er sich bereits entledigt.

»Werfen Sie mir ein Seil zu.«

Grant runzelte die Stirn. »Wo ist Ihr Freund?«

»Der hat einen Unfall gehabt.«

Das gefiel Grant überhaupt nicht. Seine Miene verdüsterte sich. »Hören Sie mal, was ist eigentlich los hier?«

Bell zog den Reißverschluss seiner Tauchjacke auf, holte den Browning heraus und schoss Grant zwischen die Augen. Dann griff er nach der Reling, zog sich hoch und gab mehrere Schüsse auf den Dolphin ab, der daraufhin langsam unterging. Bell durchsuchte die Fächer im Ruderhaus und fand eine Kette, die er um Grants Knöchel schlang, bevor er ihn unter der Reling durchschob. Während die Leiche im Wasser versank, holte Bell rasch die Netze ein. Dann ging er nach unten, besorgte sich aus der Kombüse eine Flasche irischen Whiskey und eilte wieder an Deck. Er ging ins Ruderhaus, startete die Motoren und fuhr los, eine Hand am Ruder, während er Whiskey in einen großen Plastikbecher schenkte. Er leerte ihn in einem Zug und schenkte sich noch einen ein, während es wieder zu regnen begann.

Im Wohnzimmer ihrer Villa in Quogue saßen Paul und Kate Rashid am offenen Kamin. Michael und George waren in London. Das verschlüsselte Handy von Paul läutete, er hob ab und hörte die Stimme von Bell.

»Was gibt's Neues?«

»Es ist schief gelaufen.«

Bell berichtete, was geschehen war. Es war eine relativ korrekte Version der Ereignisse, bei der er nur die Tatsache unterschlug, dass er Liam Casey erschossen hatte.

»Ich möchte Ihnen sagen, dass es mir Leid tut«, erklärte Bell, »aber ich habe nichts falsch gemacht, sondern alles richtig. Es lag an dem verfluchten Hund.«

»Wissen Sie, was die Araber sagen? *Inshallah*. Das ist der Wille Gottes«, kommentierte Paul Rashid. »Konnten Sie den Hund nicht erschießen?«

»Dazu war keine Zeit.«

»Wann sind Sie da?«

»In vier Stunden.«

»Na gut. Am Flughafen Westhampton wartet eine Gulfstream. Meine Schwester ist hier. Wir fliegen zusammen nach England zurück.«

»In Ordnung.«

»Was ist mit Grant? Ich hasse Mitwisser.«

»Um den habe ich mich schon gekümmert. Wie sagt man doch? Arthur Grant schläft bei den Fischen.«

»Und was ist mit seinem Boot?«

»Ich schwimme an Land.«

»Dann bis bald.«

Paul Rashid legte auf und schaute Kate an. »Ein Hund – dieser Flat-coated Retriever des Präsidenten, namens Murchison.« Er begann zu lachen, dann griff er wieder nach seinem Handy. »Ich rufe am Flughafen an und lasse die Gulfstream startklar machen. Und dann trinken wir ein Glas Champagner.«

»Auf wen denn?«

»Na, auf Murchison natürlich.«

Im Krankenhaus dauerte der Kampf um das Leben von Clancy Smith volle vier Stunden. Die Air Force flog zwei weitere Notfallchirurgen und den Leibarzt des Präsidenten ein.

Nach der Operation setzten Cazalet und Blake sich eine Weile zu Clancy, dessen Schmerzen mit Medikamenten betäubt worden waren. Der leitende Chirurg kam herein, um ihn zu untersuchen.

»Sie sind bald wieder auf den Beinen, Junge.«

»Vielen Dank, Sir.«

Der Chirurg nickte Cazalet zu, der ihm auf den Gang folgte. »Mr. President, schätze ich die Lage richtig ein?«

»Robert, Sie müssen mir einen heiligen Eid schwören, dass Sie den Mund halten«, erwiderte Cazalet.

»Natürlich, Mr. President. Das, was wir dem jungen Mann herausoperiert haben, war die Kugel eines AK-Gewehrs. In Vietnam habe ich selbst eine in den Leib bekommen.«

»Tja, die hier war für mich gedacht, aber der tapfere Bursche hat mich zur Seite gedrückt, sich umgedreht und sie an meiner Stelle abbekommen.«

»Gott im Himmel! Und der andere?«

»Ist der Attentäter. Allerdings gab es womöglich noch einen zweiten. Wird er überleben?«

»Ich bezweifle es. Ich halte Sie auf dem Laufenden. Wir sind bald fertig.«

Cazalet ging wieder ins Zimmer und brachte Blake auf den neuesten Stand. »Hoffen wir, dass er überlebt. Die Sache ist mehr als seltsam und ich wüsste gern, wer dahinter steckt.«

Clancy, der allmählich einzudämmern schien, fragte: »Habe ich meinen Job noch, Mr. President, oder sagen Sie Campbell, er soll jemand anderen herbeordern?«

»Nur über meine Leiche.«

Clancy musste unwillkürlich lachen. »Mein Gott, tut das weh. Aber Sie müssen zugeben, das ist irgendwie ganz lustig.«

»Schlafen Sie jetzt ein wenig, Clancy«, sagte Blake. »Der Präsident und ich werden uns was zu essen besorgen. Bis später.«

Aidan Bell hatte großes Glück, als er sich Quogue auf der *Alice Brown* näherte. Ein dichter Nebel hing über dem Meer und hüllte alles ein. Einen knappen Kilometer vor der Küste schob er das mit einem kleinen Außenborder ausgerüstete Beiboot über Bord, dann ging er unter Deck und öffnete die Bordventile. Er stieg ins Beiboot, stellte den Motor an, fuhr ein kleines Stück weit weg und wartete. Es dauerte nicht lange. Die *Alice Brown* sank langsam, bis das Deck überspült war, dann ging sie rasch unter. Bell gab Gas und raste auf die Küste zu.

Im Wohnzimmer sprachen Paul Rashid und seine Schwester miteinander. »Also, was nun?«, fragte sie.

»Ich habe ein alternatives Ziel. Schon von Anfang an.«

»Darf ich es erfahren?«

»Bald, meine Liebe, aber jetzt noch nicht.«

Es klopfte an einer der Glastüren. Paul Rashid zog eine Schublade in seiner Nähe auf und nahm eine Walther heraus. Er stand auf und nickte Kate zu. Draußen stand Bell. Als sie die Tür öffnete, trat er lächelnd ein, noch in seinen Tauchanzug gekleidet.

»Gott schütze alle hier, sagt man bei uns in Irland.«

»Alles in Ordnung?«, fragte Kate.

»Ja. Sie brauchen mir bloß zeigen, wo Sie meine Sachen untergebracht haben. Ich muss mich rasch duschen und umziehen, dann bin ich bereit.«

»Beeilen Sie sich«, sagte Paul Rashid. »In einer Stunde fliegen wir von Westhampton ab.«

»War schon irgendwas im Fernsehen?«

»Nicht einmal eine Andeutung, was ich sehr seltsam finde. Das gefällt mir gar nicht, deshalb sollten wir uns beeilen.«

In einem der Assistentenzimmer des Krankenhauses lag der Präsident in einem schmalen Bett und schlief. Blake, der im Aufenthaltsraum in einem Sessel döste, wurde von einer Hand auf seiner Schulter geweckt. Er blickte auf und sah einen der Chirurgen, einen Colonel der Air Force, vor sich.

»Mr. Johnson, er ist zu sich gekommen, aber es geht ihm nicht gut. Er ist sehr schwach.«

»Kann ich mit ihm sprechen?«

»Versuchen können Sie es, aber ich glaube nicht, dass Sie viel aus ihm herausbekommen.«

»Schön. Informieren Sie den Präsidenten. Ich gehe zu ihm.«

Liam Casey war an mehrere Apparate angeschlossen, die ihn am Leben erhielten. Ein Pfleger kümmerte sich um ihn.

»Ich habe die Erlaubnis, mit ihm zu sprechen, wenn es geht«, sagte Blake.

»Ich glaube nicht, dass Sie was erreichen werden, Sir.«

Blake zog einen Stuhl heran und Casey schlug die Augen auf. Eine kurze Zeit lang hörte seine Stimme sich erstaunlich kräftig an.

»Ich lieg im Sterben, stimmt's? Und Sie sind der Kerl, der auf mich geschossen hat. Der Mann aus dem Souterrain. Dillons Freund.«

»Sagen Sie, wie heißen Sie?«

Hinter Blake traten der Präsident und der Colonel leise ins Zimmer.

»Jetzt ist es sowieso egal. Casey – Liam Casey.«

»Woher kommen Sie?«

Aus Caseys Mund trat ein wenig Blut, das der Pfleger wegwischte.

»Aus Drumcree. County Down.«

Blake runzelte die Stirn. »Von Drumcree habe ich schon gehört, aber warum nennen Sie mich ›Mann vom Souterrain‹ und halten mich für einen Freund von Dillon?«

»Weil ich Ihr Bild in den Unterlagen gesehen hab.«

»In was für Unterlagen?«

»In denen, die Aidan gesammelt hat für den Plan, den Präsidenten zu beseitigen. Drei Millionen hat sie uns versprochen, als sie zu uns nach Drumcree gekommen ist. Dillon hat sie angelogen. Dem hat sie gesagt, sie bräuchte Schutz für irgendwelche Geschäfte in Nordirland.«

»Teufel noch mal, was soll das heißen?«, fragte der Präsident.

Blake brachte ihn mit einer Handbewegung zum Schweigen und sagte zu Liam: »Aidan ist also Aidan Bell, und er war hier und hat versucht, den Präsidenten zu erschießen.«

»Stattdessen hat er auf mich geschossen. Ich habe schon gedacht, er hätte mich erledigt. Jedenfalls hat er mich liegen lassen, damit ich die Sache ausbade, und ist abgehauen.«

»Wie?«

»Unter Wasser.« Mit einem Mal sah Casey lebhafter aus. »Zu einem Fischerboot drei Meilen vor der Küste und dann zurück nach Long Island. Sie haben dort ein Haus. Die Rashids.«

»Nur mit der Ruhe«, besänftigte ihn Blake. »Weshalb? Weshalb wollte Paul Rashid den Präsidenten umbringen lassen?«

»Ein Doppelagent namens Gatow, der für die Amerikaner und für die Russen gearbeitet hat, hat seine Mutter umgebracht, deshalb hat er ihn erledigt. Und die Araber haben versucht, Rashid für irgendwelche amerikanischen und russischen Ölfirmen zu ermorden. Er wollte sich rächen.«

»Aber das hat er nicht geschafft, nicht wahr? Er ist gescheitert.«

»Das stimmt. Aber es gibt noch ein anderes Ziel.«

»Und das wäre?«

»Rashid hat gesagt, das sucht er aus.«

Plötzlich verzerrte Casey qualvoll das Gesicht und begann, krampfhaft zu zucken. Der Pfleger und der Colonel traten rasch zum Bett und Blake machte ihnen Platz.

»Gehen Sie bitte, meine Herren«, forderte der Colonel sie auf.

»Um Himmels willen, was geht da bloß vor sich?«, überlegte der Präsident im Aufenthaltsraum.

»Darf ich Sie an das Gespräch erinnern, das ich vor nicht allzu langer Zeit mit Charles Ferguson geführt habe, Mr. President? Es ging um eine Reise, die Lady Kate Rashid nach Nordirland unternommen hat – mit Sean Dillon als ihrem Aufpasser.«

Als Blake wenig später wieder in den Aufenthaltsraum kam, saß der Präsident mit gerunzelter Stirn da und trank Kaffee. Er hob den Kopf. »Und?«

»Casey ist tot. Ich habe mit Harper in der Kommunikationszentrale gesprochen. Er lässt die Lage auf Long Island überprüfen, das heißt, die Rashids.«

Cazalet steckte sich eine Marlboro an, stand auf und schritt im Zimmer umher. »Das ist ja wirklich kaum zu glauben. Rashid ist einer der reichsten Männer der Welt, ein Earl, ein Kriegsheld, ein Freund des britischen Königshauses. Wer zum Teufel würde so was denken?«

»Niemand, Mr. President, niemand auf der großen, weiten Welt. Casey ist tot, und was er gesagt hat, könnte man leicht als das Geplapper eines Sterbenden abtun. Momentan haben wir nicht das Geringste gegen Rashid in der Hand.«

»Aber weshalb ist er so wild entschlossen, Blake?«, überlegte Cazalet.

»Da gibt es viele Gründe, nehme ich an. Das Attentat auf ihn selbst, der Tod seiner Mutter, der Verrat des Sultans, sein Herzenswunsch, Hazar von unserem Einfluss zu befreien. Wir sind der große Satan, vergessen Sie das nicht. Einerseits ist er zwar Engländer, aber seine Abstammung von den Beduinen ... nun, ich hätte keine große Lust, mit ihm allein in der Wüste zu hocken.«

»Das ganze Geld«, sagte Cazalet. »Es bedeutet ihm nichts, oder?«

»Es ist nur ein Mittel, das ihm Macht verschafft. Weil er es hat, kann er mit einem Hubschrauber in die Wüste fliegen, um dort mit seinen Kriegern auf dem Kamel umherzustreifen. Nichts ist ihm wichtiger.«

Eine lange Pause entstand. Cazalet wollte den Faden gerade wieder aufnehmen, als Blakes Handy läutete. Blake hob ab, lauschte und sagte dann: »Gut, ich melde mich gleich wieder.« Er sah den Präsidenten an. »Harper. Die Rashids waren in Quogue.«

»Und?«

»Vor vier Stunden sind sie vom Flughafen Westhampton gestartet. Paul und Kate Rashid und ein Mann namens Thomas Anderson.«

»Aidan Bell?«

»Anzunehmen. Flugziel ist der britische Air-Force-Stützpunkt Northolt.«

Wieder entstand eine lange Pause, bevor Cazalet sagte: »Wir können nichts unternehmen, stimmt's?«

»Ehrlich gesagt, nein, jedenfalls vorläufig nicht. Aber ich spreche mit Ferguson.«

»Gut. Tun Sie das und fliegen Sie dann selbst nach London. Ich möchte, dass Sie alles mit dem Brigadier koordinieren.«

»Der ist übrigens gerade befördert worden. Jetzt ist er Major General.«

»Tatsächlich? Das freut mich. Ich werde ihn selbst noch anrufen, bevor Sie abfliegen. Heute war ein wirklich schlimmer Tag. Fliegen wir zurück nach Nantucket.«

Die Gulfstream befand sich in der Mitte des Atlantiks, als die Rashids und Bell eine leichte Mahlzeit aus Räucherlachs, Salat und Champagner zu sich nahmen.

Bell leerte sein Glas. »Also, was nun?«

»Ich denke darüber nach«, erwiderte Paul Rashid. »Vorläufig habe ich in Hazar andere Probleme. Ich melde mich wieder.«

»Warten Sie nicht zu lang. Inzwischen fahre ich heim nach Drumcree und schaue nach, ob alles in Ordnung ist und ob die Burschen sich auch anständig benehmen.«

»Bestimmt tun sie das«, bemerkte Kate Rashid.

»Normalerweise schon. Sie bringen mich nicht gern in Rage.«

Bell kippte seinen Sessel zurück und schloss die Augen. Schließlich war es ein langer Tag gewesen.

London

6

Am Cavendish Place saß Ferguson spät in derselben Nacht mit Dillon und Hannah Bernstein zusammen, um die ganze Sache zu besprechen. Nachdem sie stundenlang diskutiert hatten, ohne zu einem eindeutigen Schluss zu kommen, sagte Ferguson: »Na schön, also hat sein Privatkiller, dieser Aidan Bell, Cazalet verfehlt, weil der eine Menge Glück hatte. Ich glaube nicht, dass sie es noch einmal mit dem Präsidenten versuchen werden. Aber wer ist das neue Ziel?«

»Da er es offenbar gleichermaßen auf die Amerikaner und die Russen abgesehen hat«, sagte Hannah Bernstein, »wie steht es dann mit dem russischen Ministerpräsidenten, General?«

»Ich kann mir nicht vorstellen, dass Aidan Bell in Moskau tätig wird«, warf Dillon ein.

»Das bräuchte er gar nicht«, sagte Ferguson düster. »Am 17. des kommenden Monats wird der Ministerpräsident in London erwartet. Handelsgespräche mit dem Premierminister.«

»Das wusste ich gar nicht, Sir«, sagte Hannah.

»Die Öffentlichkeit wurde auch noch nicht informiert, Superintendent. Das ist in sechs Wochen.«

»Also glauben Sie, *er* könnte das Ziel sein?«

»Woher soll ich das wissen? Was meinen Sie, Dillon?«

»Das wäre allzu offensichtlich.«

»Auf Cazalet hat das auch zugetroffen, zumindest im Nachhinein. Das nützt jetzt aber nichts mehr. Wer könnte es sonst noch sein?«

»Keine Ahnung«, sagte Dillon. »Das Beste wäre ... ihn einfach zu fragen.«

Verblüfftes Schweigen, dann wiederholte Hannah Bernstein: »Ihn zu fragen?«

Dillon sah Ferguson an. »Brigadier ...« Er lachte. »Verzeihung ... General. Früher haben Sie manchmal von Situationen gesprochen, bei denen die Gegenseite wusste, dass wir informiert waren – und umgekehrt.«

»Stimmt.«

»Da können wir doch ein wenig Druck auf den guten Earl ausüben. Wir könnten dafür sorgen, dass er weiß, was wir wissen, und dass wir ihm auf den Fersen sind.«

Ferguson nickte. »Keine schlechte Idee. Vielleicht bringt es ihn ein wenig durcheinander und macht ihn unvorsichtig. Warten wir, bis Blake morgen früh kommt, und dann überrumpeln wir Rashid in seiner Höhle.«

»Ausgezeichnet«, sagte Dillon. »Und Aidan ist wahrscheinlich wieder daheim in Drumcree. Überprüfen wir das. Können Sie ein paar Leute beauftragen, das zu klären, Charles? Auf Liam Casey muss Aidan Bell nun zwar verzichten, aber ihm bleiben immer noch Tommy Brosnan, Jack O'Hara, Pat Costello – ein ganzer Haufen Ganoven. Klären wir, ob die noch immer alle im County Down sind.«

Als die Rashids am folgenden Abend die Piano-Bar des Dorchester betraten, sahen sie Sean Dillon am Klavier sitzen. Er trug einen dunkelblauen Anzug und eine Krawatte in den Farben der Grenadier Guards. Im Mundwinkel hing ihm wie immer eine Zigarette, die jedoch nicht angezündet war.

Kate Rashid ging zu ihm, ließ ihr goldenes Feuerzeug aufflammen und gab ihm Feuer. »Besser so?«

»Gott schütze Sie, Ma'am, weil Sie so eine gute Seele sind. Und weil ich Sie so heiß und innig liebe, verzeihe ich Ihnen, dass Sie mich in Bezug auf den Trip nach Drumcree reingelegt haben.«

»Reingelegt?«

»Genau. Ich weiß alles darüber, wie der gute Aidan versucht hat, den Präsidenten umzulegen. Sehr ungezogen, Kate, wirklich sehr ungezogen.«

Sie zündete sich ebenfalls eine Zigarette an. »Also, Dillon, ich hätte Sie nie für jemanden gehalten, mit dem die Fantasie so durchgeht.«

»Ach, ich bin völlig realistisch, meine Liebe. Aidan Bell hat auf Nantucket versucht, Liam Casey endgültig ins Jenseits zu schicken, aber Casey hatte einen Browning in der Taucherjacke und der hat die Kugel abgelenkt. Einen Bauchschuss hatte er natürlich trotzdem.«

»Wie interessant.«

»Trotzdem hat er lange genug weitergelebt, um die Sache auszuplaudern. Er war ziemlich sauer auf Aidan, der gute Liam.«

»Ja, das kann ich mir vorstellen«, sagte Kate.

»General Ferguson muss jeden Moment hier sein, gemeinsam mit Blake Johnson. Ich würde Ihnen ja sagen, wer Blake ist, aber bestimmt wissen Sie das schon, nicht wahr, Kate? An Ihrer Stelle würde ich mir anhören, was die beiden zu sagen haben.«

Kate drehte sich um und ging zu ihren Brüdern zurück. Die Rashids unterhielten sich schon eine Weile, als Charles Ferguson mit Hannah und Blake Johnson auf der Treppe neben der Theke erschien. Die drei kamen herunter und gingen zu den Rashids. Als sie sich gesetzt hatten, glitt Dillon vom Klavierhocker und gesellte sich zu ihnen.

»Nun, Mr. Dillon«, sagte Paul Rashid, »da haben Sie meiner Schwester ja eine äußerst merkwürdige Geschichte erzählt.«

»Der Bericht aus erster Hand ist sogar noch besser«, meinte Blake. »Ich war selbst da. Liam Casey wollte auf mich schießen, aber ich habe ihn in den Bauch getroffen. Daran ist er schließlich gestorben, doch vorher haben der gute Liam und ich ein wenig miteinander geplaudert.«

»Sie haben keinerlei Beweise, das ist Ihnen wohl klar«, sagte Paul Rashid.

»Stimmt«, erwiderte Charles Ferguson, »jedenfalls momentan. Aber das wird sich ändern, Rashid. Ich habe vor, Sie bis ans Ende der Welt zu verfolgen. Besonders Dillon freut sich darauf.«

»Tatsächlich?« Paul Rashid lächelte. »Sieht ja ganz so aus, als würden Sie mir den Krieg erklären, General Ferguson.«

»Genau.«

Rashid erhob sich, gefolgt von seinen beiden Brüdern und seiner Schwester. »Nehmen Sie sich in Acht. Schließlich könnte ich Ihnen ebenfalls den Dschihad erklären. Aber ich glaube nicht, dass das nötig sein wird. Nicht wahr, General?«

Er ging hinaus, und die anderen Rashids folgten ihm. Blake sagte: »Jetzt haben Sie ihn mächtig unter Druck gesetzt, Charles.«

»Das hatte ich auch vor«, erwiderte Ferguson und sah Hannah an. »Was meinen Sie?«

»Sie haben ihm nicht viel Spielraum gelassen.«

Ferguson wandte sich an Dillon. »Und Sie?«

»Ich?« Dillon lachte. »Du lieber Himmel, Euer Ehren. Ich bin bloß ein einfacher irischer Bursche. Was mich fasziniert hat, war die Tatsache, dass er nichts geleugnet hat.«

»Nun, jetzt gehört er Ihnen«, sagte Ferguson zu Dillon. »Bleiben Sie ihm auf den Fersen.«

»Wir sollten daran denken, was er gesagt hat, Sir«, sagte Hannah. »Er könnte uns tatsächlich den Krieg erklären.«

»Stellen Sie meine Anordnungen in Frage, Superintendent?«

»Ach, machen Sie sich da mal keine Sorgen«, sagte Dillon. »Anordnungen befolgt sie gern, General, egal, wie blödsinnig sie sind. Ich hingegen sehe die Dinge zwar manchmal etwas anders, aber wie wir beide wissen, bin ich ein wenig verrückt. Komm, Hannah, machen wir uns auf und bringen die Welt in Ordnung.« Damit drehte er sich um und ging mit Hannah hinaus. Blake und Ferguson blieben allein zurück.

In Kate Rashids Haus hielt Paul Kriegsrat mit seinen drei Geschwistern.

»Sehr bedauerlich, dass Casey überlebt hat.«

»Und noch bedauerlicher, dass Aidan Bell uns nicht die ganze Wahrheit erzählt hat«, kommentierte Kate.

»Das stimmt, aber bei Leuten wie ihm ist so was zu erwarten. Vorläufig werde ich es ihm nachsehen. Ich brauche ihn noch.«

»Und was nun?«

»Ich glaube, ich werde Ferguson eine Lektion erteilen. Er hat dafür gesorgt, dass Dillon zu einer Bedrohung für mich wurde, und deshalb ist es an der Zeit, uns diesen Mann vom Hals zu schaffen.« Er wandte sich an Michael. »Das ist deine Aufgabe. Nimm Ali Salim von der Partei Gottes. Der schafft das schon. Aber bleib im Hintergrund.«

»Und wann soll das in Angriff genommen werden, Bruder?«

»So bald wie möglich. Wenn Salim Zeit hat, soll er sofort in Aktion treten. Aber überlass die Sache ihm. Du bist ein guter Junge, Michael, doch von den Dillons dieser Welt solltest du die Finger lassen.« Paul schaute Kate an. »Einverstanden?«

»Voll und ganz.« Sie gab Michael einen Kuss auf die Wange. »Überlass es einfach Ali Salim.«

Dillon und Hannah saßen nicht weit von Dillons Stadthaus in den Stable Mews entfernt in einem kleinen italienischen Lokal bei einem leichten Essen. Sie hatten die Lage bis zum Überdruss besprochen, wobei es vor allem darum gegangen war, ob Ferguson zu viel Druck auf Rashid ausgeübt hatte oder nicht. Inzwischen waren sie bei Tee und Kaffee angelangt, als Blake, der sich vorher auf Dillons Handy gemeldet hatte, hereinkam.

»Willst du etwas essen?«, fragte Dillon.

»Bei Ferguson gab's Rührei.« Blake setzte sich. »Ich habe mit dem Präsidenten gesprochen. Der hält Paul Rashid für völlig verrückt.«

»Wenn der verrückt ist, dann bin ich es auch.« Dillon schüttelte den Kopf. »So, wie sich unsere Kultur heutzutage entwickelt, läuft alles auf eine hemmungslose Ausbreitung des Kapitalismus hinaus und darauf, dass westliche Firmen sich in Regionen wie Arabien einmischen, nur um noch mehr Geld zu machen. Wir leben in einer Gesellschaft, in der man meint, Geld sei das Einzige, was zählt. Aber wir sollten uns bewusst machen, dass wir es mit Völkern zu tun bekommen könnten, denen Geld überhaupt nichts bedeutet, und die Beduinen sind so ein Volk.«

»Für Rashid ist das ganz in Ordnung so«, sagte Blake. »Der ist ein ziemlich reicher Beduine.«

»Schon, aber sein ganzes Imperium wird von Beduinen kontrolliert, den Rashids. Das ist ein Unterschied. Wie auch immer – hast du Lust, zu mir rüberzumarschieren, um noch was zu trinken?«

»Mein Wagen steht draußen, wir können fahren«, sagte Blake.

Er ging mit Hannah hinaus, während Dillon die Rechnung bezahlte und den beiden dann folgte.

Ali Salim war ein Araber aus dem Jemen, fünfunddreißig Jahre alt. Er hatte wilde Augen und eine dunkle, von Pockennarben übersäte Haut. Er hatte den Auftrag ohne Zögern angenommen und die Gefahr, die von Dillon ausging, heruntergespielt.

»Ach, der wird Probleme machen, sagen Sie? Ich werde ihm mehr Probleme machen, als er sich vorstellen kann. Wo finde ich ihn?«

Er saß mit Michael Rashid im Wohnzimmer seiner Wohnung in der Nähe des Marble Arch. Der Araber zog eine Schublade auf und nahm eine Beretta heraus. Michael war verwirrt und unzufrieden. Sein Gegenüber irritierte ihn, doch sein Bruder hatte darauf bestanden, dass er selbst sich aus der Sache heraushielt.

»Er wohnt in den Stable Mews, Nummer fünf. Ich bringe Sie im Wagen hin und setze Sie ab.«

»Na, dann wollen wir mal.« Ali nahm einen Schlüsselbund aus einer Schublade. »Ein paar Dietriche, falls er nicht da sein sollte. Behalten Sie Ihr Geld. Ich tu es für Ihren Bruder, der für uns alle ein Vorbild ist.«

Dillon schloss die Haustür auf und ging voraus, dann kam Hannah, gefolgt von Blake. Sie gingen durch den Flur ins Wohnzimmer. Dort stand Ali Salim hinter der Tür.

Er versetzte Dillon mit seiner Beretta einen brutalen Schlag an die Schläfe. Dillon stolperte durchs Zimmer und sank auf ein Knie.

Ali packte Hannah und stieß sie zu Boden. Die Handtasche flog ihr aus der Hand. Der Araber wirbelte herum, streifte auch Blake mit einem raschen Schlag und richtete seine Pistole dann auf Dillon. Hannah stürzte sich auf ihre Handtasche, griff hinein und holte ihre Walther heraus. Ali Salim, der das aus dem Augenwinkel bemerkte, drehte sich um und schoss dreimal auf sie.

Blake packte Ali Salim an den Beinen, erhielt aber noch einen Schlag auf den Kopf. Nun kam Dillon auf die Beine und griff in den offenen Kamin, wo er seinen Joker versteckt hatte – eine Walther, die am Abzugsbügel an einem Nagel hing.

Seine Hand fuhr hoch und er schoss Ali Salim zwischen die Augen. Der Araber fiel rückwärts über einen Sessel, dann wand er sich mit blutüberströmtem Gesicht auf dem Boden. Dillon trat zu ihm und schoss ihm zweimal ins Herz.

Dann sank er auf die Knie, um sich um Hannah zu kümmern. Ihre Augen waren glasig und sie war am ganzen Körper mit Blut bedeckt. Dillon stand auf, ging zum Telefon und wählte.

»Ist da das Rosedene? Hier ist Dillon. Ein ernster Zwischenfall. Superintendent Bernstein wurde von drei Kugeln getroffen. Wir sind in meiner Wohnung. Kommen Sie sofort her.«

Er ging in sein Schlafzimmer, wühlte in einem Schrank und kehrte mit ein paar Verbandpäckchen aus Armeebeständen zurück. »Versorg sie damit, Blake«, sagte er, denn Johnson war mittlerweile wieder auf den Beinen und sah nicht zu mitgenommen aus. Dillon durchsuchte währenddessen Alis Leiche und fand eine Brieftasche.

Er rief Ferguson an. Nachdem der General abgehoben hatte, sagte er: »Als ich mit Hannah und Blake nach Hause kam, hat ein arabischer Killer auf mich gewartet. Laut seinem Ausweis heißt er Ali Salim. Er hat Hannah dreimal getroffen, und ich habe ihn erledigt. Mit dem Rosedene habe ich schon gesprochen. Ein Rettungswagen ist unterwegs.«

»Um Gottes willen«, sagte Ferguson.

»An Ihrer Stelle würde ich ihre Angehörigen benachrichtigen. Ich schicke Blake im Rettungswagen mit und bleibe hier, um aufzuräumen.«

»Sie können sich auf mich verlassen«, versprach Ferguson, dem es gelang, ruhig zu bleiben.

Dillon wählte erneut eine Nummer. Am anderen Ende meldete man sich sofort. »Hier Dillon, ich habe was für Sie zu entsorgen. Sofort. Der Artikel ist in meiner Wohnung.«

»Schon unterwegs«, sagte eine Stimme.

Dillon legte auf. In diesem Moment läutete es an der Haustür, und als er aufmachte, kamen drei Sanitäter mit einer Trage herein.

Er führte sie ins Wohnzimmer, wo Blake neben Hannah hockte.

»Drei Schüsse aus nächster Nähe. Diese Beretta wurde verwendet.« Er gab ihnen Ali Salims Waffe.

Die Sanitäter kümmerten sich rasch um Hannah, versorgten sie mit einer Infusion und legten sie auf die Trage.

»Fahr mit, Blake. Ich komme nach.«

Plötzlich war er allein. Er steckte sich eine Zigarette an, dann goss er sich einen Bushmills ein. Er stürzte ihn hinunter. Als er sich noch einen einschenkte, zitterte seine Hand ein wenig.

»Wenn sie stirbt, Rashid«, sagte er leise, »dann gnade dir Gott.«

Einen Augenblick später läutete es wieder an der Tür. Er machte auf und ließ zwei blasse Männer mittleren Alters in dunklen Anzügen und Mänteln herein. Einer von ihnen hatte einen Leichensack aus schwarzem Plastik über dem linken Arm.

»Hier entlang.«

Dillon führte sie hinein. »Meine Güte«, sagte der Ältere der beiden, als er Ali Salim sah.

»Sparen Sie sich Ihr Mitgefühl. Er hat dreimal auf Superintendent Bernstein geschossen. Ich habe seine Brieftasche, die ich General Ferguson übergeben werde. Schaffen Sie ihn einfach hier raus.«

»Selbstverständlich, Mr. Dillon.«

Als Dillon später an Hannah Bernstein dachte und an alles, was sie zusammen erlebt hatten, spürte er keine Wut, sondern Sorge. Schließlich gehörte so etwas zu dem Beruf, den sie beide ausübten. Die Wut würde später kommen. Er schlüpfte in einen Trenchcoat aus Leder und verließ das Haus.

Viele Leute hielten Arnold Bernstein für den besten Chirurgen in London, aber eine Operation an seiner eigenen Tochter wäre unvereinbar mit seinem Berufsethos gewesen, weshalb Professor Henry Bellamy vom Guy's Hospital operierte. Er erlaubte Bernstein jedoch, als Beobachter im Operationssaal zu sein, was mit dem ärztlichen Ethos gerade noch vereinbar war.

Ferguson, Dillon und Blake saßen mit Rabbi Julian Bernstein, Hannahs Großvater, im Vorraum. Sie tranken Kaffee oder Tee, während sie auf das Ende der vierstündigen Operation warteten.

»Vermutlich hassen Sie uns, Rabbi«, sagte Ferguson.

Der alte Mann zuckte die Achseln. »Wie könnte ich? Das ist das Leben, das sie gewählt hat.«

Die Tür ging auf, und Bellamy kam mit Arnold Bernstein heraus. Beide trugen noch Operationskleidung. Die Wartenden standen auf, und Ferguson fragte: »Wie schlimm ist es?«

»Sehr schlimm«, antwortete Bellamy. »Der Magen ist verletzt, die Blase, die Milz. Eine Kugel hat den linken Lungenflügel durchschlagen und das Rückgrat angekratzt. Es ist ein Wunder, dass sie noch am Leben ist.«

»Aber sie *ist* noch am Leben?«, fragte Dillon.

»Ja, Sean, das ist sie, und ich glaube, dass sie durchkommen wird. Aber es wird eine Weile dauern, bis sie über den Berg ist.«

»Dem Himmel sei Dank«, sagte Rabbi Bernstein.

»Danken Sie lieber einem großartigen Chirurgen«, sagte Dillon, drehte sich um und ging hinaus.

Ferguson rief ihm hinterher: »Warten Sie doch, Sean!«

Er holte Dillon an der Treppe vor dem Eingang ein. Blake war ihnen gefolgt. »Sean, Sie werden doch keine Dummheiten machen?«

»Weshalb sollte ich so etwas tun?«

»*Ich* kümmere mich um Rashid.«

Dillon stand reglos da und sah ihn an. »Dann tun Sie es bald, General, sehr bald. Denn wenn Sie's nicht tun, dann tue ich es. Behalten Sie das im Gedächtnis.« Damit ging er die Treppe hinab und davon.

»Ein wütender Mann, General«, sagte Blake Johnson.

»Ja, und mit vollem Recht. Besprechen wir die ganze Sache, Blake. Vielleicht finden wir die richtige Methode, damit umzugehen.«

Als Dillon wieder in seiner Wohnung war, läutete es an der Tür. Draußen stand der Ältere der beiden Männer, die Ali Salims Leiche fortgeschafft hatten. Er trug eine dunkelgraue Kunststoffurne.

»Ah, Mr. Dillon. Ich dachte, Sie würden das gern haben.«

»Was ist es?«

»Die Asche von Ali Salim.«

Dillon nahm die Urne entgegen. »Ausgezeichnet. Ich sorge dafür, dass sie den richtigen Empfänger erreicht.«

Er stellte die Urne auf das Regal im Flur, dann rief er Ferguson an. »Ich bin's. Wann treffen wir Rashid?«

»Das weiß ich noch nicht.«

»Ich schon. Ich habe Ihnen doch gesagt: Wenn Sie nichts unternehmen, kümmere ich mich um ihn.«

»Das ist nicht nötig. Ich rufe ihn an und vereinbare einen Termin.«

»Tun Sie das.« Dillon legte auf.

Zu seiner Überraschung läutete es erneut an der Tür; als er aufmachte, stand Rabbi Bernstein vor ihm.

»Darf ich hereinkommen, Sean?«

»Natürlich.«

Der alte Mann folgte Dillon ins Wohnzimmer, wo Dillon sich umdrehte. Er hatte plötzlich Angst bekommen. »Es geht ihr doch gut, nicht wahr?«

»Offenbar ja, Sean. Ich kenne zwar nicht alle Einzelheiten, aber ich weiß, was sie Ihnen durch mich mitteilen würde. Sie will keine Rache.«

»Nun, ich schon. Tut mir Leid, Rabbi, aber ich fühle mich momentan sehr alttestamentarisch. Auge um Auge.«

»Lieben Sie meine Enkeltochter?«

»Nicht so, wie Sie es jetzt meinen. Was sie betrifft – sie liebt mich nicht, weiß Gott. Sie verabscheut sogar, was ich darstelle, aber darauf kommt es jetzt nicht an. Ich halte sehr viel von ihr, und ich habe nicht die Absicht, den Mann, der für ihren Zustand verantwortlich ist, einfach so davonkommen zu lassen.«

»Selbst wenn sie es anders haben wollte?«

»Ja. Deshalb sollten Sie lieber gehen, Rabbi, falls Sie nicht einfach eine Tasse Tee mit mir trinken wollen.«

»Gott helfe Ihnen, Sean.«

Bernstein ging zur Tür, die Dillon für ihn aufhielt. »Tut mir Leid, Rabbi.«

Bernstein verließ die Wohnung. Dillon schloss die Tür, zögerte und kehrte dann ins Wohnzimmer zurück.

Das Telefon läutete. Dillon hob ab und vernahm Fergusons Stimme. »Morgen um elf in meiner Wohnung. Ich erwarte Sie.«

»Ich komme«, sagte Sean Dillon und legte auf.

Am folgenden Morgen schaute er im Krankenhaus vorbei und stellte fest, dass Hannahs Zustand zwar schlecht, aber stabil war. Sie erhielt die beste Behandlung, die man in London bekommen konnte – mit weniger gab Ferguson sich nicht zufrieden –, und deshalb gab es nichts, was Dillon für sie tun konnte.

Wieder zu Hause, kleidete er sich in schwarzes Leder, zog eine schwarze Bomberjacke an und legte einen weißen Schal um. Dann nahm er die dunkelgraue Kunststoffurne, verließ das Haus und ging zu Fergusons Wohnung am Cavendish Place. Kim führte ihn zu Ferguson, der mit einer Tasse Tee und ein paar Scheiben Toast am Kamin saß.

»Ich hatte noch keine Zeit zum Frühstücken. Blake telefoniert in meinem Arbeitszimmer gerade mit dem Präsidenten. Er kommt gleich. Nehmen Sie sich doch was zu trinken. Ich weiß ja, dass Sie früh anfangen.«

Dillon goss sich einen Bushmills mit ein wenig Wasser ein. »Irgendwas Neues aus Nordirland?«

»Bell ist tatsächlich da, zusammen mit seinen drei Spießgesellen Tommy Brosnan, Jack O'Hara und Pat Costello. Stimmen die Namen?«

»Ja.«

Blake kam herein. »Der Präsident lässt Sie alle herzlich grüßen. Er macht sich große Sorgen um Hannah. Sollte sie irgendetwas brauchen, zum Beispiel eine Spezialbehandlung, müssen Sie's nur sagen.«

Die Türglocke läutete. Kim erschien und blickte Ferguson fragend an. Als dieser nickte, öffnete der Gurkha die Wohnungstür und führte Paul und Kate Rashid herein.

Sie trug einen schwarzen Hosenanzug, er eine lederne Bomberjacke, einen Pullover und Slacks. Beide schienen guter Laune zu sein.

»Etwas zu trinken, Sir?«, fragte Ferguson. »Kaffee, Tee – oder etwas Gehaltvolleres?«

»Ich nehme dasselbe wie Dillon«, sagte Kate.

»Einen Bushmills um Viertel nach elf am Vormittag? Damit muss man aufgewachsen sein, Mädchen.«

»Nun, ich muss es doch mal versuchen, nicht wahr?«

»Wie Sie wollen.« Dillon schenkte ihr Whiskey ein und goss ein wenig Wasser dazu. »Der älteste Whiskey der Welt, sagt man. Von irischen Mönchen erfunden.«

Kate nahm einen kleinen Schluck. »Superintendent Bernstein ist heute nicht bei uns?«

»Sie hat Glück, dass sie überhaupt noch bei uns ist. Sie liegt im Krankenhaus auf der Intensivstation. Als wir gestern Abend in meine Wohnung kamen, hat dort ein Bursche namens Ali Salim gewartet. Ich habe ein wenig nachgeforscht. Ein Fanatiker von der Partei Gottes.«

Erst herrschte Schweigen, dann fragte Paul Rashid: »Wie geht es Superintendent Bernstein?«

»Na, blendend«, erwiderte Dillon. »Ihr Magen ist beschädigt, die Blase, die Milz, im linken Lungenflügel war eine Kugel und das Rückgrat ist verletzt. Genau das, was man erwartet, wenn ein religiöser Fanatiker drei Schüsse auf eine Frau abgibt.«

»Und dieser Ali Salim?«, fragte Kate Rashid vorsichtig. »Wo ist er?«

»Auf dem Tisch da drüben.« Dillon deutete mit dem Kinn auf die dunkelgraue Kunststoffurne. »Ich habe Ihnen seine Asche mitgebracht. Sechs Pfund. Mehr ist nicht von ihm übrig.« Er schenkte sich noch einen Bushmills ein. »Ach, ich hab's Ihnen wohl noch nicht erzählt? Ich habe den Bastard erledigt, nachdem er auf Bernstein geschossen hatte.«

Kate nippte an ihrem Whiskey, dann nahm sie ein Etui aus ihrer Handtasche und holte eine Zigarette heraus. Dillon gab ihr Feuer. »Bitte schön.«

»Es tut mir Leid«, sagte sie. »Die Sache mit Superintendent Bernstein.«

»Tja, das ist auch nicht weiter verwunderlich. Schließlich war nicht sie gemeint, sondern ich.«

»Tatsächlich?«

Paul Rashid mischte sich ein. »Weshalb sind wir hier, General Ferguson?«

»Weil ich Sie bereits gewarnt hatte, Rashid, und jetzt sage ich es ganz offen: Wenn Sie Krieg wollen, dann bekommen Sie ihn. Ich mag es überhaupt nicht, wenn man auf meine Leute schießt. Wir werden Ihnen so dicht auf den Pelz rücken, dass Sie keine Luft zum Atmen mehr haben, geschweige denn dazu, ihr ›Alternativziel‹ aufs Korn zu nehmen.«

»Tatsächlich? Und wer wäre das?«, fragte Paul Rashid.

»Da fällt mir unweigerlich ein, dass der russische Ministerpräsident nächsten Monat in der Stadt ist.«

»Wirklich?«, bemerkte Paul Rashid. »Wie interessant.«

»Und viel zu offensichtlich«, sagte Dillon und steckte sich eine neue Zigarette an. »Nein, auf seiner Liste steht jemand anders.«

»Sie werden wohl einfach abwarten müssen, nicht wahr?« Paul Rashid stand auf. »Komm, Kate.«

Da mischte sich Blake ein: »Um Himmels willen, weshalb nur, Sir? Der Tod Ihrer Mutter war eine Tragödie, aber weshalb wollen Sie so weit gehen?«

»Sie sind ein anständiger Kerl, Mr. Johnson, aber begreifen tun Sie's trotzdem nicht. Die Geschäftsleute Ihres Landes meinen, sie können auf der ganzen Welt herumspazieren, alles übernehmen und korrumpieren und auf den Rechten der Menschen herumtrampeln. Die Russen sind genauso. Aber auf dem Territorium der Rashids, in Hazar und in der Arabischen Wüste, werden Sie damit nicht durchkommen. Ich habe die nötigen finanziellen Mittel im Rücken und ich habe mein Volk. Denken Sie mal darüber nach, mein Freund. Eines kann ich Ihnen versprechen - ich werde Sie überraschen.« Er wandte sich zu seiner Schwester um. »Kate?«

Dillon brachte Kate zur Tür und öffnete sie ihr. »Versuchen Sie, ihn zur Vernunft zu bringen, Kate.«

»Mein Bruder ist immer vernünftig, Dillon«, erwiderte sie.

»Dann werden wir alle gemeinsam auf demselben dunklen Weg zur Hölle marschieren.«

»Eine interessante Vorstellung«, bemerkte Paul Rashid und ging als Erster hinaus.

Die Tür schloss sich, und Ferguson sagte: »So, jetzt wissen wir, woran wir sind.«

»Nur was ihn betrifft«, kommentierte Blake. »Außerdem haben wir nicht die geringste Ahnung, was er vorhat.«

»Sie sind am Zug«, sagte Dillon zu Ferguson.

Der General nickte. »Versuchen wir es mit der einfachsten Methode. Es wird uns nicht viel bringen, wenn wir versuchen, Rashids Telefongespräche zu belauschen – ganz abgesehen davon, dass die abhörsicheren Handys die Sache heutzutage noch schwieriger machen. Aber anzapfen werden wir ihn trotzdem. Außerdem können wir seine Reisen beobachten. Seine Flugzeuge brauchen Start- und Landetermine, die Passagiere müssen angemeldet werden. Die kann der Special Branch überprüfen. Inzwischen beschäftigen wir uns mit allen seinen Freunden und Geschäftspartnern. Vielleicht haben wir Glück.«

»Hoffentlich früher als später«, sagte Blake. »Rashid hat eine Energie in sich, die mich ziemlich verstört.«

»Was hast du eigentlich vor?«, fragte Dillon.

»Ich fliege nach Hause. Ich habe eine Menge mit dem Präsidenten zu besprechen. Aber wenn ihr mich aus irgendeinem Grunde braucht – egal weshalb –, ruft mich einfach an, dann bin ich wieder da.«

Im Wagen schob Paul die gläserne Trennwand zum Fahrer zu und sagte zu Kate: »Die werden uns auf jede nur mögliche Weise auf den Fersen sein.«

»Ich weiß. Jetzt wird es fast unmöglich sein, an den Ministerpräsidenten heranzukommen.«

»Der war nie eine Alternative für mich, Kate.«

Sie war verblüfft. »Aber Paul, ich war fest davon überzeugt!«

»Alle sollten es glauben – und sie haben es geglaubt ... bis auf Dillon natürlich.«

»Wer ist es dann?«

»Für dich und nur für dich: Es ist der Ältestenrat von Hazar, und zwar alle zwölf Mitglieder. Die spuren nicht richtig. Sie haben Angst vor mir, und sie sind gegen mich – sie misstrauen mir wegen meines Einflusses auf die Stämme, und das zu Recht. Sobald ich sie beseitigt habe und zum Sultan ernannt worden bin, werde ich den Dschihad ausrufen. Dann werden alle Großmächte Grund haben zu zittern.«

»Was ist dein Plan?«

»In zwei Wochen werden sie alle beisammen sein. Flieg runter und warte in unserer Niederlassung in Hazar. Ich komme später nach.«

»Und wie soll die Sache ausgeführt werden?«

»Mit einer passenden Bombe, und dafür brauchen wir die Fachkenntnis von Bell. Du musst also erst einmal zu ihm rüber, um mit ihm zu sprechen, ohne dass jemand etwas davon merkt. Sprich auch mit Frank Kelly. Der kennt ein paar windige Burschen, die illegal mit kleinen Maschinen von alten Flugplätzen der Royal Air Force starten. Die Sache muss sehr schnell gehen. Kümmere dich darum.«

»Wie du willst, Bruder.«

7

Kelly hatte tatsächlich einen Trumpf im Ärmel. Er wusste von einer Firma in Surrey namens Grover's Air Taxis, deren Eigentümer ein verschlagen aussehender Mann mittleren Alters in einer braunen Fliegerjacke und einem Overall war. Grover begrüßte sie vor einer aus dem Zweiten Weltkrieg stammenden Wellblechhütte, hinter der zwei Hangars aufragten.

»Also, Mick«, sagte Kelly, »nennen wir diese Dame einfach Miss Smith und geben uns damit zufrieden. Wie ich dir schon gesagt habe, wollen wir nach Drumcree. Dort brauchen wir höchstens ein paar Stunden, dann geht es wieder zurück.«

»In Ordnung. Ich kann die alte Titan nehmen. Die hat zwei Motoren und eine Tür mit Treppe.«

»Keine Probleme beim Anflug?«

»Nein. In ein paar Meilen Entfernung von der Küste gehe ich auf weniger als sechshundert Fuß runter. In der Nähe von Drumcree ist eine alte Landepiste der RAF. Ich rufe meinen Kontaktmann dort an. Der soll uns einen Wagen hinstellen.«

»Wunderbar. Also, dann los.«

»Moment. Was ist mit meinem Geld?«

Kate öffnete ihre Aktentasche, nahm einen braunen Papierumschlag heraus und gab ihn Grover.

»Können wir jetzt starten?«

Grover zögerte. Offenbar war er versucht, in den Umschlag zu schauen, entschied sich dann aber eines Besseren.

»In Ordnung.« Er drehte sich um und ging voraus zum letzten Hangar. Als er das Tor aufschob, wurde die Titan sichtbar.

»Wie lange wird es dauern?«, fragte Kelly.

»Etwa eineinhalb Stunden, je nach den Windverhältnissen.«

»Gut. Auf geht's.« Kelly führte Kate über die integrierte Treppe in die Kabine.

Als sie sich über der Irischen See befanden, rief Kate von ihrem abhörsicheren Handy aus Bell an. Sie erreichte ihn in der Küche seines geliebten Bauernhauses.

»Hier spricht Kate Rashid. In einer Stunde bin ich bei Ihnen.«

»Wie bitte?«

»Ich möchte mit Ihnen über einen Urlaub in einem wesentlich wärmeren Klima sprechen.«

»Worum geht es?«

»Um eine Menge Geld. Und um das Alternativziel.«

»Na, das gefällt mir, Süße.«

»Kelly ist bei mir«, sagte sie. »Wir treffen uns im Royal George.«

Ohne sich die Mühe gemacht zu haben, Ferguson zu informieren, war Dillon Kate Rashid gefolgt, seit sie London verlassen hatte. In schwarzer Ledermontur hatte er auf seiner Suzuki in einem kleinen Wäldchen gewartet und Kelly, Kate und Grover durch ein Fernglas beobachtet. Als sie in die Titan stiegen und abflogen, fuhr Dillon zu dem eine Meile entfernten Dorf, wo er das Gasthaus aufsuchte. Drinnen brannte das Feuer im offenen Kamin, ohne dass auch nur ein einziger Gast zu sehen war. Eine Frau mittleren Alters kam aus der Küche.

»Mein Gott, hier herrscht ja die reinste Grabesstimmung«, sagte Dillon gut gelaunt.

»Es ist noch früh«, erwiderte die Frau. »Was haben Sie erwartet?«

»Einen Bushmills und einen Tipp, wie ich nach Hoxby komme.« Das Lügen bereitete ihm keine Mühe. Er steckte sich eine Zigarette an. »Ich habe mich gewundert, als da draußen vorhin ein Flugzeug gestartet ist.«

»Ach, das war Mick Grover. Der sitzt nicht weit von hier auf einem alten Flugplatz aus dem Weltkrieg. Besprüht die Felder mit Schädlingsbekämpfungszeug und fliegt auch mal jemanden irgendwohin. Keine Ahnung, womit er eigentlich sein Geld verdient.«

»Das könnte ich über mich auch sagen.« Dillon grinste. »Gibt's hier was zu essen?«

»Gibt es.«

»Ich fahre erst mal nach Hoxby, um was zu erledigen. Auf dem Rückweg schaue ich wahrscheinlich wieder rein.«

Grover blieb beim Flugzeug, während Kelly mit Kate zum Royal George fuhr. Zu dieser Vormittagsstunde war es dort noch ganz ruhig, nur Patrick Murphy, der Barmann, saß an der Theke und las den Belfaster *Telegraph*. Kelly trat als Erster ein.

»Aidan Bell erwartet uns.«

»Der ist im Nebenzimmer.«

Kate ging voraus und öffnete die Tür, Kelly folgte ihr. Aidan Bell saß am Kamin, rauchte eine Zigarette und trank Tee. Er hob den Kopf.

»Lady Kate. Das klang ja wirklich interessant. Was soll ich tun?«

»Was Sie am besten können. Zwölf arabische Scheichs, der Ältestenrat von Hazar, machen allerhand Probleme.«

»Na, das können wir aber nicht zulassen. Allerdings hatte ich immer gedacht, dass diese Leute Ihrem Bruder aus der Hand fressen ... diese wilden Stammeskrieger.«

»Das werden sie auch tun, sobald die Scheichs beseitigt sind. Die Sache muss aber geschickt angegangen werden und außerdem spektakulär sein. So, dass verschiedene Leute aufhorchen und sich Gedanken machen. Natürlich brauchen Sie dazu ein Team.«

»Kein Problem. Dafür habe ich ein paar Jungs.«

»Taugen die auch was?«

»Schließlich sind wir alle noch am Leben, oder? Aber um Ihre Frage zu beantworten: Ja, die werden keinen Mist bauen wie Liam. Also, worum geht's?«

»Rashid Investments hat einige Bauvorhaben in Hazar, und ich fliege heute hin, angeblich um sie zu beaufsichtigen. Ich möchte, dass Sie und Ihre ›Jungs‹ übermorgen zum Flughafen von Dublin kommen. Unsere Gulfstream wird Sie nach Hazar bringen. Wenn Sie dort angekommen sind, besprechen wir die Sache genauer.«

»Woran denken Sie? An eine Art Hinterhalt? Eine Bombe? Wie hätten Sie's gern, Mylady?«

»Wir sprechen darüber, wenn Sie kommen. Alles, was Sie brauchen könnten, wird dort vorhanden sein.«

»Ich muss mir also bloß Gedanken darüber machen, wie man es am besten anstellt, zwölf alte arabische Scheichs zu beseitigen, ohne die Eier zu verlieren?«

Sie lachte rau. »Richtig. Dieses Körperteil könnte in Gefahr sein. Wir Araber sind grausam. Sie müssen also aufpassen.«

Bell lächelte. »Das werde ich, Lady Kate. Da können Sie sicher sein.« Er hob seine Teetasse. »Einen Toast. Auf den Frieden, Lady Kate, auf den Frieden.« Er nahm einen Schluck. »Scheiß drauf!«

Im Gasthaus aß Dillon einen Hackfleischauflauf und trank dazu ein Glas belanglosen Sancerre. Es waren etwa ein Dutzend Leute da, die alle offenbar aus dem Ort stammten. Als sein Teller leer war, bezahlte er und ging zu seiner Suzuki. Eine Viertelstunde später steckte er wieder in dem Wäldchen, von dem aus man den kleinen Flugplatz beobachten konnte, und wartete.

Er saß da, dachte nach und rauchte, geschützt vor dem leichten Regen. Irgendwann hörte er in der Ferne Motorengeräusch, dann tauchte die Titan auf und steuerte die Landebahn an. Dillon beobachtete durch das Fernglas, wie Kate Rashid, Kelly und Grover miteinander sprachen.

Dann stiegen Kate und ihr Wachhund in ihren Mercedes und fuhren davon. Dillon wartete eine Weile; schließlich bestieg er die Suzuki und fuhr zum Flugplatz hinüber.

In der alten Wellblechhütte hatte Grover gerade den Teekessel auf den Herd gestellt, als er die Suzuki hörte. Er ging zum Fenster und schaute hinaus, während Dillon abstieg und das Motorrad auf seinen Ständer stellte. Der Ire nahm seinen Helm ab, legte ihn auf die Maschine, stieß die Tür auf und kam herein.

»Was kann ich für Sie tun?«, fragte Grover.

»Ich brauche ein paar Informationen«, sagte Dillon. »Antworten. So was in der Richtung.«

»Wovon reden Sie eigentlich?«

Dillon zog den Reißverschluss seiner Lederjacke auf, nahm eine Walther mit Schalldämpfer heraus und schoss den Wasserkessel vom Herd.

Grover war zu Tode erschrocken. »Was soll denn das, um Gottes willen?«

»Ganz einfach: Erzählen Sie mir, was ich wissen will, dann schieße ich Sie nicht zum Krüppel. Also, zur Sache: Die Leute, mit denen Sie vorhin weggeflogen und wieder gelandet sind, wer waren die?«

»Ein Bursche namens Kelly, den ich seit Jahren kenne. Und die Frau? Er hat gesagt, ihr Name sei Smith.«

»Tatsächlich? Wo haben Sie sie hingebracht?« Grover zögerte und Dillon schoss auf den Boden zwischen Grovers Füßen. »Wo haben Sie sie hingebracht?«

»Ins County Down. Der Ort heißt Drumcree.«

»Wen wollten sie da treffen?«

»Zum Teufel, woher soll denn ich das wissen? Ich hab sie hingeflogen, dann haben sie mich an der Piste gelassen und sind zum Dorf gefahren. Das ist alles, was ich weiß. Nach eineinviertel Stunden waren sie wieder da und bereit zum Rückflug.«

»Und Sie haben kein Wort gehört?«

»Nein. Ich hab keine Ahnung, was die beiden da vorhatten.«

Dillon hob seine Walther wieder und Grover zuckte zusammen. »Ich weiß wirklich nichts, das schwöre ich Ihnen!« Er dachte nach. »Nur, dass sie sich irgendwann während des Flugs unterhalten haben. Dabei habe ich gehört, wie sie ›Hasard‹ oder so was gesagt hat.«

»Na also.« Dillon steckte die Walter wieder in seine Lederjacke. »Übrigens, damit wir uns richtig verstehen: Was gerade stattgefunden hat, bleibt unter uns. Nichts zu Kelly oder zu Miss Smith, ist das klar? Falls nicht, komme ich wieder und schieße Ihnen die rechte Kniescheibe in Stücke.«

»Hören Sie, die Sache ist mir scheißegal«, sagte Grover. »Hauen Sie einfach ab und lassen Sie mich in Ruhe.«

»Sorgen Sie dafür, dass ich nicht wiederkommen muss.«

Dillon ging hinaus, setzte seinen Helm auf und fuhr davon.

Grover schaute ihm hinterher. »Zum Teufel mit dem Kerl. Zum Teufel mit dem ganzen Pack.« Wenigstens steckten dreieinhalbtausend Pfund in dem braunen Papierumschlag.

Er öffnete einen Schrank und holte seinen zweiten Wasserkessel heraus.

Ein kleines Stück weiter fuhr Dillon auf einen Rastplatz und rief mit seinem Handy Ferguson an.

»Wo zum Teufel sind Sie eigentlich?«, wollte der General wissen.

»Tja, wenn Sie den Mund halten, Sie alter Stänkerer, erkläre ich es Ihnen.«

Als er damit fertig war, sagte Ferguson: »Na schön, dann ist sie also zu Bell geflogen und der Pilot hat gehört, wie sie von Hazar gesprochen hat. Was bedeutet das?«

»Ich habe einen Vorschlag«, sagte Dillon. »Das Haus der Rashids in Mayfair – haben Sie da schon Wanzen legen lassen?«

»Ja. Aber natürlich haben die Rashids nichts von Bedeutung gesagt. Dazu sind sie zu clever.«

»Nun, Paul Rashid wird sich sicher fühlen, wenn es so aussieht, als würden wir das tun, was man von uns erwartet. Wie wäre es also, wenn Sie Ihre Leute vom Abhördienst auf die Straße vor dem Haus schicken und so tun lassen, als würden Sie an der Telefonleitung arbeiten. Der übliche Blödsinn eben. In Wirklichkeit installieren wir stattdessen ein Richtmikrofon. Wer weiß, vielleicht fängt es was Nützliches auf.«

»Gut, überlassen Sie das mir. Aber kommen Sie zurück. Ich brauche Sie hier.«

Dillon fuhr nach Hause und zog sich um, dann hielt er kurz am Krankenhaus, um Hannah zu besuchen. Die Oberschwester ließ ihn nur fünf Minuten zu ihr.

Von Kissen gestützt, lag sie da, an eine Unzahl von Schläuchen angeschlossen. Dillon saß eine Weile neben ihr, dann ging er wütend und verbittert hinaus. Im Flur traf er auf Professor Bellamy.

»Wie sind die Aussichten?«, fragte Dillon.

»Nicht gut, Sean. Ich glaube, sie wird überleben, aber ich kann nicht versprechen, dass keine Schäden zurückbleiben.«

»Hoffen wir das Beste«, sagte Dillon und verschwand.

Am Cavendish Place saß Ferguson an seinem Schreibtisch über Papieren. »Ich habe ein paar interessante Neuigkeiten. Das Richtmikrofon, das Sie angeregt haben, hat ein Gespräch zwischen Rashid und seiner Schwester aufgefangen. Rashid hat gesagt: ›Wenn Bell und seine drei Kumpane in Hazar landen, musst du unbedingt da sein.‹«

»Tatsächlich? Das ist wirklich interessant. Also, was unternehmen wir?«

»Es geht wohl eher darum, was *Sie* unternehmen, Dillon. Ich würde sagen, Ihre nächste Station ist Hazar.«

»General, sobald ich in Hazar auftauche, stecke ich bis zum Hals im Dreck.«

»Das Risiko müssen wir eingehen. Ich kann Bell und seine Leute nicht überwachen, ohne dass Sie da unten sind und ihnen, wie üblich, kräftig auf die Zehen treten. Mir ist sogar eine einleuchtende Begründung für Ihre Anwesenheit eingefallen. Ein Cousin von mir, Professor Hal Stone vom Corpus Christi College in Cambridge, ist durch einen wundersamen Zufall gerade jetzt in Hazar, um eine Tauchexpedition zu einem Frachter aus dem Zweiten Weltkrieg zu leiten. Als echter Akademiker hat er viel zu wenig Geld, weshalb er sich nur ein kleines Team aus arabischen Tauchern leisten kann, die er vor Ort rekrutiert hat.«

»Klingt aufregend.«

»Das ist es auch. Wirklich interessant an der Sache ist, dass er unter dem Frachter die Überreste eines phönizischen Handelsschiffes entdeckt hat. Sie sind ja ein fantastischer Taucher, Dillon, und Hal würde sich über die Hilfe von jemandem wie Ihnen ungemein freuen, besonders, wenn es ihn nichts kostet. So können Sie Lady Kate samt Bell und seinen Spießgesellen im Auge behalten. Ich kümmere mich um Ihren Flug, und sobald Sie sich da unten eingerichtet haben, komme ich nach. Einverstanden?«

»Versuchen wir es. Nur noch eines. Ich kenne diese arabischen Taucher. Die springen mit einem Stein in beiden Händen ins Wasser. Also brauche ich einen guten Taucher zur Unterstützung.«

Ferguson seufzte. »O je, denken Sie etwa an dieselbe Person wie ich?«

»Billy Salter ist ein erstklassiger Taucher.«

»Und Sie glauben, er wird mitkommen?«

»Ob ich glaube, dass er mitkommt?« Dillon brach in Gelächter aus.

Ferguson und Dillon fanden Harry Salter im Dark Man, wo er mit Billy, Joe Baxter und Sam Hall in einer Ecknische saß.

»Du lieber Himmel, Brigadier, was bringt *Sie* denn her?«, fragte er.

»Erstmal: Jetzt heißt es nicht mehr Brigadier, Harry«, sagte Dillon. »Man hat ihn zum Major General ernannt.«

»Das ist ja kaum zu glauben.« Salter winkte Dora zu, die hinter der Theke stand. »Bring mal 'ne Flasche Champagner rüber, Kleine. Heute ist ein besonderer Tag.«

Während sie die Flasche holte und hinter der Theke hervorkam, fragte der junge Billy: »Was gibt's, Dillon? Du bist doch nicht hier, um dir einen hinter die Binde zu kippen.«

»Ich reise nach Hazar am Golf von Oman, Billy. Ein Cousin des Generals untersucht ein Wrack aus dem Zweiten Weltkrieg, unter dem Reste eines alten phönizischen Schiffs liegen.«

»*Was* macht er?« Billys Gesicht war bleich vor Aufregung.

»Sein Problem ist, dass er kein Geld hat, Billy, und nur arabische Taucher. Deshalb werde ich für Kost und Logis für ihn arbeiten.«

Billy stand auf. »Wenn er dich braucht, dann braucht er auch mich. Wann geht es los?«

»Morgen früh.«

Billy wollte schon gehen, als Ferguson sagte: »Sagen Sie dem Burschen doch die Wahrheit, um Himmels willen. Das letzte Mal hat er vier Leute für uns umgelegt. Wir schulden ihm etwas.«

Billy drehte sich langsam um. »Wird es Probleme geben?«

»Große Probleme, Billy. Diesmal haben wir es mit wirklich üblen Kerlen zu tun.«

»Dann solltest du mir die Sache wirklich genauer erklären, verdammt«, sagte Billy und setzte sich wieder.

»Was für ein Haufen Arschlöcher«, kommentierte er anschließend. »Ich meine – wenn man Brite ist, dann ist man Brite. Ich habe zwar nichts dagegen, dass dieser Rashid ein halber Araber ist, aber benehmen muss er sich trotzdem. Mensch, Dillon, seit ich dich kenne, bin ich ständig damit beschäftigt, die Welt zu retten. Wann fliegen wir morgen ab?«

»Um zehn Uhr in Northolt.«

»Wer fliegt uns? Lacey und Parry wie üblich?«

»Wem würde man es sonst zutrauen, uns aus knapp zweihundert Metern Höhe an die frische Luft zu setzen?«

Billy grinste wölfisch. »Da hast du Recht, verdammt noch mal. Das letzte Mal hat ihnen die RAF das Air Force Cross verliehen, stimmt's?«

»Stimmt.«

»Hab ich vielleicht 'ne Chance, auch eines zu bekommen?«

»Da kannst du lange drauf warten.«

»Und dir geben sie auch keines?«

»Die würden mir höchstens zwanzig Jahre im Bau geben, wenn sie könnten.«

Harry Salter stand auf. »Schön, dann sollten wir mal nach Hause, um zu packen.«

»Wir?«, fragte Ferguson.

»Ich kann zwar nicht tauchen, aber ganz gut mit einem Schießeisen umgehen und im Boot sitzen«, erwiderte Salter. »Das nennt man Familiensinn.«

In seinem Haus in Mayfair sagte Paul Rashid zu Kate: »Nimm George mit. Der kann als Verbindungsmann zu den Stammeskriegern dienen. Er kennt ihren Dialekt, und sie respektieren ihn, weil er mein Bruder ist. Dich respektieren sie zwar auch, weil du meine Schwester bist, aber es sind Araber. Wenn sie es mit einer starken Frau zu tun haben, fühlen sie sich unwohl.«

»Dann haben sie noch was zu lernen.«

Er umarmte sie. »Konzentrier dich auf Bell. Er ist gut, aber er muss dir gehorchen. Wenn er Probleme macht, lasse ich ihn und seine drei Kumpane sofort erledigen. Schließlich sind das meine Leute da unten.«

»Ich weiß, Bruder, ich weiß. Ich werde dich nicht enttäuschen. Du wirst sogar über mich staunen.«

Dillon fuhr wieder zum Krankenhaus, um nach Hannah Bernstein zu schauen. Sie war wach und reagierte auf ihn.

»Was hast du vor, Sean?«, murmelte sie.

»Das kommt darauf an, was Rashid vorhat. Er hat Bell und seine Spießgesellen nach Hazar geschickt. Wozu, wissen wir noch nicht.«

»Und du fliegst auch hin?«

»Ja.«

»Erzähl mir davon.«

Was er auch tat.

Anschließend sagte sie: »Also seid ihr, Billy und der liebe, alte Harry, wieder an der vordersten Front?«

»Sieht ganz so aus.«

»Du wirst nie damit aufhören, Sean, nicht wahr?«

»So bin ich eben, Hannah. Mir fehlt eine gute Frau, das ist mein Problem.«

»Ach, hör bloß auf, Entschuldigungen zu erfinden.«

»Reizend wie immer.« Er gab ihr einen Kuss auf die Wange. »Alles Gute, Hannah.«

Unvermutet schenkte sie ihm ausnahmsweise einmal ein Lächeln, ein echtes Lächeln. »Alles Gute, Sean.«

Und seltsam: Sean Dillon, der Inbegriff des harten Mannes, hatte Tränen in den Augen, als er hinausging.

Zu Hause rief er Blake Johnson an, um ihn auf den neuesten Stand zu bringen.

»Mein Gott, Sean«, sagte Blake. »Hazar gehört zum Territorium der Rashids und da willst du ausgerechnet mit Billy und Harry bei Fergusons Cousin Tiefseetaucher spielen? Mensch, du wirst nicht mal in einer Hafenkneipe etwas trinken gehen können, ohne dass jemand versucht, dir ein Messer reinzurammen.«

»Richtig. Es wird ziemlich lebhaft werden, Blake. Du solltest kommen und mitmachen.«

»Ehrlich gesagt, mein lieber irischer Freund, habe ich durchaus Lust dazu. Aber was haben die Rashids vor? Warum schaffen sie eine Bande von IRA-Killern nach Hazar?«

»Tja, genau das werde ich versuchen herauszubekommen.«

»Dann pass bloß auf, wer hinter dir steht.«

Dillon lachte laut auf. »Das werde ich, Blake. Wer hätte das gedacht - ein IRA-Killer und zwei der besten Londoner Gangster mitten in der Wüste. Warum trifft es eigentlich immer nur uns?«

»Sean, von Philosophie verstehe ich zwar nichts, aber ich habe den leisen Verdacht, dass du und Billy die Sache viel zu sehr genießen werdet, um ... Übrigens tauche ich auch ganz gern, weißt du? Glaubst du, dass der Präsident ...?«

»Frag ihn doch einfach.«

Als sie am folgenden Morgen nach Northolt kamen, warteten nicht nur Lacey und Parry auf sie, sondern auch Ferguson, was eine kleine Überraschung war.

»Ich wollte mich von Ihnen verabschieden. Lacey hat die Hoheitszeichen entfernen lassen, da wir nicht unbedingt Werbung für die RAF machen wollen. Wie nennen wir das Ganze eigentlich, Lacey?«

»Einen Flug im Auftrag der Vereinten Nationen, General.«

»Na, da kann ja keiner was dagegen haben.«

Der Quartiermeister erschien, ein ziemlich großer und bedrohlich wirkender pensionierter Sergeant Major der Grenadier Guards. »Es ist noch nicht geklärt, welche Waffen Sie mitnehmen, Mr. Dillon. Können wir uns kurz darüber unterhalten?«

»Natürlich«, antwortete Dillon.

Der Quartiermeister führte ihn in einen Nebenraum. Auf einem großen Tisch lagen mehrere AK 47, Brownings, Carswell-Schalldämpfer und drei kleine Maschinenpistolen.

»Parker-Hales, Mr. Dillon.«

»Ausgezeichnet, Sergeant Major.«

»Die Tauchausrüstung habe ich schon an Bord bringen lassen. Die Luftflaschen müssen Sie sich vor Ort besorgen. An Ihrer Stelle würde ich dabei aufpassen. Man kann nie wissen, was diese Araber da versuchen reinzutun.«

»Hab schon verstanden«, sagte Dillon.

»Gut. Ich würde Sie nämlich gern wieder sehen, Mr. Dillon.«

»Mal sehen, was ich tun kann.«

»Dann lasse ich jetzt einladen, Sir«, sagte der Sergeant Major.

Während das Flugzeug beladen wurde, tranken sie im Aufenthaltsraum Kaffee und Tee. »Wir haben inzwischen nicht mehr allzu viel Einfluss in Hazar«, sagte Ferguson. »Heutzutage sind diese kleinen Länder stolz auf ihre Unabhängigkeit. Da unten gibt es keine Armee, nur die Hazar Scouts, ein kleines Regiment aus Beduinen, das traditionell von britischen Offizieren befehligt wird. Der derzeitige Kommandeur heißt Villiers – über den wissen Sie ja Bescheid.«

»Nehme ich mit ihm Kontakt auf?«, fragte Dillon.

»Er könnte nützlich für Sie sein. Schließlich kennt er sich aus und weiß, was gerade im Busch ist. Soweit ich verstanden habe, patrouillieren die Scouts momentan in der Arabischen Wüste. Dort gibt es Probleme mit den Adu-Banditen, einer Gruppe von Leuten, die aus dem Jemen geflohen sind. Das Ganze erinnert ein wenig an Lawrence von Arabien. Es ist wie in der guten, alten Zeit: Egal, was läuft, es ist immer besser, als wenn nichts läuft. Eigentlich genau wie in Nordirland.«

»Der alte Sack will dich verarschen, Dillon«, warnte Billy.

»Das ist mir schon klar, Billy, aber es macht nichts.« Dillon grinste freundlich. »Was soll ich tun – ihm sagen, dass er mich mal kann?«

»Ach, das tun Sie auf die eine oder andere Weise doch schon seit Jahren, Dillon.« Ferguson erhob sich. »Ich weiß zwar nicht, was da unten passieren wird, aber heikel wird es auf jeden Fall. Passen Sie auf sich auf.«

»Das tu ich immer.« Dillon schüttelte ihm die Hand. »Machen Sie sich keine Sorgen, Charles, Sie haben mich, Billy und Harry. Wir sind ein unschlagbares Team.«

Wenige Minuten später donnerte die Gulfstream die Startbahn von Northolt entlang. Ferguson wartete bis sie abhob, dann drehte er sich um, stieg in seinen Mercedes und wurde davongefahren. Jetzt lag alles in Dillons Hand, aber das war ja nichts Neues.

Hazar

8

Der Flughafen von Hazar lag acht Kilometer außerhalb der Stadt. Er besaß zwar nur eine einzige Rollbahn, aber die war schon vor Jahren von der britischen Air Force für militärische Zwecke gebaut worden, weshalb hier alles landen konnte, selbst eine Hercules. Als die Gulfstream ausgerollt war und alle ausgestiegen waren, kamen zwei Landrover angefahren. Der Mann, der aus dem ersten stieg, war Anfang sechzig, tief gebräunt und hatte einen weißen Bart. Er trug einen verknautschten Safarihut, ein Kakihemd und eine dazu passende Baumwollhose.

»Hal Stone.« Er streckte seine Hand aus. »Ich habe gehört, Sie sind ein toller Taucher, Dillon.«

»Wie haben Sie mich erkannt?«

»Dank der Wunder der modernen Wissenschaft. Computer und das Internet, aus dem man hübsche Farbfotos herunterladen kann.« Er wandte sich den anderen zu. »Billy und Harry Salter. Was für ein Gespann. Selbst die Gebrüder Kray wären beeindruckt gewesen.«

Er rief etwas auf Arabisch, woraufhin zwei Männer aus dem anderen Landrover stiegen. »Ladet alles ein und bringt es zur *Sultan*.«

Lacey und Parry traten zu ihnen und Dillon stellte sie vor. »Bleiben Sie über Nacht?«, fragte Stone.

»Diesmal nicht, Sir«, erwiderte Lacey.

»Gut, dann können Sie auf meine eher zweifelhafte Ortskenntnis ja verzichten. Also auf Ratschläge, wo man nicht hingehen sollte, denn im Großen und Ganzen kommt's nur darauf an.« Er wandte sich an die anderen. »Kommen Sie. Ich könnte ein kühles Bier vertragen, bevor ich Ihnen die *Sultan* zeige.«

Im Landrover steckte sich Dillon eine Zigarette an. »Sie sind eigentlich Dozent in Cambridge?«

»Ich lehre am Corpus Christi College, wo ich die Hoxley-Professur für Meeresarchäologie innehabe. Aber Sie sollten noch was anderes über mich wissen: Als ich wesentlich jünger und verrückter war, habe ich für den Geheimdienst gearbeitet. Mein Cousin Charles hat mir alles über Sie und Ihre Freunde erzählt. Ich weiß also, was Sie vorhaben, aber das ist mir, ehrlich gesagt, egal, solange Sie nebenbei ein wenig für mich tauchen.«

»Na, das klingt ja gar nicht schlecht«, erklärte Billy.

»Billy ist ein Meistertaucher«, sagte Dillon. »Ohne Zweifel.«

»Und Sie?«

»Na ja, geht so. Außerdem habe ich andere Prioritäten.«

»Geht es dabei um die Rashids?« Stone lächelte. »Gestern ist Kate Rashid hier mit vier Iren aufgetaucht, offenbar aus dem Norden der Insel. Da fühlen Sie sich bestimmt gleich heimisch, Dillon.«

»Und wo wohnen sie?«

»Im Excelsior am Hafen. Es sieht aus, als würde es aus einem alten Film von Warner Brothers stammen. Fehlt nur noch Humphrey Bogart. Wie schon gesagt, ich brauche jetzt ein kühles Bier, und das trinken wir genau da.« Dillon steckte sich seine zweite Zigarette an, und Stone sagte: »Geben Sie mir auch eine?«

»Gern.«

Stone nahm sie und inhalierte mit sichtlichem Vergnügen. »Eines muss ich Ihnen sagen. Was Sie vorhaben, ist Ihre Sache, aber ich möchte Sie darauf hinweisen, dass dies die Sorte Land ist, wo man einem Mann für eine Packung Marlboro die Eier abschneidet.«

»Diese Hunde«, sagte Harry Salter. »Das können wir nicht zulassen, oder?«

Auf dem Gelände des Excelsior stand auch eine Reihe von Bungalows. Kate hatte für Bell und seine drei Freunde einen aus drei Zimmern bestehenden Komplex reserviert, der um einen kleinen Hof herum angelegt war. Sie selbst wohnte in der Villa der Rashids, in der sich auch der Firmensitz und eine kleine Computer- und Kommunikationszentrale befanden.

Ein junger Araber kam in ihr Büro und legte einige Blatt Papier auf ihren Tisch. »Vor kurzem ist ein UN-Flugzeug gelandet. Das sind die Namen der Passagiere, die wir aus dem Computer heruntergeladen haben.«

Kate warf einen Blick darauf und lächelte. »Na so was.«

»Professor Stone hat sie abgeholt.«

»Machen Sie den Jeep bereit. Ich fahre runter zum Hafen.«

Der Hafen von Hazar war klein; enge Gassen mit weißen Gebäuden zogen sich an dem Hang dahinter empor. Wie Stone angekündigt hatte, war das Excelsior ausgesprochen altmodisch. An der Decke drehten sich Ventilatoren, die riesige Theke hatte eine Marmorplatte und große Glastüren boten einen Blick auf den Hafen. Dort lag eine bunte Mischung von Booten vor Anker, darunter ein paar kleine Küstenfrachter und viele Daus. Stone deutete auf einen etwa eineinhalb Kilometer entfernten Punkt.

»Die große, alte Dau dort ist die *Sultan*. Das Schiff, das wir erforschen, ein amerikanischer Munitionsfrachter, der auf dem Weg nach Japan von einem U-Boot versenkt wurde, liegt in knapp dreißig Metern Tiefe.« Sie saßen auf der Hotelterrasse, über der eine Markise im Wind flatterte.

»Was ist mit diesem phönizischen Ding?«, fragte Billy.

»Ach, ein paar der Jungs haben Tonscherben und verschiedene andere Sachen heraufgebracht. Also liegt auf jeden Fall ein Schiff da unten oder vielmehr das, was davon übrig ist. Ich habe die Scherben mit der Radiokarbonmethode datiert. Wahrscheinlich sind sie ein paar hundert Jahre vor Christi Geburt entstanden, aber sicher ist das nicht.«

»Ich kann es kaum erwarten runterzutauchen.«

»Billy ist ein echter Enthusiast«, sagte Dillon.

Hinter ihm kamen Bell, Brosnan, O'Hara und Costello in die Bar und setzten sich auf Hocker. Im selben Augenblick, in dem Dillon sie im Spiegel sah, erkannte Bell ihn und war offensichtlich völlig verblüfft.

Dillon stand auf. »Komm mit, Billy.« Er ging zu der Gruppe hinüber. »Tag, Aidan. Du bist aber weit weg von Drumcree und dem sanften irischen Regen.«

»Du lieber Himmel«, sagte Bell. »Was machst du denn hier?«

»Dir kräftig auf die Zehen treten.«

Costello, der gerade einen Schluck Bier getrunken hatte, hob unvermittelt sein Glas, doch Billy versetzte ihm einen kräftigen Tritt gegen den rechten Knöchel, klemmte ihm den Arm ein und nahm ihm das Glas aus der Hand.

»Das war ziemlich dumm. Mach das noch einmal, dann hast du's im Gesicht.«

Eine ruhige Stimme sagte: »Das ist nicht nötig.«

Dillon drehte sich um und sah Kate Rashid vor sich stehen.

»Kate«, sagte er, »Sie sind ja ein echtes Weltwunder. Überall tauchen Sie auf.«

Die beiden gingen hinaus auf die Terrasse, während Stone und die Salters einen brüchigen Waffenstillstand mit Bell und seinen Begleitern aufrechterhielten.

»Merkwürdig, nicht wahr?«, sagte Dillon. »Kennen Sie Stone?«

»Ich habe von ihm gehört. Also, was machen Sie hier?«

»Ich tauche für ihn. Wenn Sie sich in Hazar auskennen, wissen Sie bestimmt auch über die *Sultan* Bescheid.«

»Oh, ich weiß alles darüber, ebenso, wie ich alles über Sie und Ihre Freunde, die Salters, weiß. Sie bewegen sich in interessanter Gesellschaft, Dillon.«

»Durchaus, Kate. Harry Salter ist inzwischen zwar ehrbar geworden – im Großen und Ganzen –, aber noch immer einer der einflussreichsten Schurken von London. Billy hat vier Menschen umgelegt. Chorknaben sind sie nicht.«

»Ja, und ihr seid bestimmt nicht hier, um eure Zeit als Taucher von Hal Stone zu vergeuden.«

»Doch natürlich! Ich werde für den Professor tauchen und Billy auch.«

»Und sonst nichts?«

»Kate, meine Liebe, was könnte das wohl sein?«

»Sie sollen mich beschatten, Dillon.«

»Hüten Sie sich vor der Sonnenhitze, Kate. Die kann zu Paranoia führen.« Er leerte sein Bier und stand auf. »So gern ich mit Ihnen plaudere, ich muss Sie jetzt leider verlassen. Ich brenne darauf, das Wrack auszukundschaften.«

Kate kehrte zur Bar zurück. Bell fragte: »Was hat der kleine Scheißkerl vor?«

»Hier kann er überhaupt nichts unternehmen«, sagte sie. »Nicht das Mindeste. Wir sind in Hazar. Der Ältestenrat glaubt, er hat die Dinge in der Hand, aber das wird nicht mehr lange so sein. Bald gehört alles den Rashids. Gehen wir in Ihren Bungalow und schauen uns die Karten an.«

Im Wohnzimmer von Bells Bungalow lag ein ansehnlicher Papierstapel, darunter eine große Generalstabskarte. »Es führt nur eine große Straße dorthin«, sagte Bell.

»Zu den heiligen Quellen, ja.« Sie nickte. »Und kommenden Dienstag werden alle zwölf Mitglieder des Ältestenrats dort sein.«

»Sie haben noch immer nicht gesagt, wie es ablaufen soll. Ein Hinterhalt oder eine Semtex-Bombe? Wir können beides arrangieren.«

»Ich glaube, die Bombe wird mehr Aufsehen erregen. Ich lasse Sie von einigen meiner Leute hinbringen, damit Sie die Lage selbst beurteilen können.«

»Ausgezeichnet. Aber was ist mit Dillon?«

»Ach, um den kümmere ich mich schon. Sie wissen doch, was man so sagt: Tauchen ist ein gefährlicher Beruf.«

Der vom Meer kommende Wind war warm und roch leicht nach Gewürzen, als sie den Hafen in einem alten, mit zwei Arabern bemannten Motorboot verließen.

»Mensch, Dillon, du führst uns wirklich an seltsame Orte«, sagte Harry Salter.

»Nur die Ruhe Harry, du wirst begeistert sein. Hier riecht man überall Gefahr und braucht einen Revolver in der Tasche. Genau, wie der Professor gesagt hat: Wir haben es mit Leuten zu tun, die einem für eine Packung Kippen die Eier abschneiden.«

»Das sollen die nur versuchen«, sagte Salter. »Ich habe schon eine ganze Weile nicht mehr richtig zugeschlagen. Übrigens: Die *Sultan* sieht aus, als käme sie direkt aus einem alten Sindbad-Film.«

Stone lachte. »Da haben Sie nicht Unrecht, Harry, wenn ich Sie so nennen darf. Ihr Vorteil ist hauptsächlich ihre Größe. Wir haben viele Kabinen an Bord.«

Dillon sog die salzige Meeresluft tief ein, während ein Schwarm Fliegender Fische aus dem Wasser stieg.

»Mann, Dillon«, sagte Billy. »Das hier ist wirklich was Besonderes. Der echte Wahnsinn.«

Sie fuhren langsam an die *Sultan* heran. Jemand warf ein Tau herab, sie machten es fest und stiegen nacheinander die Leiter empor.

»Die Jungs kümmern sich schon um eure Sachen«, sagte Hal Stone. »Ich zeige euch euer Quartier.«

Wie sich herausstellte, teilten Billy und sein Onkel eine Kabine, während Dillon einen eigenen Raum am

Heck hatte. Er packte aus und widmete sich dann der Tasche mit den Waffen. Er legte die Sturmgewehre auf den Tisch, die Maschinenpistolen von Parker-Hale, die Brownings mit den Schalldämpfern, seine geliebte Walther. Dann trat jemand an die Tür, sie ging auf und herein kamen Billy und sein Onkel.

»Ziehen wir wieder in den Krieg?«, fragte Billy.

»Wir sind eigentlich schon im Kriegsgebiet, Billy.« Dillon schob zwei Brownings über den Tisch. »Geladen samt zusätzlichen Ladestreifen. Hier braucht man einfach was in der Tasche, besonders, da Bell und seine Leute hier sind.«

»Die können mich mal.« Harry Salter wog einen Browning in der Hand. »Ja, der gefällt mir.« Er steckte ihn samt dem zweiten Ladestreifen in die Tasche. »Geladen für Bell.«

Billy tat dasselbe. »Und nun zu den schweren Geschützen.«

»Die kommen nur zum Einsatz, wenn es nötig ist. Momentan will ich sowieso bloß runter zu diesem Wrack.«

»Dann gehen wir mal rauf an Deck und schauen, was zu machen ist.«

Oben sahen drei arabische Taucher zu, wie Dillon und Billy sich bereitmachten. Auch Stone beobachtete sie. Harry Salter schüttelte den Kopf.

»Ich weiß nicht, Dillon«, sagte er. »Tauchen ist irgendwie unnatürlich.«

»Da hast du Recht.« Dillon schlüpfte in einen blauen Tauchanzug. »Die Luft, die wir atmen, besteht teils aus Sauerstoff und teils aus Stickstoff. Je tiefer man kommt, desto mehr Stickstoff wird absorbiert und deshalb wird es problematisch.«

Er befestigte eine Luftflasche an seiner aufblasbaren Jacke und schnallte einen Orca-Computer an die Verbindung des Manometers. Dann schlüpfte er in die Jacke mit der Flasche, griff nach einem Sammelnetz und einer Lampe, spuckte in seine Maske und setzte sie auf. Billy tat dasselbe. Dillon schloss Zeigefinger und Daumen zum Okay-Zeichen und ließ sich rücklings über die Reling fallen, gefolgt von Billy.

Tief unten befand sich ein großes Riff mit Korallenbänken und Schwämmen, das wie ein blaues Gewölbe aussah. Ein Schwarm Barrakudas schwamm vorbei, es gab Engelfische und Papageifische, silbrige Ährenfische und Bastardmakrelen. Es war wunderschön anzusehen. Dillon klappte sich zusammen und tauchte hinab, immer den kleinen Computer im Blick, der automatisch die Tiefe, die unter Wasser verbrachte Zeit und den noch verbleibenden Zeitraum anzeigte.

Bald hatten sie den Frachter erreicht, der noch in relativ gutem Zustand war. Dillon drehte sich um, signalisierte Billy ein »Okay« und tauchte ab.

Er schwamm durch ein Torpedoloch an der Steuerbordseite voran, suchte sich einen Weg durch ein Labyrinth aus Gängen, kam durch ein zweites Torpedoloch am Heck wieder hinaus und hielt inne. Dann zeigte er Billy den nach unten gerichteten Daumen und klappte sich wieder zusammen.

Wenig später schwebte er unterhalb des Hecks über dem Meeresboden, wühlte mit seinen Handschuhen im Schutt und hatte wie durch ein Wunder sofort Glück: Er zog eine kleine Statuette heraus, eine Sakralfigur - eine Frau mit großen Augen und angeschwollenem Bauch.

Billy kam näher und betrachtete die Figur mit verzücktem Blick, dann tauchte er selbst tiefer und begann zu suchen. Während Dillon wartete, entdeckte er tatsächlich eine Art Teller. Dillon nickte ihm zu, dann schwammen sie wieder nach oben.

An Bord des Schiffes reichten sie Hal Stone ihre Funde, bevor sie sich von ihrer Ausrüstung befreiten. Der Professor war begeistert.

»Verdammt, Dillon, diese Statuette ist ein bedeutender Fund. Das Britische Museum wäre begeistert.«

»Und was ist mit meinem Teller?«, erkundigte sich Billy enttäuscht.

»Das ist ein Votivteller für einen Tempel, ein wunderschönes Objekt.«

Billy schaute seinen Onkel an. »Na, siehst du. Wir haben Zeugs hochgeholt, bei dem die Typen vom Britischen Museum feuchte Hände kriegen würden.«

»Und wir haben gerade erst angefangen, Billy«, sagte Dillon, während er sich eine Zigarette ansteckte und Stone einen Blick zuwarf. »Übrigens, wir bekommen Besuch.«

Colonel Tony Villiers war ein kleiner, melancholischer Mann Ende vierzig. Als Mitglied der Grenadier Guards hatte er viele Jahre lang für den militärischen Geheimdienst SAS gearbeitet. Er hatte den Falkland- und den Golfkrieg mitgemacht und zahllose Einsätze in Nordirland hinter sich. Mehrfach ausgezeichnet, hatte er so ziemlich alles gesehen, wozu nicht zuletzt ein Einsatz in Bosnien und dem Kosovo beigetragen hatte. Nun saß er, begleitet von einem jungen Offizier, mit Kopftuch und Kaki-Uniform in einem kleinen Motorkreuzer, der gemächlich an die *Sultan* heranfuhr.

Er kam die Leiter herauf und wurde von Hal Stone begrüßt. »Wir kennen uns schon. Ich bin der Cousin von Charles Ferguson.«

»Das ist allerdings eine Empfehlung«, sagte Villiers. »Und dies ist Cornet Richard Bronsby von den Blues and Royals.«

»Das ist ja immer noch wie in der guten, alten Kolonialzeit«, erwiderte Hal Stone. »Übrigens, das sind Sean Dillon und Billy und Harry Salter.«

»Ich weiß Bescheid«, sagte Villiers. »Charles Ferguson war ziemlich mitteilsam.«

Wenig später, als sie unter einer Markise am Heck der *Sultan* saßen, sagte Dillon: »Wie viel hat der liebe Charles Ihnen eigentlich erzählt?«

»Immerhin so viel, dass ich daraus schließen konnte, dass er nicht weiß, was die Rashids vorhaben, und dass er deshalb Sie und Ihre Freunde hierher geschickt hat, Dillon.«

»Wir beide sind uns früher schon ziemlich nahe gekommen, glücklicherweise, ohne uns richtig kennen zu lernen«, sagte Dillon.

»Weiß Gott, ich habe genügend Zeit damit verbracht, Sie durch ganz South Armagh zu jagen«, erwiderte Villiers.

»Tja«, sagte Dillon. »Ich schätze, wir kommen aus demselben Stall. Wie steht's mit Cornet Bronsby?«

»Der ist noch in der Lehrzeit.«

»Gut, dann wollen wir mal einen Schluck trinken und überlegen, was die Rashids im Schilde führen.«

Sie holten Bier aus einer Kühlbox, und Villiers sagte: »Paul Rashid ist ein alter Kamerad von mir. Wir waren zusammen im Golfkrieg, wo er ein Verdienstkreuz bekommen hat. Er ist ein hervorragender Soldat.«

»... und hat dieses Land hier in der Tasche«, ergänzte Dillon.

»Das hat er. Ach ja, bevor Sie mich fragen – es bestehen tatsächlich wenig Zweifel, dass er für den Tod des Sultans verantwortlich ist.«

»Und was meinen Sie, was er vorhat? Weshalb schafft er einen berüchtigten IRA-Terroristen samt seinen Leuten an einen Ort wie Hazar?«

»Weil die Burschen jemanden für ihn umbringen sollen, schätze ich.«

»Aber wen?«, fragte Dillon.

»Da müssen wir vorläufig abwarten. Leider kann ich nicht hier bleiben. Wir haben an der Grenze Probleme mit Marxisten aus dem Jemen, deshalb müssen Bronsby und ich wieder hin und die Lage überwachen.«

»Bleiben Sie in Kontakt«, sagte Dillon.

»Darauf können Sie sich verlassen. Aber noch etwas.«

»Und das wäre?«

»Es geht um den Jüngsten der Brüder Rashid, George, der als Second Lieutenant mit den Fallschirmjägern in Nordirland war. Durch meine Spitzel habe ich erfahren, dass er sich in der Arabischen Wüste aufhält, um in der Oase Shabwa die Rashid-Beduinen zu kommandieren. George spricht nicht nur fließend Arabisch, sondern auch den Stammesdialekt.«

»Schön für ihn«, sagte Dillon. »Mein Arabisch ist auch nicht schlecht. Und mein Irisch ist perfekt.«

Villiers lachte und erwiderte auf Irisch: »Ich hatte eine Großmutter aus Cork, die mir die Sprache eingetrichtert hat, wenn ich sie in den Schulferien besucht hab. Viel Glück, Dillon. Nur weiter so. Hier ist meine Handy-Nummer, falls Sie mich brauchen.«

Dillon wandte sich an Cornet Bronsby. »Hören Sie auf Ihren Chef, Junge, der weiß Bescheid. Da oben sind Sie in schlechter Gesellschaft, und wenn Sie überleben wollen ...« Er zuckte die Achseln.

Cornet Richard Bronsby lächelte, was ihn wie fünfzehn aussehen ließ. »Ich würde sagen, ich bin in ausgezeichneter Gesellschaft, Mr. Dillon.«

Er streckte seine Hand aus und Dillon ergriff sie. »Na, wie wir in Irland sagen: Passen Sie auf, wer hinter Ihnen steht.«

Gegen Abend beschlossen Dillon und Billy, noch einmal zu tauchen. Es war noch ziemlich hell, zudem warm und ein sanfter Wind wehte, als sie übers Wasser trieben. Im Hafen saß Kate Rashid auf dem Achterdeck einer arabischen Dau und beobachtete sie durch ein Fernglas. Kelly stand neben ihr.

»Dillon und Billy Salter. Sie tauchen wieder.«

»Was soll ich tun?«

»Bringen Sie sie um, und zwar jetzt gleich«, sagte sie. »Nehmen Sie Said und Achmed mit. Und Kelly – keine Pannen. Es steht zu viel auf dem Spiel.«

»Zu Diensten, Lady Kate.«

Dillon zog seine Jacke mit der Luftflasche an, Billy tat dasselbe. Harry und Hal Stone überprüften die Ausrüstung der beiden.

»Mensch, ist das toll«, sagte Billy.

»Hast du dein Messer?«

»Natürlich.«

»Dann nimm ein Harpunengewehr mit.«

»Wieso?«

»Weil Haie in diesen Gewässern keine Seltenheit sind.«

»Echt?« Billy lachte. »Na, man lernt jeden Tag was Neues.«

»Pass bloß auf dich auf«, sagte Harry.

Billy grinste, zog sich die Maske über und ließ sich über Bord fallen. Dillon sah Hal Stone lachend an. »Steht nicht bei Sueton der schöne Spruch: ›Die Todgeweihten grüßen dich‹?«

»Den könnte ich Ihnen auf Lateinisch zitieren«, meinte Stone.

»Auf den Inhalt kommt es an«, sagte Dillon und folgte Billy über die Reling.

Erneut durchmaßen sie das blaue Gewölbe, das wie ein Raum wirkte, der sich in alle Richtungen erstreckte; weit unten lag der Frachter. Dillon und Billy tauchten gemeinsam hinab, die Harpunen in der Hand. Wieder sahen sie Barrakudas und - unten auf dem Boden - drei oder vier Teufelsrochen. Dillon fühlte sich gut und genoss jeden Augenblick, als er hinabsank, gefolgt von Billy. Sie schwammen durch das erste Torpedoloch, folgten dem Labyrinth aus Gängen und kamen durch das zweite Loch am Heck wieder zum Vorschein. In diesem Moment bemerkte Dillon, dass Kelly mit Said und Achmed von oben auf sie zuschwamm. Alle drei hielten Harpunen in der Hand.

Dillon klopfte Billy auf den Rücken und schob ihn zur Seite, als Achmed eine Harpune abschoss. Sie verfehlte Billy nur knapp. Dillon zog die Beine an, drehte einen Salto, zielte nach oben und traf Achmed in der Brust.

Kelly schoss seine Harpune ab, die Dillon am linken Ärmel erwischte. Es war ein Streifschuss, der nur ein Stück aus Dillons Tauchanzug riss und sonst keinen Schaden anrichtete.

Ein Messer in der Hand, kam Kelly näher und Dillon griff nach seinem linken Handgelenk. Während sie miteinander rangen, schoss Said auf Billy, der auswich und zurückschoss. Seine Harpune erwischte Said unter dem Kinn.

Dillon und Kelly kämpften wütend miteinander, bis Dillon seinen Gegner herumriss und mit dem Messer dessen Luftschlauch aufschlitzte. Das Wasser wurde aufgewühlt, überall waren Luftbläschen – und dann hörte Kelly auf zu strampeln und trieb davon.

Achmed versuchte inzwischen verzweifelt, sich die Harpune aus der Brust zu ziehen, und Billy schwamm um ihn herum und schlitzte ihm den Luftschlauch auf. Dann schwebte Billy neben Dillon, und die beiden schauten zu, wie die drei Toten auf den Meeresgrund sanken.

Dillon hob den Daumen und sie begannen den Aufstieg.

Auf Deck ließen sie sich erschöpft auf den Rücken fallen. »Um Gottes willen«, sagte Hal Stone, »was hat sich da unten abgespielt? Der Dritte Weltkrieg? Ich habe über die Heckreling geschaut und allerhand gesehen.«

»Wir wurden angegriffen«, berichtete Dillon. »Von einem Burschen namens Kelly, der früher beim SAS war. Der Sicherheitschef der Rashids. Die beiden anderen sahen wie Araber aus.«

»Verflucht«, sagte Harry Salter, »da muss diese Puppe dahinterstecken, diese Kate Rashid.«

»Darauf kannst du dich verlassen, Harry. Schließlich sind wir ein echtes Hindernis für sie.«

»Das kann nur eines bedeuten«, sagte Hal Stone. »Was immer sie vorhaben – es könnte auch scheitern.«

»Ja, da würde ich Ihnen beipflichten.« Dillon stand auf. »Stellen wir uns unter die Dusche, Billy, und ziehen wir uns frische Klamotten an. Und dann reservieren wir im Excelsior einen Tisch fürs Abendessen. Wer weiß, wen wir da treffen?«

Hal Stone blieb an Bord, während Dillon, Harry und Billy zum Excelsior fuhren. In der Bar war nicht viel los, und das Restaurant war fast leer. Arabische Angestellte standen wartend herum. Auf den Tischen lagen Tücher aus weißem Leinen, darauf standen Silber und Kristall – ganz wie in der guten, alten Zeit.

Sie saßen auf niedrigen Sesseln an der Bar. Dillon bestellte eine Flasche Veuve Clicquot, dann griff er nach seinem Handy und rief Villiers an.

»Noch immer bei uns, Dillon?«, fragte dieser.

»Ja, aber beinahe wär's anders gekommen.« Dillon setzte ihn ins Bild.

»Das unterstreicht nur das, was ich gesagt habe«, erklärte Villiers. »Was immer hier vor sich geht, es ist verflucht wichtig. Halten Sie mich auf dem Laufenden.«

Während die drei sich unterhielten, schlenderte Kate Rashid in die Bar, begleitet von Bell. Dillon stand auf. »Pass auf, was hinter meinem Rücken abläuft, Billy. Costello ist draußen auf der Terrasse.«

Er ging zur Bar. Billy lehnte sich ans andere Ende und warf Costello einen Blick zu, dann holte er seinen Browning heraus und legte ihn auf die Theke.

»Ich habe gehört, das Essen ist hier nicht schlecht«, sagte Dillon zu Kate.

»Es ist nicht das Caprice, aber durchaus in Ordnung.«

»Dem guten Aidan hier wäre ein Irish Stew zwar lieber, aber man kann nicht alles haben. Hoffentlich suchen Sie nicht nach Kelly?« Sie erstarrte. »Törichterweise hat er Billy und mich unten beim Frachter angegriffen. Es ist sehr ungemütlich geworden. Messer, aufgeschlitzte Luftschläuche, eine ziemliche Schweinerei. Als ich ihn zuletzt gesehen hab, lag er mausetot auf dem Meeresgrund, zusammen mit zwei arabischen Tauchern. Ziemlich dumm, Kate.«

»Dillon, du bist ein Scheißkerl«, sagte Bell.

»Ach, komm, Aidan, hätte ich mich einfach abschießen lassen sollen?«

Bell grinste widerwillig. »Das würdest du nie tun.«

»Richtig. Wenn ihr also nichts dagegen habt, werden Billy und ich uns jetzt wieder ans Tauchen machen.«

Bell brach in Lachen aus und sagte zu Kate: »Wenn Sie *das* glauben, ist Ihnen nicht zu helfen.«

9

Am nächsten Tag zwängten sich Bell und seine drei Freunde in eine Cessna 310 und flogen zu einer Landepiste in der Nähe der Oase Shabwa, wo sie von George Rashid empfangen wurden. George trug die Kleidung der Beduinen.

»Ich bringe Sie zu der Straße, die zu den heiligen Quellen führt«, sagte er. »Sie sollen die geografischen Gegebenheiten genau kennen lernen.«

Er ging voraus zu einem Jeep mit drei Bänken und setzte sich vorne neben den Fahrer, während Bell und seine Männer hinten einstiegen. Sie fuhren durch die Hitze und den aufsteigenden Staub.

»Was für ein verfluchtes Land«, sagte Costello.

»Hier zeigt sich, wer ein Mann ist«, sagte George Rashid. »Und da wäre noch etwas, was Sie unbedingt wissen müssen. Die Besitzverhältnisse dieses Gebiets, wo Hazar an die Arabische Wüste angrenzt, waren schon immer umstritten. Das heißt, in juristischer Hinsicht ist niemand zuständig. Selbst wenn man hier den Papst umbringen würde, könnte keiner was dagegen tun.«

»Na, das ist aber nützlich«, sagte Bell.

Sie hielten am Hauptlager der Rashid-Beduinen in der Oase Shabwa, um aufzutanken und ihren Wasservorrat zu ergänzen, und nutzten die Gelegenheit, um etwas zu essen.

»Was ist das?«, erkundigte sich Costello.

»Ziegenragout mit Reis«, erklärte George Rashid.

»Entschuldigen Sie mich«, sagte Costello, ging ein Stück weit weg und erbrach sich hinter einer Palme.

Als er zurückkam, fragte George Rashid: »Alles in Ordnung, Mr. Costello?«

»Mehr oder weniger. Allerdings – als Sie mit den Fallschirmjägern in South Armagh waren, haben Sie bestimmt in vielen Dorfgasthäusern gegessen.«

»Ja.« George grinste. »Irische Kartoffeln, Brot und Kohl, wenn gerade Saison war.«

»Scheiße«, sagte Costello. »Sie machen es nur noch schlimmer.«

»Los, schauen wir uns endlich die Stelle an«, sagte Bell, »dann können wir wieder nach Hazar, um dir ein Eiersandwich zu besorgen, Pat.«

Die Straße führte durch eine kleine Schlucht zwischen Felsen, hinter denen sich Sanddünen bis zum Horizont erstreckten. Der Jeep hielt auf einem Abhang, und George stieg aus.

»Die Stelle da drüben, wo die Straße nach unten führt, ist nicht einsehbar. Das ist ein idealer Platz für einen Hinterhalt. Die heiligen Quellen sind zehn Meilen östlich von hier.«

»Schauen wir uns mal um.«

Bell ging voraus in die Schlucht, gefolgt von George und den anderen. Unten war es sehr still. Die Felswände stiegen etwa einhundert Meter empor.

»Wir machen es mit Bomben, Jungs, die wir von einer Straßenseite zur anderen legen«, sagte Bell. »Die bereite ich mit Costello vor. Ihr beiden könnt euch mit einem leichten Maschinengewehr da oben auf dem Grat postieren, um uns Feuerschutz zu geben und alle zu erledigen, die übrig sind.«

»Hört sich gut an«, meinte George.

»Also – fliegen wir nach Hazar zurück und schauen uns die Sachen an, die Sie zu bieten haben.«

»Sie bekommen alles, was Sie brauchen«, sagte George und ging voraus zum Jeep.

Hal Stone rief Dillon, Harry und Billy zum Achterdeck der *Sultan* unter die Markise.

»Ich habe mit meinen Kontaktleuten gesprochen. George Rashid ist mit Bell und seinen Freunden in einer Cessna ins Landesinnere geflogen. Sie sind in der Nähe von Shabwa gelandet, ein paar Stunden geblieben und dann wieder zurückgekommen.«

»Und wir wissen nicht, warum?«, fragte Dillon.

»Leider nicht. Ich habe meinen Jungs gesagt, sie sollen sich nach Gerüchten umhören, aber bis jetzt hat sich noch nichts ergeben.«

Dillon dachte nach, dann sagte er: »Wäre es sinnvoll, wenn wir auch nach Shabwa fliegen?«

»Sie glauben, Sie könnten was herausbekommen? Da bin ich nicht sicher. Und was meinen Sie eigentlich mit ›wir‹?«

»Nun, zuerst mal kann ich so ziemlich alles fliegen. Ich brauche keinen Piloten, nur ein Flugzeug.«

»Das klingt interessant. Ben Carver, der Besitzer von Carver Air Transport, hat drei Cessnas, zwei Dreihundertzehner und eine Golden Eagle, allerdings nur für Flüge in der Gegend.«

»Schön, dann mieten Sie einen Vogel für mich. Harry, Billy und ich fliegen nach Shabwa, um dort herumzuschnüffeln.«

»Tja, wenn Sie das tun wollen«, sagte Stone, »werde ich alles arrangieren.«

In ihrer Villa arbeitete Kate Rashid an Firmenunterlagen, als ihr Handy läutete. Es war George; er sagte: »Ich habe was von einem Kontaktmann in Hazar gehört. Dillon und die Salters fliegen in einer von Carvers Cessnas nach Shabwa. Und Dillon sitzt am Steuer.«

»Manchmal habe ich den Eindruck, er empfindet geradezu Sehnsucht nach dem Tod.«

»Was unternehmen wir?«

»Ich habe ihn allmählich satt, Bruder. Schießt Dillon und seine Freunde vom Himmel.«

»Mit Vergnügen«, erwiderte George Rashid.

Später am selben Tag flog die Cessna gemächlich auf Shabwa zu. Billy und Harry saßen hinter Dillon. Der Himmel war tief blau, die Sanddünen, teils über einhundert Meter hoch, erstreckten sich bis zum Horizont. Dillon drosselte das Tempo, bewegte behutsam den Steuerknüppel und ließ das Flugzeug über eine gewaltige Düne gleiten. Unter sich sah er eine Kolonne aus drei Fahrzeugen, alle voll gepackt mit Männern. Im nächsten Augenblick schossen sie auf die Maschine.

Die Windschutzscheibe und ein Seitenfenster zerbarsten; Harry schrie auf, als ihm ein Splitter die rechte Wange aufschlitzte. Eine Maschinengewehrsalve durchschlug den linken Flügel. Dillon riss den Steuerknüppel zurück, legte die Cessna in die Kurve und gab Gas. Die Wagenkolonne verschwand hinter ihnen, doch die Motoren des Flugzeugs begannen bedrohlich zu stottern. Dann versagte erst der linke Motor und dann der rechte. Stille umgab sie, die nur vom Geräusch des Windes durchbrochen wurde.

Die Sanddüne vor ihnen war hundertfünfzig Meter hoch. »Mensch, Dillon, so was habe ich noch nie gesehen«, sagte Billy.

»Tja, das ist anders als am Strand von Brighton, Billy. Haltet euch fest.«

Dillon zog den Steuerknüppel zurück, ließ die Cessna über die Kuppe schrammen und auf eine weiche Sandfläche dahinter sinken. Das Flugzeug hüpfte ein paarmal auf, pflügte mit den Rädern durch den Sand und kam schließlich zum Stillstand. Dillon schaltete ab.

»Alles in Ordnung?«

»Mir reicht's«, sagte Salter. »Das war mein letzter Urlaub im Ausland. Nach dieser Geschichte mache ich nicht mal mehr 'nen Tagesausflug nach Calais.«

Dillon drückte die Tür auf und kletterte über den Flügel hinaus. Billy und sein Onkel folgten ihm. »Was jetzt?«, fragte Harry.

»Jetzt werden sie nach uns suchen«, erwiderte Dillon. »Wenn ihr meine Meinung hören wollt: Die wussten, wer wir sind. Ihr könnt mir doch folgen, oder?«

»Und was können wir dagegen unternehmen?«, wollte Billy wissen.

»Mal sehen.«

Dillon zog sein abhörsicheres Handy heraus und suchte in seinen Taschen. »Verdammt, ich habe die Nummer von Villiers nicht dabei.« Er dachte kurz nach. »Na schön.« Und rief Ferguson in London an, der sich fast augenblicklich meldete. »Charles, ich bin's. Wir haben Probleme.«

Nach der Erklärung sagte Ferguson: »Machen Sie sich keine Sorgen, ich erreiche Villiers schon. Ich gebe ihm Ihre Nummer, dann kann er sich darum kümmern. Er ist genauso schlimm wie Sie, wenn er mal in Aktion tritt.«

»Das freut mich.« Dillon legte auf und sagte zu den anderen: »Wir warten.«

Es dauerte nur zwanzig Minuten, bis sein Telefon läutete und Villiers sagte: »Sind Sie unverletzt, Dillon?«

»Ja. Die Salters auch. Die Kerle haben uns erwartet.«

»Tja, was haben Sie gedacht? In einem Land von der Größe Hazars ist es kein Wunder, dass sie wussten, dass ihr kommt.«

»Und was machen wir jetzt? Es wird nicht lange dauern, bis sie uns finden.«

»Ich bin mit den Scouts vierzig Meilen östlich von euch. Ich werde Bronsby mit der Hälfte der Männer hier lassen und mit den anderen kommen, aber ich würde vorschlagen, dass ihr euch woandershin bewegt. Setzen Sie sich an Ihr GPS und nennen Sie mir Ihren genauen Standort.«

»Einen Augenblick.« Dillon ging zum Flugzeug und besorgte die gewünschte Information.

»Gut«, sagte Villiers, »macht euch jetzt schleunigst aus dem Staub. Nicht weit von euch ist ein altes Fort, in dem ihr besser geschützt seid als am Flugzeug. Marschiert nach Nordosten. Wir fahren, so schnell wir können, aber es wird knapp, Dillon, verflucht knapp. Notieren Sie sich meine Handy-Nummer und bleiben Sie in Kontakt. Viel Glück.«

Dillon sah die Salters an und berichtete ihnen, was Villiers gesagt hatte. »Holt euch Wasser, Proviant, für jeden ein AK und Ersatzmunition, und dann hauen wir ab.« Er grinste Harry an. »Deine Mitgliedschaft im Fitnesscenter kannst du kündigen, Harry. In den zwei Tagen hier draußen verlierst du mindestens zehn Kilo.«

Es dauerte zwei Stunden, bis George Rashid und zehn Beduinen in zwei Landrovern die Cessna aufgespürt hatten. Der beste Fährtensucher der Gruppe sah sich um, kam zurück und deutete nach Nordosten.

»Da lang, Effendi. Sie gehen zu Fuß.«

»Dann hinterher«, sagte George.

Die Salters und Dillon marschierten nebeneinander, durch Kopftücher vor der grausamen Hitze geschützt. Es war nicht einfach, einen Weg durch die Dünen zu finden. Dillon hatte die Führung übernommen, doch im weichen Sand kamen sie nur mühsam vorwärts. Schließlich erreichten sie eine Ebene und sahen eine Oase und die Überreste eines Forts.

»Ist das eine Fata Morgana?«, fragte Billy.

Plötzlich rief Harry: »Hinter uns, Dillon!«

Sie drehten sich um und sahen George Rashid mit den beiden Landrovern über eine Sanddüne kommen.

»Los!«, brüllte Dillon, »lauft, so schnell ihr könnt. Wenn sie uns hier erwischen, sind wir erledigt.« Er stolperte den Abhang hinab.

Sie rannten an einem Brunnen und einer Reihe Palmen vorbei und dann durch die Reste eines Tores in der baufälligen Mauer. Dillon lief ein paar Stufen hinauf zum höchsten Abschnitt, von dem aus sie George Rashid und seine zehn Beduinen ankommen sahen.

Die Landrover stoppten, und die Beduinen sprangen heraus, angeführt von George Rashid. Auf der

Mauer lugte Dillon durch eine der Spalten, während Billy und Harry links und rechts von ihm standen, ihre Sturmgewehre in der Hand.

»Was machen wir bloß hier?«, fragte Harry. »Das ist wie in 'nem Film, den ich als Kind gesehen hab ... mit Ray Milland und Gary Cooper. Jetzt fällt mir auch der Titel wieder ein: *Drei Fremdenlegionäre* hieß das Ding.«

»Den hab ich auch gesehen«, sagte Billy. »Wenn es da jemanden erwischt hatte, hat der Sergeant ihn auf die Mauer legen lassen, damit es nach mehr aussah.«

»Tja, wir sind sowieso bloß drei«, sagte Dillon, »und wir sollten uns anstrengen, weil diese Burschen einem wirklich die Eier abschneiden.«

Sie gingen in Stellung, während die Araber von den Landrovern ausschwärmten. »Was zum Teufel mache ich hier bloß, Dillon?«, sagte Harry Salter.

»Du amüsiert dich, Harry. Verlass dich auf mich, dann kommst du wieder heim nach Wapping.« Er zielte sorgfältig, drückte ab, und ein Beduine brach zusammen. »Na, bitte. Wir haben eine Menge Munition. Nehmt die Scheißkerle unter Feuer.«

Die Beduinen zogen sich hinter die Landrover zurück und eröffneten das Feuer auf die Mauer. Dillon und die Salters schossen zurück.

»Lass dir Zeit, Billy«, sagte Dillon. »Ein Schuss nach dem anderen. Harry soll sich ruhig austoben, aber wir beide nehmen uns einzelne Ziele vor. Das ist ja deine Stärke.«

Wie befohlen, feuerte Billy einen einzelnen Schuss ab, und ein Beduine fiel neben einem der Landrover zur Seite.

»Na also, Billy, so ist's richtig«, sagte Dillon. »Wir werden sie schon aufhalten, bis Villiers hier ist.« Er holte einen Zeiss-Feldstecher hervor und sah, wie mehrere Männer von einem Landrover zum anderen huschten.

»Ich habe gerade George Rashid erkannt«, sagte Dillon.

»Dann wissen wir ja, wen wir da vor uns haben«, erwiderte Harry Salter und feuerte eine ausgiebige Salve ab.

George Rashid instruierte währenddessen seine Männer. »Ein Wagen bleibt hier und gibt uns Feuerschutz. Vier von euch kommen mit mir; wir fahren mit dem anderen Wagen zur Rückseite. Da ist die Mauer zur Hälfte eingestürzt. So nehmen wir sie in die Zange. Los jetzt!«

Einen Augenblick später donnerte einer der Landrover davon. Als Dillon wieder durch sein Fernglas schaute, sah er Beine unter dem anderen Wagen. Er zielte sorgfältig, drückte ab, und ein weiterer Beduine wurde sichtbar und wälzte sich auf dem Boden. Im selben Moment hörten sie hinter ihrem Rücken Schüsse. Als Dillon sich umdrehte, sah er George Rashid mit seinen Männern über die verfallene Mauer in den Hof springen.

Dillon und die Salters warfen sich auf den Bauch, während hinter ihnen die Kugeln von Schnellfeuerwaffen in die Mauer schlugen. Als Dillon und Billy zurückschossen, stürzte ein weiterer Beduine zu Boden, doch im selben Augenblick bestrichen die Männer hinter dem Landrover am Haupttor die Mauer mit Maschinengewehrfeuer.

Dillon und seine Freunde duckten sich, während ihnen Mauertrümmer um die Ohren flogen. Plötzlich hörte man Feuerstöße aus einer weiteren Richtung, und als Dillon den Kopf hob, sah er Tony Villiers mit seinen Hazar Scouts in fünf Landrovern über eine der gewaltigen Dünen kommen. Die Soldaten stoppten und eröffneten mit schweren Maschinengewehren das Feuer auf den Landrover vor dem Haupttor des Forts. Als der Benzintank getroffen wurde, flog der Wagen in die Luft. Die drei verbliebenen Beduinen rannten über das offene Gelände um ihr Leben und wurden niedergemäht.

Während Villiers und seine Männer die Düne herabkamen, verschwanden George Rashid und die drei Überlebenden seiner Gruppe wieder über die zerfallene hintere Mauer. Kurze Zeit später raste ihr Landrover davon und verschwand in einer engen Schlucht.

Plötzlich war es ganz still. Dillon lehnte sich neben Billy an die Mauer und holte eine Packung Marlboro aus der Tasche. Harry war in sich zusammengesunken. »Um Himmels willen, Dillon, ich bin wirklich nicht mehr der Jüngste.«

»Du hast dich großartig geschlagen, Harry.«

»Ja, und ich würde mich auch großartig fühlen – wenn ich die dritte Hauptrolle in einem alten Schwarzweißfilm gespielt hätte, wie sie im Nachtprogramm kommen. Aber du schaffst es, so was zur Wirklichkeit werden zu lassen. Du bist ein echtes Scheusal, Dillon.«

Die Landrover der Hazar Scouts fuhren durchs Tor und hielten im Hof. Dillon und die Salters stiegen die Treppe hinab, während Tony Villiers aus dem ersten Wagen sprang und auf sie zuging.

»Das war ja 'ne heiße Sache.«

Dillon schüttelte ihm die Hand. »George Rashid hat sie angeführt.«

»Tatsächlich? Dann haben Sie wirklich einen wunden Punkt getroffen, Dillon. Sie sind ein wahres Glückskind.«

»Das sagt vermutlich alles.«

Villiers steckte sich eine Zigarette an. »Na schön, dann bringe ich euch mal zur Oase Shabwa. Carver soll einen seiner Flieger nehmen und euch von dort nach Hazar zurückschaffen.«

»Klingt gut«, sagte Dillon.

»Und vergesst nicht, Charles Ferguson einen Dankesgruß zu schicken. Ohne den wärt ihr jetzt nämlich mausetot.«

In der Bar des Excelsior saß Dillon mit Hal Stone und den Salters zusammen.

»Das ist wirklich wie in 'nem schlechten Film, Harry«, kommentierte Stone.

»Das kann man wohl sagen. Wenn man mit Dillon unterwegs ist, ist das was anderes, als in Brighton über den Palace Pier zu spazieren, um sich Fish and Chips und ein Glas Champagner zu genehmigen. Der Kerl bringt einen in echte Lebensgefahr.«

»Ach, komm schon, Harry«, sagte Dillon. »Du hast dich doch seit Jahren nicht mehr so amüsiert. Außerdem – warum machst du dir Sorgen? Schließlich sind es Tony Villiers und seine Jungs, die da droben in der Scheiße stecken.«

»Schön und gut, Dillon«, sagte Hal Stone, »aber wir haben noch immer nicht die leiseste Ahnung, was die Rashids im Schilde führen. Ganz sicher wissen wir nur eines: Die wollen Sie umlegen. Aber weshalb? Weshalb stellen Sie eine derartige Bedrohung dar?«

»Das wüsste ich auch gern«, erwiderte Dillon.

»Wenn man darüber nachdenkt«, sagte Billy, »fällt einem doch vor allem auf, dass Bell hier mit einer ganzen Mannschaft aufgekreuzt ist. Wofür braucht man so viele Leute?«

»Tja, genau das wissen wir eben nicht, oder?«, bemerkte sein Onkel.

Einen Moment lang herrschte Schweigen, dann sagte Hal Stone: »Aber wir könnten es herausbekommen.«

Alle schauten ihn an, und Dillon fragte: »Was schlagen Sie vor?«

»Nun, die Burschen sind zu viert, Bell mitgerechnet. Ich nehme an, dass sie auch alle wissen, worum es geht.«

»Und Sie meinen, wir sollten uns einen von ihnen schnappen, ja?«, sagte Billy.

»So was in der Richtung. Keine Ahnung, ob das 'ne gute Idee ist. Sieht ziemlich simpel aus.«

»Aber manchmal funktionieren die simpelsten Pläne am besten«, kommentierte Dillon.

»Zuerst müssen wir mal herausbekommen, wann wir an diese Scheißkerle rankommen können«, sagte Harry. »Wann sie in die Stadt kommen und zu welchem Zweck.«

»Um zu ficken«, sagte Billy.

Alle lachten, doch Stone meinte: »Genau genommen haben Sie Recht. Ich habe mich umgehört. Einer von ihnen – Costello, glaube ich – hat offensichtlich großes Interesse an einem Etablissement namens Madame Rosa's.«

»Also, was machen wir? Kidnappen wir ihn?«, erkundigte sich Harry Salter.

»Wieso nicht?«, meinte Stone.

»Na schön, aber was werden Bell und seine Gorillas unternehmen, wenn Costello plötzlich nicht mehr auftaucht?«, wandte Billy ein.

»Keine Ahnung.« Stone zuckte die Achseln. »Vielleicht glauben sie, dass er irgendwo mit einer Frau im Bett liegt. Oder mit zweien.«

»Aber Professor«, hänselte Harry Salter, »ich bin schockiert, dass ein gebildeter Mensch wie Sie sich derart zweifelhaften Fantasien hingibt.«

»Ich werd's überleben.«

Dillon überließ die Planung der Operation Harry Salter. Und Harry spielte seine Rolle fantastisch. Am Abend trug er ein dunkles, weit offen stehendes Leinenhemd und einen cremefarbenen Tropenanzug und sah sehr wohlhabend aus.

Er setzte sich mit Billy in ein Straßencafé gegenüber von Madame Rosa's und wartete dank eines diskreten Trinkgelds auf Nachricht von drinnen, dass Costello unterwegs war. Als es so weit war, ging Harry hinein – ein älterer, gut gekleideter Herr, der finanzkräftig aussah – und ließ die Mädchen aufmarschieren. Billy wartete inzwischen, bis er Costello kommen sah, dann folgte er ihm.

Bell und seine zwei Kumpane saßen mit Kate Rashid zusammen und studierten noch einmal die Karte. »Also, dann ist ja alles klar«, sagte Bell. »Die alten Herrschaften werden sich gegen Mittag auf den Weg zu den heiligen Quellen machen. Wir fliegen schon heute Abend in Carvers Golden Eagle hin. In Shabwa machen wir unsere Waffen fertig und dann fahren wir morgens mit dem Landrover weiter.«

»Klingt gut«, sagte Kate.

»Eine kleine Korrektur. Wir treffen uns dort oben mit Ihrem Bruder und seinen Beduinen. Womöglich brauchen wir Unterstützung, und da ist es besser, wenn die bei der Hand ist.«

»In Ordnung«, sagte Kate. »Ich spreche mit George und arrangiere das.«

Als sie ihren Bruder in London anrief, erhielt sie keine Antwort, weshalb sie es auf seinem Handy versuchte. Paul Rashid meldete sich sofort. »Wie läuft es denn?«

»Gut. Wir fliegen in einer von Carvers Maschinen nach Shabwa.«

»Dann treffen wir uns dort. Ich bin schon unterwegs. Ich lande in Haman und steige dort in den Hubschrauber um. Halt nach mir Ausschau.«

»Das werde ich.«

Costello hatte sich aus dem Excelsior geschlichen und sich zu Madame Rosa's bringen lassen, wo er begeistert empfangen wurde. Drei Mädchen warteten, die ihm jeden Wunsch erfüllten, und es gab irischen Whiskey und Kokain, damit alle in Stimmung kamen. Hier war es anders als in Nordirland. Solche Vergnügungen hatte er noch nie genossen, und als sie ihn in ein luxuriöses Schlafzimmer brachten, ihn küssten und ein wenig streichelten und dann vorschlugen, er solle sich ausziehen, überschlug er sich beinahe. Die Mädchen gingen hinaus, und Costello wollte sich gerade bereitmachen, als die Tür hinter ihm aufging. Er drehte sich um. Harry Salter kam durch die Tür, gefolgt von Billy.

»He, was soll das?«, fragte Costello unwirsch.

Harry packte ihn an der Gurgel. »Halt's Maul und zieh dich wieder an.«

»Moment mal ...«

Billy zog einen Browning aus der Tasche und versetzte Costello damit einen Schlag an die Schläfe. »Tu einfach, was man dir gesagt hat, wenn du weiterleben willst.«

Und Costello, der zum ersten Mal seit Jahren Angst hatte, tat, wie ihm geheißen.

Sie brachten ihn hinaus auf die *Sultan*, wo Dillon und Hal Stone warteten. Zwei arabische Matrosen führten Costello an Deck. Dillon brüllte Befehle auf Arabisch. Sie rissen Costello erst die Jacke und das Hemd vom Leib, dann die Hose, so dass er in der Unterhose dastand. Die Salters lehnten an der Reling, und Hal Stone saß auf einem Liegestuhl und trank ein kühles Bier. Hinter ihm hatten sich zwei seiner Taucher postiert.

»Versuch bloß nicht, mich zu verarschen, Patrick«, sagte Dillon. »Bell wäre bestimmt nicht mit euch Burschen hier, wenn ihr nicht irgendwas Großes vorhättet.«

»Ach, leck mich doch am Arsch«, erwiderte Costello.

»He, das gefällt mir«, kommentierte Harry Salter. »Das ist echt stilvoll. Findest du das nicht auch sehr stilvoll, Billy?«

»Nein, Harry. Eigentlich finde ich es unhöflich und dumm und selbstmörderisch.«

»Du hast doch wieder in deinen Philosophiebüchern gelesen.«

»Wir vergeuden hier bloß unsere Zeit«, sagte Dillon. »Ich habe gedacht, da wäre noch ein Rest Vernunft vorhanden, aber das ist offensichtlich nicht der Fall.« Er ging zur Heckreling, hob eine Kette auf und gab sie einem der Taucher. Dabei sagte er auf Arabisch: »Um seine Knöchel und rein mit ihm.«

Costello schrie auf, als sie ihn auf den Boden drückten und ihm die Kette um die Knöchel schlangen. »He, was habt ihr vor?«

»Du kommst ins Wasser«, erklärte Dillon. »Da warten schon Kelly und die beiden Araber, die versucht haben, mich und Billy zu erledigen.«

»Das wagst du nicht.«

Hal Stone erhob sich. »Um Gottes willen, Dillon, das können Sie doch nicht machen.« Er spielte seine Rolle im Stück »guter und böser Cop« perfekt.

»Ach, ich habe es satt, ständig nett zu sein, Professor. Mordanschläge, Bomben – der Bursche hat so ziemlich alles auf dem Kerbholz, was einem einfällt. Wenn wir uns den vom Hals schaffen, weint ihm keiner eine Träne nach.«

Er nickte den beiden Tauchern zu, die Costello umdrehten und über die Heckreling baumeln ließen. Costello schrie vor Todesangst, als sein Kopf im Meer verschwand.

»Zieht den Scheißkerl wieder hoch«, sagte Harry Salter. »Vielleicht ist er zur Vernunft gekommen.«

Als Costello schluchzend auf dem Deck lag, hockte sich Dillon neben ihn. »Also, was ist am Laufen, Patrick?«

»Ich sag's dir, das schwöre ich«, sagte Costello. »Da gibt's diesen Haufen arabischer Politiker, den Ältestenrat oder so was, und morgen Vormittag fahren die zu den heiligen Quellen, wo wir sie erledigen.«

»Du lieber Himmel«, sagte Hal Stone.

»Wo?«, fragte Dillon.

»In Rama. Der Ort heißt Rama.«

Dillon nahm dem noch immer schluchzenden Costello die Kette ab. »Sperrt ihn ein«, sagte er auf Arabisch zu den Tauchern.

»Was hast du da gesagt? Was hast du gesagt? O Gott, du lässt mich umbringen«, schrie Costello, drehte sich um und stürzte sich über die Reling.

Im fahlen gelben Schein des Lichts am Heck kam er an die Oberfläche, Dillon sagte: »Billy.«

Billy zielte sorgfältig und traf ihn in den Hinterkopf.

»War das wirklich nötig?«, fragte Hal Stone.

»Das war es, wenn die Tatsache, dass wir jetzt Bescheid wissen, unter uns bleiben soll«, erklärte Harry Salter.

Bell und Kate Rashid warteten, während Tommy Brosnan und Jack O'Hara sich auf die Suche nach Costello machten. Als sie erfolglos zurückkamen, tobte Bell.

»Dieser Bastard. Den mach ich fertig. Er kann sich einfach nicht am Riemen reißen. Wahrscheinlich steckt er stockbesoffen in irgendeinem Puff.«

»Was machen wir jetzt?«, erkundigte sich Kate.

»Wir schaffen es auch ohne ihn. Ich trete ihm schon noch in den Arsch, aber jetzt sollten wir los.«

Ben Carver, der die Lufttaxis am Flughafen betrieb, war ein fünfzigjähriger pensionierter Major der britischen Air Force, der im Golfkrieg eine hohe Auszeichnung bekommen hatte. Inzwischen neigte er zu Übergewicht. Seine Leute waren dabei, die Golden Eagle zu beladen, als Bell mit seinen Leuten und Kate ankam.

»Ich habe gehört, Sie haben eine Maschine verloren, Carver«, sagte Kate. »Privat vermietet.«

»Ja, an einen Mister Dillon«, sagte Carver. »Der ist mit seinen Leuten in der Arabischen Wüste abgestürzt, aber Colonel Villiers und die Hazar Scouts haben sie gefunden.«

»Na, das ist aber schön. Hoffentlich waren Sie versichert.«

»Natürlich, Lady Kate.«

»Na, dann los.«

Eine Viertelstunde später hob die Golden Eagle ab, stieg auf eine Flughöhe von fünfzehnhundert Metern und nahm Kurs auf Shabwa.

Dillon erreichte Villiers auf dessen abhörsicheren Handy. »Ich habe schlechte Nachrichten - wirklich schlechte Nachrichten. Wir wissen jetzt, weshalb die Burschen hier sind.«

»Erzählen Sie.«

Was Dillon tat.

»Haben Sie schon mit Ferguson gesprochen?«, fragte Villiers anschließend.

»Nein. Der müsste inzwischen auf dem Weg hierher sein.«

»Dillon, ich bin hundertfünfzig Meilen südlich der Straße zu den heiligen Quellen und habe meine Leute aufgeteilt und Bronsby nach Osten geschickt. Wir haben beide fünfzig Männer. Das schaffe ich nie.«

»Na schön, dann warnen Sie die Mitglieder des Ältestenrats. Die sollen einfach umkehren.«

»Das ist unmöglich. Die ganze Unternehmung läuft unter dem Siegel der Verschwiegenheit. Und das sind sehr altmodische Leute. Ich habe heute schon versucht, ihre Berater zu erreichen - ein Routineanruf -, aber das Handy war abgeschaltet.«

»Soll das heißen, dass wir einfach Däumchen drehen und sie durch eine der übelsten Wüsten der Welt in den Tod fahren lassen?«

»Wir werden fahren wie die Wilden, aber bei diesem Terrain schaffen wir allerhöchstens fünfzehn Meilen in der Stunde. Bronsby rufe ich auch zu Hilfe.«

»Das reicht nicht.« Dillon dachte nach. »Was ist, wenn wir zu dieser Piste in Shabwa fliegen?«

»Da tummeln sich momentan die Rashid-Beduinen.«

In diesem Augenblick kam Dillon der rettende Einfall. »Okay, ich melde mich später noch mal.«

Hal Stone rief Ben Carver an. »Ich habe gehört, Sie waren im Landesinneren. Jetzt sind Sie also zurück?«

»Offensichtlich.«

»Es geht um einen Flug zu einer Position östlich von Shabwa«, sagte Stone. »Dort wollen zwei Männer mit dem Fallschirm abspringen – aus dreihundert Metern Höhe.«

»Sie sind wohl nicht bei Trost.«

»Zehntausend Pfund Sterling.«

Carver zögerte, und es herrschte einen Moment lang Schweigen. Stone sah Dillon an, der nickte. »Na gut, Ben, fünfzehntausend. Kommen Sie, der Flug dauert eine Stunde, dann setzen Sie die beiden ab und sind bald wieder hier.«

Wie üblich gewann Gier die Überhand. »Okay, ich mach's«, sagte Carver.

Dillon übernahm das Telefon. »Carver? Hier Dillon. Später müssen Sie womöglich auch noch Major General Ferguson am Militärstützpunkt Haman abholen und ins Landesinnere bringen.«

»Also, wissen Sie ...«, sagte Carver.

»Zwanzigtausend«, sagte Dillon. »Na, wie ist das?«

Carver atmete tief durch. »Von Ferguson habe ich schon gehört.«

»Kein Wunder. Der arbeitet für den Premierminister höchstpersönlich.«

»Also ist alles koscher?«

»Es ist genau wie früher bei der RAF. Halten Sie einfach das Flugzeug und zwei Fallschirme bereit.«

Dillon ging zur Reling, wo Billy und Harry Kaffee tranken.

»Na, was liegt an?«, fragte Harry.

»Diesmal sind nur ich und Billy dran«, erwiderte Dillon.

»He, Dillon, was haben wir jetzt schon wieder vor?«, wollte Billy wissen.

»Ich habe gerade mit Villiers gesprochen. Der hat seine Leute aufgeteilt. Er wird die ganze Nacht durchfahren, aber es ist verflucht weit, wenn man nur fünfzehn Meilen in der Stunde schafft. Abgesehen davon ist die Piste in Shabwa in den Händen der Rashids, und der Ältestenrat kümmert sich momentan nicht um seine Sicherheit, meint Villiers.«

»Dann werden sie durch die Nacht in den Tod fahren, der irgendwann morgen Vormittag auf sie wartet«, sagte Hal Stone.

»Da bin ich anderer Meinung.« Dillon sah Billy an. »Letztes Jahr in Cornwall hast du dich fantastisch geschlagen. Ohne jedes Training bist du aus hundertachtzig Metern abgesprungen, als hättest du Flügel.«

»He, mach mal halblang, Dillon«, sagte Harry. »Soll das etwa heißen, ihr wollt von 'nem Flugzeug hüpfen? Ihr wollt versuchen, Bell die Suppe zu versalzen, bis Villiers mit seinen Cowboys ankommt? Stimmt's?«

»Harry, das ist meine Sache. Billy ist ein Freigeist und hat wie ich eine Vorliebe für die Philosophie.«

»Was zum Teufel soll denn das wieder heißen?«

»Platon. Erinnerst du dich an den, Billy?«

Billy Salter, Londoner Gangster, viermal im Gefängnis und einst ein echter Killer, setzte das kälteste Lächeln auf, das man sich vorstellen konnte. »Klar erinnere ich mich: ›Ein ungeprüftes Leben ist nicht lebenswert.‹ Für mich bedeutet das: ein Leben, das man nicht auf die Probe stellt. Es ist an der Zeit, dass wir uns auf die Probe stellen, Sean.«

»Alle Achtung! Ich fliege mit Carver in seiner Golden Eagle hin. Es ist genau wie in Cornwall, Billy, nur dass ich diesmal bei dreihundert Metern aussteige. Manche halten mich für verrückt oder zumindest für gestört. Nun habe ich in meinem Leben zwar allerhand schlimme Dinge getan, aber die Rashids haben Schlimmeres auf dem Kerbholz, und ich werde sie aufhalten.«

»Nein, da hast du was falsch verstanden, Dillon«, sagte Billy. »*Wir* werden sie aufhalten.«

»Billy, du bist auch verrückt«, erklärte Harry.

»Was soll ich denn sonst tun? Nach Hause gehen und den Weibern hinterherlaufen, bis ich so frustriert bin, dass ich über die Stränge schlage und fünf Jahre in den Bau komme?« Billy grinste. »Wenn ich schon zu Boden gehe, dann lieber für etwas, das die Mühe wert ist.«

Harry Salter war erstaunt. »Was kann ich da noch sagen?«

»Nichts«, meinte Dillon. »Komm einfach mit und schau dir die Sache an.«

10

In London räumte Charles Ferguson gerade seinen Schreibtisch auf, als es an der Tür läutete. Kim führte Blake Johnson herein.

»Schön, Sie zu sehen, Blake.«

»Der Präsident hat mich hierher beordert. Die letzten Neuigkeiten haben ihn zutiefst erschüttert.«

»Ihnen ist wohl klar, Blake, dass Hazar ein neutrales Land ist? Außerdem sind die Besitzverhältnisse an der Grenze zur Arabischen Wüste umstritten. Da könnte man einen Krieg anzetteln, den Ältestenrat abschlachten und auch sonst alles tun, was einem einfällt, ohne dass irgendein anderes Land etwas dagegen unternehmen könnte.«

»Ja, das wissen wir, Charles, aber die Auswirkungen wären weit reichend.«

»Weshalb der Präsident Sie hergeschickt hat?«

»Ja.«

»Mit dem Premierminister hat er auch gesprochen?«

»Ich glaube schon.«

»Dann fahren wir jetzt in die Downing Street, um uns persönlich mit ihm zu unterhalten. Ist doch nicht schlecht, Blake – ein Präsident und ein Premierminister am selben Tag.«

An der Tür der berühmtesten Adresse der Welt wurden Sie von einem Mitarbeiter empfangen.

»General Ferguson, Mr. Johnson – der Premierminister erwartet Sie.«

Er brachte sie nach oben, vorbei an den Porträts früherer Amtsinhaber, klopfte und öffnete die Tür zum Arbeitszimmer des Premierministers. Der jüngste Inhaber seines Amtes seit über einem Jahrhundert saß in Hemdsärmeln an seinem Schreibtisch und arbeitete. Als er den Kopf hob, war seine Miene entschlossen, dann zeigte er das vertraute Lächeln.

»General Ferguson.« Er stand auf, kam hinter dem Schreibtisch hervor und schüttelte Ferguson die Hand. »Und Mr. Johnson? War Zeit, dass wir uns kennen lernen.« Er gab Blake einen Klaps auf die Schulter. »Der Präsident hat mich schon informiert, aber ich möchte es noch einmal von Ihnen beiden hören.«

Später brachte jemand Tee und Kaffee, während der Premierminister mit vollkommen ruhiger Miene dasaß. »Es ist geradezu unglaublich, was die Rashids da tun. Ich kenne den Earl recht gut.«

»Leider ist es wahr, Premierminister«, sagte Ferguson.

»Erschreckend. Erst versucht er, den amerikanischen Präsidenten zu ermorden, und nun den Ältestenrat von Hazar.« Der Premierminister sah Blake an. »Sind Sie mit mir einer Meinung, dass das eine Katastrophe wäre?«

»Unserer Meinung nach, Sir, wäre es genau das.«

Der Premierminister saß reglos da und brütete vor sich hin. »Nun, Sie können auf meine volle Unterstützung zählen.« Er erhob sich. »Ich habe jetzt einen anderen Termin. Tun Sie, was Sie tun müssen, General.«

Die beiden wurden hinausbegleitet. Das Treffen war beendet.

»Auf nach Hazar, Blake«, sagte Ferguson.

In Hazar waren George Rashid und Bell auf der Piste in der Nähe von Shabwa gelandet. Vier Stunden später erwartete man auf dem Militärstützpunkt Haman die Gulfstream der Rashids. Im frühen Licht der südarabischen Dämmerung glitt die Maschine herab, und mehrere Landrover fuhren auf sie zu. Kate stieg aus dem ersten, gekleidet in eine Kakibluse, eine Hose und ein arabisches Kopftuch.

Paul Rashid umarmte sie. »Wo ist George?«

»Mit seinen Männern an der Straße zu den heiligen Quellen. Bell und seine Leute sind bei ihm. Wie geht es Michael?«

»Der hält in London die Stellung.«

Aus allen Wagen waren Rashid-Krieger gestiegen und standen schweigend mit ihren Gewehren da. Kate drehte sich um und schnippte mit den Fingern. Ein Junge kam herbeigerannt, ein langes Gewand in den Händen. Er half Paul Rashid hinein und reichte ihm ein Kopftuch. Rashid legte es an, dann drehte er sich um, hob den rechten Arm und ballte die Faust.

»Meine Brüder!«, rief er auf Arabisch und legte den Arm um Kate.

Die Männer schwangen ihre Gewehre und brachen in begeistertes Gebrüll aus.

»Na, dann wollen wir mal.« Er half Kate in den ersten Landrover und setzte sich neben sie.

Dann zündete er sich eine Zigarette an. »Bell und seine Leute arbeiten doch wirklich dem Plan entsprechend?«

»Ja. Ich habe dir ja schon erzählt, dass George sie mit seinen Kriegern unterstützt. Das einzige Problem ist, dass einer von Bells Männern verschwunden ist. Ein Säufer und Schürzenjäger. Sie haben versucht, ihn aufzustöbern, aber Bell meint, er hat sich in irgendein Bordell verkrochen.«

»Das gefällt mir nicht. Wenn etwas Außerplanmäßiges geschieht, frage ich mich, weshalb.«

»Nun, so ist dieser Kerl eben.«

»Und Dillon?«

»Der ist noch immer auf der *Sultan* - mit Professor Stone und den beiden Londoner Gangstern.«

»Das hier ist wirklich nicht deren Element.«

»Hazar ist jedenfalls nicht Wapping. In London sind sie vielleicht wer, aber hier nicht.«

»Stimmt.« Paul Rashid brütete vor sich hin. »Und Shabwa ist in unserer Hand?«

»Vollkommen. Selbst wenn Dillon auf die Idee käme, dort hinzufliegen, könnte er nicht landen.«

»Weshalb sollte er das auch wollen? Schließlich hat er keine Ahnung, was wir vorhaben.« Rashid nickte. »Also, ich fahre mit einer Eskorte zu dem Hinterhalt bei den heiligen Quellen, um zu George, seinen Männern und Bell zu stoßen.« Er drehte sich um und lächelte. »Möchtest du mitkommen?«

»Es ist mir ein Vergnügen, Bruder.«

»Gut.« Er zündete sich die nächste Zigarette an. »Wir werden die Welt in Brand setzen, kleine Schwester.«

Kate griff nach seiner Hand und hielt sie ganz fest.

Am Flughafen von Hazar war Carver kurz nach Anbruch der Morgendämmerung dabei, die Golden Eagle durchzuchecken. Hal Stone war mit Dillon und den Salters mitgekommen.

Dillon hatte die Tasche mit den Waffen aus London geöffnet. Es war das Beste, was der Sergeant

Major im Arsenal gehabt hatte: mit Titan gefütterte kugelsichere Westen, AK 47-Sturmgewehre, einige Brownings mit Schalldämpfer, ein halbes Dutzend Handgranaten und zwei Maschinenpistolen Marke Parker-Hale.

Dillon und Billy wurden ausgerüstet. »Was läuft hier eigentlich?«, fragte Carver.

»Sie sind doch immer noch Reserveoffizier?«, fragte Dillon.

»Na und?«

»Tja, einen Orden haben Sie schon. Wenn das hier vorbei ist, bekommen Sie vielleicht noch einen. Wir sind die Guten in diesem Spielchen, Ben. Die, zu denen Sie gehören. Haben Sie damit ein Problem?«

Carters Lächeln ließ keine Sekunde auf sich warten. »Nein, natürlich nicht, verflucht.«

»Dann wollen wir mal.« Dillon drehte sich um. »Kommst du, Harry?«

In diesem Moment sagte Stone: »Dillon, meine Kollegen zu Hause an der Uni würden es zwar nicht für möglich halten, aber ich komme auch mit. Billy hat Recht. Ein Leben, das man nicht auf die Probe stellt, ist nicht lebenswert.«

Im Landesinneren arbeiteten Bell, O'Hara und Brosnan auf der Straße durch die Schlucht. Sie legten Semtex-Packs aus und verbanden sie über Kabel mit einem Detonator. Es war früh am Morgen, und die Hitze des Tages ließ noch auf sich warten. Beduinen hockten herum und beobachteten George Rashid, der in der Nähe kauerte.

»Lustig, was?«, sagte Bell. »Zu Hause in South Armagh haben Sie noch versucht, uns umzulegen.«

»Natürlich hab ich das versucht. Schließlich war ich als Second Lieutenant bei den Fallschirmjägern im Dienste Ihrer Majestät. Sie waren der Feind. Zwei Ihrer Leute habe ich erschossen.«

»Bastard«, knurrte Brosnan wütend.

»Lass das«, sagte Bell. »Er hat nur seine Pflicht getan. Und jetzt mach dich wieder an die Verkabelung.«

Eineinhalb Stunden später hatte Carver im Licht der Morgendämmerung bei fünfzehnhundert Metern Flughöhe sein Ziel erreicht und ließ die Maschine absinken. Dillon beugte sich über seine Schulter.

»Sind wir da?«

»Das ist Rama, mehr weiß ich auch nicht.«

»Gehen Sie runter, aber achten Sie darauf, dass uns niemand beobachtet.«

Die Golden Eagle ging auf dreihundert Meter hinunter. »Sieht aus, als wäre die Luft rein«, sagte Carver.

»Gut. Drehen Sie noch 'ne Kurve, dann springen wir.«

»Sie sind verrückt, das ist Ihnen schon klar, oder?«

»Ja, aber das macht das Leben interessant, Ben.«

Dillon wandte sich nach hinten und nickte Billy zu. »Es ist Zeit. Macht die Tür auf.«

Harry reagierte als Erster und zerrte am Riegel. Die Tür ging auf, die eingebaute Treppe entfaltete sich, und ein gewaltiger Luftschwall strömte herein. Stone und Harry hielten sich fest, während Billy und Dillon zur Tür traten, ihre AK 47 und Parker-Hales über der Brust.

»Nach dir«, brüllte Dillon in das Dröhnen. »Du bist der Jüngere.«

Billy lachte. »Und du bist der Ältere, deshalb muss ich als Erster auf den Boden, um dir Feuerschutz zu geben.«

Er trat hinaus auf die Treppe und sprang kopfüber in die Tiefe. Dillon folgte ihm. Während die Golden Eagle abdrehte, kämpften Stone und Harry mit der Tür und schafften es endlich, sie zu schließen. Harry lief zu einem Fenster, und als die Maschine sich in die Kurve legte, sah er die beiden Fallschirme tief unten landen.

»Sie haben's geschafft.«

»Gut«, sagte Professor Stone. »Dann nur schnell weg von hier, bevor bestimmte Leute uns bemerken und anfangen, dumme Fragen zu stellen.«

In Northolt wurde Ferguson bei der Gulfstream von Lacey und Parry erwartet. Zur Stelle war auch der Sergeant Major mit zwei Sturmgewehren und vier Brownings.

»Ziehen Sie wieder in die Schlacht, General?«, fragte er.

»Tja, wo wir hinwollen, ist es nicht sehr gemütlich, und da wollen wir lieber vorsorgen.« Er wandte sich an Blake. »Können Sie mit einem AK umgehen?«

»Charles, genauso gut könnten Sie meine Großmutter fragen, ob sie kochen kann. Schließlich war ich in Vietnam.«

Ferguson schüttelte dem Sergeant Major die Hand, dann wandte er sich Lacey zu.

»Vier Brownings, Squadron Leader, also auch einer für Sie und einer für den Flight Lieutenant. In Hazar drohen gewisse Risiken für Ihre Gesundheit, und da dachte ich, Sie sollten entsprechend vorbereitet sein.«

»Sehr aufmerksam, General«, sagte Parry. »Übrigens haben wir eine junge Dame an Bord, die sich um Ihr leibliches Wohl kümmern wird. Flight Sergeant Avon.«

Ferguson sah den Sergeant Major an. »Besorgen Sie noch einen Browning.«

»Gern, Sir.«

Später, als sie, zum Abflug bereit, in der Maschine saßen und die Tür sich geschlossen hatte, erschien der Flight Sergeant. Die junge Frau trug keine RAF-Uniform, sondern ein international aussehendes marineblaues Kostüm.

Während das Flugzeug anrollte, fragte sie: »Kann ich den Herren etwas bringen?«

»Später, Sergeant.« Ferguson lächelte. »Sie wissen, wer ich bin?«

»Natürlich, General.«

Er griff nach dem zusätzlichen Browning, den der Sergeant Major ihm gebracht hatte. »Ich nehme an, Sie hatten eine Grundausbildung im Umgang mit Waffen?«

»Natürlich, Sir.«

»Gut. Nehmen Sie den an sich. Wir fliegen an einen gefährlichen Ort und da ist es mir lieber, wenn Sie sich wehren können, falls das nötig sein sollte.«

Sie war so kühl, dass er glaubte, einen Eishauch zu spüren. »Das ist sehr freundlich von Ihnen, General. Ich habe Krabbensalat, Eintopf nach Lancashire-Art, Räucherlachs und Wildsuppe.«

»Klingt gut«, bemerkte Blake.

Ferguson lächelte. »Mr. Johnson arbeitet zwar für den Präsidenten der Vereinigten Staaten, aber Sie sollten sich wirklich darauf einstellen, den Browning zu benutzen. Unsere Gegner sind nicht besonders nett.«

»Kein Problem, Sir. Ich habe eine Flasche Taittinger im Kühlschrank, falls Sie ein Glas Champagner wünschen.«

Sie verschwand. »Ich frage mich, wie es bei Dillon läuft«, sagte Blake.

»Die Frage wäre eher: Wie läuft es bei den anderen?«, erwiderte Ferguson.

Auf dem Boden befreite Dillon sich von seinem Fallschirm, den er mit losem Sand bedeckte, und sah sich dann nach Billy um. Als er die nächste Sanddüne erklommen hatte, erblickte er den jungen Mann unter sich. Er lag auf den Knien und vergrub seinen Fallschirm. Dillon stapfte zu ihm.

»Alles in Ordnung?«

»Klar«, antwortete Billy. »Das sollten wir öfter machen.«

Dillon nahm sein Handy heraus und rief Villiers an. Der Colonel meldete sich fast augenblicklich. »Billy und ich sind unversehrt gelandet«, sagte Dillon.

»Irgendwelche Anzeichen der Gegenseite?«

»Von oben haben wir nichts gesehen. Wir marschieren in Richtung Rama und schauen, wie die Lage auf der Straße ist. Wo sind Sie momentan?«

»Noch zwanzig Meilen entfernt.«

»Und Bronsby?«

»Der ist etwa dreißig, vielleicht auch vierzig Meilen östlich von Ihnen.«

»Gut. Billy und ich werden uns bemühen, so schnell wie möglich die Straße zu erreichen. Sobald mir was auffällt, melde ich mich wieder.«

Er steckte das Handy in eine Tasche seines Kakihemds, warf Billy einen Blick zu, zog einen Kompass hervor und studierte ihn.

»Na, dann los. Sobald wir die Straße gefunden haben, klettern wir auf eine Düne und schauen uns um.« Er nahm ein Kopftuch aus seinem Rucksack und band es um. »Mach das auch, Billy, es wird heiß werden.«

Eine Stunde später erreichten sie die Straße und marschierten auf ihr weiter. Sie war mit einer feinen Sandschicht bedeckt, auf der keinerlei Reifenspuren zu sehen waren. Auch sonst bemerkten sie nichts Auffälliges. Endlich blieb Dillon stehen. Vor ihnen lag die kleine Schlucht.

»Das muss es sein. Postieren wir uns da oben.« Er deutete auf eine mindestens hundertfünfzig Meter hohe Sanddüne. »Von da aus sehen wir alles, was kommt.«

Es war kein Spaziergang. Die Hitze nahm zu, während sie sich die steile Flanke der Düne emporkämpften. Als sie endlich oben waren, hockten sie sich hin. Billy holte eine Wasserflasche heraus, nippte ein paar Mal daran und reichte sie an Dillon weiter, der einen großen Schluck nahm. Dann griff er nach seinem Zeiss-Fernglas und musterte den Horizont.

»Da sind sie.« Er deutete in die entsprechende Richtung und reichte Billy das Fernglas. »Im Osten, ganz hinten auf der Straße.«

Billy blickte hindurch, drehte am Rädchen und sah den führenden Landrover auftauchen, gefolgt von mehreren anderen Fahrzeugen.

»O je«, sagte er, »die Rashids.«

»Da hast du wohl Recht, Billy.«

»Und wir sind gerade mal zu zweit.«

»Lassen wir sie noch ein wenig näher kommen, dann rufe ich Villiers an und sage ihm, wo wir sind.«

Unten in der Schlucht von Rama arbeiteten Bell, O'Hara und Brosnan an ihrer Bombe. George Rashid hockte wartend mit einigen seiner Leute dabei. Oben am Eingang der Schlucht stand eine weitere Gruppe und sah zu. Plötzlich gab einer der Männer einen Schuss in die Luft ab, stand auf und winkte. Kurze Zeit später tauchten zwei Landrover auf und stoppten. Paul und Kate Rashid stiegen aus.

Paul kam herab und wandte sich an Bell. »Na, geht es vorwärts?«

»Durchaus, wenn wir weitermachen können, ohne dass uns ein Haufen Trottel in Bettlaken auf die Nerven geht.«

Neben Bell stand eine Plastikflasche Wasser. Plötzlich hörte man einen einzelnen Schuss und die Flasche hüpfte in die Luft. Zwei von Paul Rashids Leibwächtern rannten herbei, zogen ihn und Kate zur Seite und führten sie eilig zu der Landroverkolonne. Ein zweiter Schuss ertönte und einer der Leibwächter schlug der Länge nach hin, eine Kugel im Rücken.

Auf der Kuppe der Sanddüne schaute Dillon durch sein Fernglas. »Das da unten sind Paul Rashid und Lady Kate. Wer hat bloß *dieses* Drehbuch geschrieben?«

»Keine Ahnung, Dillon. Ich weiß nur, dass dort unten vierzig Männer sind und hier oben bloß zwei.«

»Das Leben ist gefährlich, Billy. Ich nehme den Linken, der an den Kabeln hockt. Du nimmst den Rechten.«

Er zielte sorgfältig und schoss O'Hara, der inzwischen aufgestanden war, von hinten zwischen die Schultern. Brosnan rannte winkend auf die Kolonne zu, doch Billy traf ihn in den unteren Rücken, so dass er ebenfalls aufs Gesicht fiel.

Paul Rashid blickte zur Kuppe der Sanddüne empor, ruhig und beherrscht. Als er sein Fernglas scharf stellte, sah er die beiden Männer kurz.

»Du lieber Himmel, es ist Dillon.«

Er drehte sich um, sah Bell kommen und rief seinen Leuten einen Befehl zu. »Umzingelt die Düne«, rief er auf Arabisch. »Aber ich will sie lebendig.«

Dillon holte sein Handy heraus, meldete sich bei Villiers und brachte ihn auf den neuesten Stand.

»Jetzt ist es nicht mehr weit, aber könnt ihr so lange durchhalten?«, fragte Villiers.

»Wir sind zu zweit, Colonel - das ist alles.«

»Halten Sie einfach die Stellung, Dillon, wir fahren wie der Teufel.«

»Und Bronsby?«

»Der versucht es genauso energisch von der anderen Richtung.«

»Tja, ich hoffe, ihr schafft es. Die kommen uns jetzt nämlich gerade holen.« Dillon steckte das Telefon wieder in die Brusttasche. »Auf geht's, Billy.« Er zielte sorgfältig und begann, auf die Araber zu schießen, die die Düne heraufkletterten.

Billy unterstützte ihn dabei. »Hör mal, Dillon, wenn die Leute vom Ältestenrat auftauchen, wird die ganze Ballerei sie bestimmt abschrecken.«

»Genau, Billy. Hoffen wir trotzdem, dass Colonel Villiers bald hier ist.«

Doch Villiers war etwas Besseres eingefallen. Er erreichte die Straße vor dem Konvoi des Ältestenrats, hielt ihn auf und sprach mit dem Kommandeur der Eskorte. Der Konvoi wendete und kehrte um, während Villiers mit seinen Leuten nach Rama weiterfuhr.

Dillon und Billy gruben sich in den Sand. Zuversicht gab ihnen nur eines: Sie waren oben, die anderen unten. Sie erwischten mehrere der Rashid-Beduinen, als diese die Sanddüne heraufkamen, aber dennoch waren sie nur zu zweit ... Endlich tauchte in der Ferne die Kolonne von Villiers auf der Straße auf.

Einer der Beduinen rannte zu Paul Rashid und hob die Hand. Rashid drehte sich um, stellte sein Fernglas scharf und sah Tony Villiers im ersten Landrover.

»Verdammt«, sagte er zu Kate, »das sind die Hazar Scouts.«

»Da wird die Bombe da unten wohl nutzlos bleiben«, meinte Kate.

»Verschwinden wir«, sagte Paul Rashid. »Morgen ist auch noch ein Tag.«

Während sich seine Leute zu den Wagen zurückzogen, schossen manche von ihnen immer noch gelegentlich auf die Kuppe der Düne. Billy und Dillon erwiderten das Feuer, dann setzte sich die Kolonne in Bewegung und nahm Kurs auf die Wüste.

Dillon steckte sich eine Zigarette an und beobachtete die Ankunft von Villiers und dessen Leuten. »Gerade noch rechtzeitig, was?«

Sie liefen hinunter und erblickten Villiers, als die Landrover ausrollten. »Da unten ist eine Bombe«, sagte Dillon. »Wenn Sie eine Drahtschere haben, kümmere ich mich darum.«

»Sehr freundlich.« Villiers sagte auf Arabisch etwas zu einem seiner Männer. Nach einer Weile bekam Dillon, was er brauchte.

Später saßen sie neben dem ersten Landrover, tranken bitteren schwarzen Tee und rauchten Zigaretten.

»Dann wäre der Ältestenrat also in Sicherheit«, sagte Villiers.

Dillon holte seine Packung Marlboro aus der Tasche und steckte sich eine Zigarette an; Tony Villiers streckte die Hand aus und bediente sich. »Eines kann ich Ihnen sagen: Ich habe den Mann zwar im Golfkrieg befehligt, aber trotzdem habe ich keine Ahnung, was in seinem Kopf vorgeht.«

»Sie meinen Rashid?«, fragte Dillon. »Sagen Sie mal, Colonel, Sie waren doch in Nordirland, oder? Erinnern Sie sich noch an Frank Barry?«

»Wer könnte den je vergessen?«

»Der hatte auch einen Adelstitel. Er war ein irischer Peer, der Lord of Spanish Head an der Küste von Down, und steinreich. Trotzdem interessierte ihn nur das, was in seinem Kopf vor sich ging. Das Spiel.«

»Und Sie meinen nun, bei Paul Rashid ist es dasselbe?«

»Alles andere hat er ja schon getan. Er besitzt auch schon alles. Ja, ich würde sagen, dass das Spiel das Einzige ist, was ihn noch ernsthaft interessiert.«

»Und da hieß das Schlachtfeld heute also nicht Bosworth, sondern Rama.«

Billy, der Londoner Gangster, mischte sich ins Gespräch ein und sagte: »Dauncey, war das nicht der Name der Familie?«

»Stimmt«, antwortete Dillon.

»Tja, die haben damals in Bosworth auf der Seite von Richard III. genauso verloren wie heute gegen uns.«

Dillon dachte darüber nach, dann lächelte er. »Wie wahr, Billy, wie wahr. Sollte das womöglich eine tiefgründige Aussage sein?« Er sah Villiers an. »Billy liebt die Moralphilosophie genauso wie ich. Paul Rashid übrigens auch.«

»Dass Sean Dillon, der einstige Stolz der IRA, sich für Moralphilosophie interessiert, finde ich wiederum höchst interessant.«

»Sie haben damals zwar nicht auf meiner Seite gestanden, Colonel, aber ich war genauso Soldat wie Sie, und Sie wissen verflucht gut, dass Soldaten mehr wollen als nur einen höheren Rang, Geld oder den üblichen Erfolg. Sie erheben sich und ergreifen das Schwert.«

»Zum Teufel mit Ihnen, Dillon«, sagte Tony Villiers. »Sie sind einfach unschlagbar.«

Kurz darauf brachen sie nach Westen auf und folgten den Spuren der Rashid-Kolonne. Allmählich schwand das Licht, und es wurde dunkler.

Einige Meilen entfernt fuhr Cornet Bronsby von den Blues and Royals mit seinen Leuten auf ein nicht geplantes Zusammentreffen zu und geriet plötzlich unter Beschuss.

Die Soldaten erwiderten das Feuer sofort und es kam zu einem Schusswechsel. In der Wagenkolonne, auf die sie zugefahren waren, befanden sich Paul

Rashid und seine Leute, die auf dem Rückzug von Rama waren.

Sie feuerten eine Weile, doch Rashids Männer hielten sie auf Distanz. Dann beschloss Bronsby, der Sache ein Ende zu machen, und befahl seinen Leuten, sich zurückzuziehen. In dem folgenden Durcheinander rannten Männer aus dem Schatten und überwältigten ihn.

Paul Rashid, seine Schwester und Bell waren auf dem Weg nach Süden, als sie zu George Rashid aufschlossen und Bronsby entdeckten. Paul Rashid war alles andere als erfreut. Er hockte mit Kate, George und Bell auf dem Boden, während Bronsby vor ihn geschleppt wurde.

Irgendwie war es wie damals in Sandhurst. Dieser junge, anständige Engländer war ein Soldat, der nur seine Pflicht tat. In vielerlei Hinsicht war er wie Paul Rashid. Dieser Moment war eine Art Wendepunkt, den Paul sich nicht richtig erklären konnte. Er wusste nur, dass es nicht so hätte kommen sollen ...

»Ich weiß, wo sie sind«, sagte Villiers zu Dillon. »Meine Spione vor uns sind ihr Geld wert. Einer der Verwundeten hat bestätigt, dass sie Bronsby einkassiert haben.«

»Das ist gar nicht gut, oder?«, meinte Dillon.

»Nein. Das sind von Natur aus sehr grausame Leute. Was Sie und ich als grausam empfinden, halten sie für normal.«

»Dann werden sie ihm übel mitspielen.«

»Ich fürchte ja.«

Dillon rauchte im Sitzen eine Zigarette und dachte nach.

»Das gefällt mir nicht.« Er sah Billy an. »Bronsby ist zwar das, was du als feinen Pinkel bezeichnen würdest, aber er hat bloß seine Pflicht getan.«

»Mir gefällt's auch nicht.«

Dillon warf Villiers einen fragenden Blick zu. »Also, wo geht es jetzt hin?«

»Ich würde sagen, nach Shabwa.«

»Und was machen wir? Sollen wir Rashid und der lieben Kate Auge in Auge gegenübertreten?«

»Mehr oder weniger.« Nach einer Pause fügte Villiers hinzu: »Sie mögen Kate, Dillon.«

»Wer zum Teufel würde das nicht tun?« Dillon lachte und steckte sich noch eine Marlboro an. »Ach, rutschen Sie mir den Buckel runter, Colonel. Beeilen wir uns; vielleicht können wir Bronsby doch helfen.«

11

Außerhalb der Oase Shabwa brannten Feuer unter Kochkesseln. Die Rashid-Beduinen besetzten das höher gelegene Gelände. Villiers und seine Leute waren erschöpft, hatten aber noch genug Energie, um sich etwas zu essen zu kochen. Und dann setzten die Schreie ein. Sie begannen kurz nach Mitternacht, hörten auf und fingen in bestimmten Abständen immer wieder an.

Oben auf der Anhöhe gingen Paul Rashid, George und Kate zu der Stelle, wo man Cornet Bronsby angebunden hatte.

»Ist das in deinem Sinn, Bruder?«, fragte Kate. »Er war einer deiner Kameraden, ein Gardesoldat.«

»Ja, aber das ist nicht der springende Punkt.«

»Dann berührt es dich gar nicht?«

»Es berührt mich sogar sehr«, erwiderte er bitter, »aber andere Dinge sind wichtiger.«

Der Vollmond tauchte den Abhang in grelles weißes Licht. Die Soldaten der Hazar Scouts warteten ausdruckslos hinter ihrer notdürftigen Deckung, rauchten Zigaretten und tranken die englische Version von Kaffee aus Dosen, die sich selbst erhitzten.

Tony Villiers hockte mit Dillon und Billy hinter einem Felsblock und trank Tee mit einem Schuss Bushmills, den sein Diener Ali in einer Flasche bereithielt.

»Mögen Sie so was, Dillon?«

»Sehr sogar.«

»Für mich nichts. Ich trinke keinen Alkohol«, erklärte Billy.

Villiers sagte in gutem Arabisch zu Ali: »Dir würde ich auch einen anbieten, wenn der Prophet es nicht verboten hätte.«

»Der Prophet - sein Name sei gepriesen - ist immer verständnisvoll«, erläuterte Ali. »Und die Nacht ist kalt.«

»Dann gibt es zwei Rationen Whiskey«, sagte Villiers, »eine für dich und eine für den Funker.« Er nickte Aziz zu.

Ali reichte die Flasche an Aziz weiter, der sich auf einen Schluck beschränkte und sie Ali zurückgab, der die Flaschenöffnung abwischte und trank.

Von oben hörte man einen weiteren Schrei, der langsam schwächer wurde. »Was machen die da eigentlich?«, fragte Billy.

»Die Haut - sie schlitzen die Haut auf, *Sahb*«, erklärte Ali. »Seine Männlichkeit nehmen sie ihm später.«

Das Schreien setzte wieder ein.

Villiers goss einen Schuss Bushmills in den Becher des Iren. »Das ist so übel, dass ich eigentlich auch um einen bitten möchte, aber das tu ich nicht«, sagte Billy. »Was ich tun möchte, ist, Paul Rashid eine Kugel in den Kopf zu jagen.«

»Weißt du eigentlich, dass der *Sahb* da droben zweiundzwanzig ist?«, sagte Villiers zu Ali.

»Ein Kind, Colonel.«

Es knisterte im Funkgerät. Aziz lauschte, dann drehte er sich um. »Besucher, *Sahb*, ein britischer General namens Ferguson und zwei andere.«

»Ausgezeichnet. Sorg dafür, dass deine Leute die Augen offen halten.«

Ferguson, Blake und Harry Salter, die in einem Jeep den Hang heraufgefahren kamen, trugen Kampfanzüge und arabische Kopftücher. Der Jeep hielt im Schatten, die drei Männer stiegen aus. Billy ging auf sie zu und sein Onkel legte den Arm um ihn.

»Du hast es also geschafft, du junger Bastard? Ich habe gehört, es war 'ne üble Sache. Allmählich konkurrierst du mit Billy the Kid.«

»Du siehst sehr interessant aus.« Billy grinste. »Das hast du bestimmt nicht in der Savile Row besorgt.«

»Mann, ich fühle mich wie ein Statist bei einem Weihnachtsspiel im Theater.«

»Blake Johnson, Colonel Tony Villiers«, sagte Ferguson. Im selben Moment hörte man von oben einen qualvollen Schrei. Ferguson war erschüttert. »Wer ist da droben?«

»Cornet Richard Bronsby von den Blues and Royals, Second Lieutenant der berittenen Leibgarde. Er könnte jetzt mit Brustplatte und Helm in London herumreiten. Stattdessen wird er hier von den Rashid-Beduinen zu Tode gefoltert.«

Der Schrei, der folgte, war lang gezogen und schauerlich. »Ich wünschte, wir könnten eingreifen, aber es sind zu viele und sie haben die Anhöhe besetzt«, fügte Villiers hinzu.

Oben warteten Paul Rashid und Kate mit George und seinen Leuten an ihren Feuern, während Cornet Richard Bronsby ausgestreckt im Schatten lag und gefoltert wurde.

Aidan Bell saß zitternd am Feuer, trank Whiskey und rauchte eine Zigarette. Paul Rashid hockte sich neben ihn.

»Sie müssen hier weg. In der South Audley Street erwartet Sie unser Personal. Nächste Woche kommt der russische Ministerpräsident nach London. Ich werde sehr bald nachkommen. Denken Sie sich inzwischen was aus.«

»Mein Gott, hat Ihnen Nantucket nicht gereicht? Und das hier auch nicht?«

»Nein. Ich bin erst zufrieden, wenn ich mich gerächt habe. Ein Landrover bringt Sie weg. Fahren Sie sofort ab und arbeiten Sie schnell. Ich will einen Plan sehen, wenn ich nachkomme.«

Er stand auf, entfernte sich und setzte sich zu Kate und George ans Feuer. Kate war verstört; die Schreie Bronsbys waren kaum zu ertragen.

»Paul, ist das denn nötig?«

»Meine Leute erwarten es, Kate. Es ist hart, aber das, was sie erwarten.«

Unglücklich und verstört saß sie da. Bronsby schrie wieder auf. Sein Schrei war schrecklich und hörte nicht auf. Dann brach er plötzlich ab.

»Ich glaube, er ist tot, *Sahb*«, sagte Ali.

Villiers saß da und brütete vor sich hin. »Mein Gott«, sagte Ferguson.

Dillon sah Blake an. »Na bitte. Das muss Sie an die Freuden des Vietcong im Mekongdelta erinnern.«

»Und wir lassen solche Leute in unser Land«, sagte Harry Salter.

Dillon gelang ein hartes Lächeln. »Aber Harry, du bist ja ein Rassist.«

Villiers griff nach einem AK. »Also gut. Das reicht. Ali, sehen wir uns mal um. Ich habe lange genug gewartet.«

»Hätten Sie was dagegen, wenn ich Ihnen Gesellschaft leiste?«, fragte Dillon.

Villiers sagte dann: »Wahrscheinlich kommen wir im Grunde doch aus demselben Stall. Auf geht's.«

Sie stiegen den Abhang hinauf – Villiers, Ali, Dillon, Billy, Harry und Blake – und fanden den an Pflöcke gefesselten Cornet Bronsby. Er war tot; man hatte ihm die Haut von der Brust gezogen und die Geschlechtsteile in den Mund gestopft.

»Das war nicht nötig, *Sahb*«, sagte Ali. »Ich schäme mich. Das ist nicht ehrenhaft.«

Er trug ein Lee-Enfield, ein altes britisches Repetiergewehr. Als er sich umdrehte, um vorauszugehen, stolperte er und stürzte zu Boden. Das Gewehr flog ihm aus den Händen. Dillon half ihm auf die Beine und Villiers hob seine Waffe auf.

Ali hielt sich den Arm. »Ah, das ist schlimm, *Sahb*, vielleicht sogar gebrochen.«

»Mal sehen«, sagte Villiers. »Wir kehren ins Lager zurück. Sag ein paar Leuten, sie sollen Bronsby runtertragen, dabei aber gut aufpassen.«

»Nicht nötig, *Sahb*. Der Triumph hier oben genügt ihnen. Jetzt bringen sie niemanden mehr um. Ich gehöre zum selben Stamm, ich weiß Bescheid.«

»Ich nicht«, sagte Dillon.

Sie trugen Cornet Richard Bronsby den Hang hinab ins Lager, steckten die Leiche in einen Sack und luden sie auf einen Landrover.

Ferguson warf einen Blick darauf. »Warum in aller Welt tun sie so etwas?«

»Eine solche Verstümmelung ist eine Warnung«, sagte Villiers. »Nichts für ungut, Dillon - ich habe in Nordirland genauso üble Dinge gesehen.«

Dillon steckte sich eine Zigarette an. »Im Grunde stimmt das, aber in einer Hinsicht nicht. Ich war mehr als fünfundzwanzig Jahre bei der IRA. Ich habe Soldaten getötet und Loyalisten, aber immer wie ein Soldat, niemals so.« Er sah Villiers an. »Die werden Sie verspotten, wenn die Sonne aufgeht, das dürfte Ihnen wohl klar sein.«

Villiers nickte. »Und das wird sich fünfhundert Meter von uns entfernt abspielen. Es ist komisch, Dillon, aber ich war nie ein besonders guter Schütze. Deshalb habe ich mich auf Ali verlassen. Jetzt hat der sich den Arm gebrochen. Und am Morgen werden sie aufstehen, brüllen und rufen und uns die Hölle heiß machen.«

Dillon grinste. »Hoffentlich, Colonel, hoffentlich.« Er griff nach Alis Lee-Enfield. »Mein Großvater hat so ein Ding 1917 in den Schützengräben von Flandern benutzt. Man hat ihm eine Tapferkeitsmedaille verliehen. Es ist ein Repetiergewehr mit Zylinderverschluss, Kaliber drei-null-drei.«

Tony Villiers steckte sich eine Zigarette an und reichte die Packung herum. »Ich erinnere mich, dass das Lee-Enfield auch die Lieblingswaffe der IRA-Heckenschützen in South Armagh war.«

»Tja, ich bin zwar aus dem County Down, aber da würde ich Ihnen trotzdem zustimmen«, sagte Dillon.

Am Morgen tranken Dillon, Ferguson und die anderen Kaffee, während der erste Schimmer die Dunkelheit durchdrang. Langsam stieg die orangefarbene

Sonne empor und durchdrang das Licht der Dämmerung.

Plötzlich erschienen sechs Gestalten auf der fünfhundert Meter weit entfernten Anhöhe. Dillon hob sein Zeiss-Glas ans Auge. Paul Rashid wurde sichtbar, begleitet von George, drei Beduinen und Kate.

»Raten Sie mal, wer das ist«, sagte Dillon und reichte Villiers das Fernglas.

Villiers sagte nur: »Herrgott!«

Einer der Scouts hinter ihm hielt Alis Lee-Enfield in den Händen. Dillon schnippte mit den Fingern und sagte auf Arabisch: »Jetzt.«

Auf der Anhöhe blickte auch Paul Rashid durch sein Fernglas. »Das ist Dillon«, sagte er. »Samt Tony Villiers und Ferguson, Billy Salter und seinem Onkel.«

Der Soldat gab Dillon das Lee-Enfield, und Dillon schlang sich den Gurt uns Handgelenk. Doch er schoss aus einem unerfindlichen Grund daneben. Zwischen Paul Rashids Füßen spritzte der Sand auf.

Paul warf sich auf den Boden und zog Kate mit sich. Da erschoss Dillon erst den Mann am Ende der Gruppe und dann noch einen.

»Die laufen wie die Hasen, Sean«, sagte Ferguson. »Wir werden in London unsere Chance bekommen. Lassen Sie es.«

»Den Teufel werd ich. Ich habe nur diese beiden da erwischt. Ich schaffe vier. Passen Sie auf.«

Er erledigte Nummer drei, dann Nummer vier – und der Vierte war George Rashid.

Nun war es still. Auf der Anhöhe fiel Kate vor Entsetzen auf die Knie. Paul sagte: »Lass ihn«, und packte sie bei der Hand. »Komm mit.«

Sie erreichten einen der Landrover und brausten davon. Villiers führte seine Gruppe den Abhang empor. Die vier Araber waren tot. Sie lagen mit ausgebreiteten Armen da und starrten ins Leere.

»Sie sind ein verflucht guter Schütze, Dillon«, sagte Villiers.

»Junge, man sollte dich ›den Henker‹ nennen«, kommentierte Harry Salter.

Villiers und Ferguson betrachteten die vier Araber genauer und Ferguson sagte: »Mein Gott, der da ist George Rashid.«

»Ist das ein Problem?«, fragte Dillon.

»Tja, Paul Rashid wird sich gar nicht freuen.«

»Die Frau von Bronsby auch nicht, also Scheiß auf Paul Rashid und sein verfluchtes Geld.« Dillon stand auf und ging davon.

In der Villa der Rashids am Hafen stand Kate unter der Dusche und ließ sich vom heißen Wasser überströmen. Es war ein vergeblicher Versuch, sich besser zu fühlen. Sie hatte einen Bruder verloren, aber das war noch nicht alles – die junge Frau, zur Hälfte englische Aristokratin und mit einem Abschluss aus Oxford ausgestattet, war gezwungen gewesen, Bronsbys wahrhaft schauerliche Folterung mitzuerleben.

Sie trocknete sich ab, schlüpfte in einen Bademantel und ging hinaus. Paul Rashid saß an der offenen Verandatür und arbeitete Akten durch. Er hob den Kopf.

»Wie geht es dir?«

»Wie soll es mir schon gehen? George ist tot.«

»Ja, und es war Dillon, der ihn umgebracht hat. Magst du ihn immer noch, Kate?«

»Wir haben Bronsby auf furchtbare Weise getötet.«

»Stimmt, und in einem guten Buch heißt es: Auge um Auge. Ich meine nicht den Koran, sondern die Bibel.«

»Also fliegen wir jetzt nach Hause. Und dann?«

»Wir fliegen nicht nach Hause, noch nicht. Wir sind in Hazar, und meine Beduinen hören immer noch auf mich, nicht auf den Ältestenrat. Außerdem hat der Anschlag im umstrittenen Teil der Arabischen Wüste stattgefunden. Niemand kann uns etwas anhaben.«

»Was hast du dann vor, Bruder?«

»Ein Dinner im Excelsior. Wenn ich ein Spieler wäre, würde ich darauf wetten, dass unsere Freunde sich heute Abend dort befinden werden. Und von dem ganzen Haufen wird Dillon unter Garantie der Einzige sein, der unser Kommen erwartet. Du weißt doch, wie sehr ich alte Filme liebe. Sie stellen das Leben oft auf eine Weise dar, wie das Leben selbst es nicht tut.«

»Und was passiert dann? Eine Konfrontation, bei der die Waffen gezogen werden?«

»Nicht unbedingt. Was ist uns in Shabwa zugestoßen?«

»Du meinst die Attentäter?«

»Diese Leute sind immer verfügbar. Sie nehmen Quat, und für entsprechende Bezahlung würden sie ihre eigenen Großeltern umbringen. Wenn wir Dillon und seine Freunde beseitigen, ist George damit leidlich gerächt.«

»Und hinterher?«

»Kehren wir nach London zurück.«

»Und dann?«

»Ach, darüber denke ich schon noch nach. Zieh dich jetzt an. Such ein hübsches Kleid aus, und dann fahren wir ins Excelsior und überprüfen, ob ich Recht habe.«

Dillon und seine Leute saßen auf der *Sultan* unter der Markise am Heck und tranken Champagner.

»Was nun, Tony?«, fragte Ferguson.

»Wir können ihm nichts anhaben«, erwiderte Villiers, »aber das wissen Sie ja schon.«

»Selbst in Manhattan könnten wir ihm nichts anhaben«, sagte Blake.

Dillon nickte. »In London auch nicht.«

»Also, was nun?«, fragte Ferguson.

Ein plötzlicher Regenguss rauschte nieder. Ali, der Villiers begleitet hatte, griff nach der Champagnerflasche und füllte die Gläser auf. Den linken Arm trug er in einer Schlinge.

»Da würde ich Harry fragen«, sagte Dillon. »Der ist ein echter Kenner der menschlichen Natur. Die Kray-Brüder und Al Capone hätten ihm nicht das Wasser reichen können.«

Harry nahm einen Schluck Champagner. »Das fasse ich mal als Kompliment auf, du kleiner irischer Stinker. Also, wie ihr schon gesagt habt, man kann dem Bastard weder hier noch irgendwo anders ans Leder. Aber du, Dillon, hast mit Unterstützung von Villiers und Billy Rashids Pläne torpediert und seinen Bruder umgelegt. Nun läuft es hier wie damals in der guten, alten Zeit in Brixton. Man wird überall beobachtet. Wenn wir in die Stadt fahren, um in diesem Schuppen - dem Excelsior - was zu essen, erfährt er das in spätestens zehn Minuten.«

»Einspruch«, sagte Professor Hal Stone. »In fünf Minuten.«

»Klar«, meinte Dillon. »Genau wie in Belfast an einem üblen Samstagabend.«

»Und, was machen wir?«, fragte Ferguson.

»Tja, was mich betrifft, ich bin eigentlich ziemlich hungrig«, sagte Billy. »Ich würde sagen, wir gehen ins Excelsior und nehmen sie auf die Hörner. Wenn sie nicht da sind, essen wir was Anständiges.«

Villiers lachte laut auf. »Sie junger Bastard. Toll, dass Sie alles bestätigen, was ich von Ihnen gehört hab.«

»Nur noch eines«, sagte Harry Salter. »Wenn wir gehen, dann entsprechend ausgerüstet.« Er sah Hal Stone an. »Sie wissen doch, was ich damit sagen will, Professor?«

»Natürlich. Schließlich habe ich für den Geheimdienst gearbeitet. Sie meinen mit einem Revolver unter dem Arm? Damit bin ich einverstanden.«

Dillon lachte. »Wenn man das am Dozententisch Ihres ehrenwerten Colleges wüsste.«

»Damit würde ich schon klar kommen«, erwiderte Hal Stone. »Übrigens, die Weinkarte ist ausgezeichnet.«

»Also gehen wir essen«, sagte Ferguson, »und zwar allesamt bewaffnet?«

»Sie alter Nörgler«, sagte Dillon. »Bestimmt sind Sie mächtig enttäuscht, falls die Rashids nicht kommen.«

Sie saßen auf der Terrasse des Excelsior unter der flatternden Markise, auf die ein leichter Regen trommelte. Zugegen waren Ferguson, Dillon, Billy und sein Onkel. Hal Stone hatte sich entschieden, nicht mitzukommen, sondern auf die *Sultan* aufzupassen. Auf den Schiffen im Hafen und in den Häusern der Stadt funkelten Lichter.

»Das ist ja wie in 'ner Fernsehsendung über einen Pauschalurlaub«, meinte Billy.

In diesem Augenblick kam Paul Rashid mit seiner Schwester herein.

Dillon erhob sich. »Kate, Sie sehen großartig aus.«

»Dillon«, sagte sie.

Paul Rashid trug einen Tropenanzug aus Leinen und eine Krawatte in den Farben der Grenadier Guards.

Auch Villiers stand auf. »Paul.« Er bot ihm die Hand.

Rashid ergriff sie. »Kate, das ist Colonel Tony Villiers. Du kennst die Geschichte ja schon. Wir sind uns im Golfkrieg begegnet.«

Villiers ließ seinen beträchtlichen Charme spielen. »Wir Gardisten sind alle gleich, Lady Kate. Sobald wir die Krawatte sehen, erkundigen wir uns immer nach dem Regiment.«

»Und Sie, der Earl und General Ferguson waren bei den Grenadiers«, sagte Dillon.

»Und Cornet Bronsby«, ergänzte Billy. »Den wollen wir nicht vergessen. War der nicht bei der Leibgarde, den Blues and Royals?«

Es herrschte Schweigen, bis Rashid sagte: »Ich glaube, ja.«

»Das Problem mit der Leibgarde ist, dass alle Welt sie nur in ihrer grandiosen Uniform sieht«, sagte Tony

Villiers. »Man stellt sie sich einfach nicht an Orten wie dem Kosovo vor, in Challenger-Tanks oder Panzerwagen.«

»Aus der Garde kommen übrigens auch viele Freiwillige für die G-Staffel des SAS«, fügte Ferguson hinzu.

»Na, das ist aber gar kein angenehmes Thema«, sagte Harry. »Ich bin Harry Salter. Kann ich Ihnen was zu trinken besorgen?«

»Ich habe von Ihnen gehört, Mr. Salter. Sie waren ein guter Bekannter der Kray-Brüder«, sagte Kate.

»Das waren Gangster, Süße, genau wie ich. Aber ich hab's mir noch mal überlegt und bin jetzt ein gesetzestreuer Bürger.«

»Mehr oder weniger«, präzisierte Billy.

»Na schön, mehr oder weniger. Ein Glas Champagner, Süße?«

»Nein. Bei allem Respekt, aber es gibt gewisse Grenzen«, mischte Paul Rashid sich ein. Dann wandte er sich Dillon zu. »Ich habe Sie gesehen und ich weiß, dass Sie es waren. Ich meine George.«

»Und Bronsby, der bedeutet gar nichts?«

»George hat mehr bedeutet.«

»Da tritt wohl Ihr arabisches Erbe in den Vordergrund.«

»Vollkommen falsch, Dillon. Das Erbe der Dauncevs.«

»Jetzt will ich mal ganz förmlich werden, Mylord«, sagte Ferguson. »Geben Sie auf. Sie sind zu weit gegangen. Ich hoffe sehr, dass Sie keine weiteren Pläne haben.«

»Natürlich hat er die«, sagte Dillon. »Deshalb ist Aidan Bell auch nicht hier.«

»Tatsächlich?« Ferguson sah Paul Rashid an. »Stimmt das womöglich?«

»Warten Sie's ab.«

»Ich habe mit dem Premierminister über Sie gesprochen. Er war sehr wütend.«

»Der Präsident ebenfalls«, ergänzte Blake Johnson.

»Ein Jammer.« Rashid lächelte. Es war ein Lächeln, das einem das Herz gefrieren ließ. »Und ich hätte den beiden so gern eine Freude gemacht. Tja, da muss ich mir wohl was anderes überlegen. Guten Abend, Gentlemen.« Paul Rashid ging hinaus, seine Schwester am Arm.

Nach einer Pause sagte Harry Salter: »Ich hoffe, ihr habt die Botschaft verstanden. Wir werden umgelegt, wenn wir hier abhauen.«

»Tatsächlich?« Ferguson klappte eine Speisekarte auf. »Also, was hier über den Kebab steht, hört sich wirklich lecker an. Essen wir und erfreuen wir uns unseres Lebens.«

»Und anschließend spazieren wir Schulter an Schulter durch die dunklen Straßen von Hazar?«, fragte Blake.

»Ja, so was in der Richtung. Also, wählen Sie was aus«, erwiderte Ferguson.

Als die Gulfstream der Rashids vom Flughafen Haman gestartet war, lehnte Aidan Bell sich zurück, ließ sich einen Whiskey bringen und begann mit der Lektüre verschiedener englischer Zeitungen, die das Flugzeug auf dem Herweg mitgebracht hatte.

Der Premierminister und der russische Ministerpräsident würden auf der Themse zum Millennium Dome fahren. Der zweiseitige Bericht im *Daily Tele-*

graph enthielt die genaue Route. Eine nächtliche Bootsfahrt den Fluss hinab. Es war ein Ereignis, bei dem die beiden politischen Führer von allen großen Fernsehgesellschaften beobachtet wurden. Mehr konnte man sich nicht wünschen.

Ein halbes Lächeln auf dem Gesicht, lehnte Bell sich zurück. Das war genau wie der Bericht im *Time Magazine* über Cazalet. Die Sache in Nantucket war zwar keineswegs so gelaufen wie erwartet, aber diesmal war es etwas anderes. In London hatte er schon immer gut gearbeitet. Na schön, er hatte seine Mannschaft verloren, doch dies war womöglich ohnehin ein Job, bei dem man besser allein agierte.

Er rief den Steward, um sich noch einen Drink bringen zu lassen, und vertiefte sich wieder in den Artikel.

Ferguson hatte Recht gehabt. Der Kebab war ausgezeichnet, und sie genossen das Abendessen.

»Na schön, dann werden wir also überleben, was ich auf jeden Fall vorhabe«, sagte Billy. »Wir überleben und kommen wohlbehalten heim nach Wapping. Und was dann, General? Wie sieht Rashids nächster Schachzug aus?«

»Dillon?«

Dillon lehnte sich zurück. »Es muss irgendwas mit Bell zu tun haben. Deshalb ist er nicht mehr hier.«

»Er wurde gesehen, wie er auf dem Air-Force-Stützpunkt Haman eine Gulfstream der Rashids bestiegen hat«, sagte Villiers. »Flugziel London.«

»Nett, dass Sie uns das mal mitteilen.«

»Ich habe beschlossen, es ein wenig aufzuheben, falls ihr auf den Nachtisch verzichten wollt.«

»Komm schon, Sean«, sagte Blake, »was hat er vor?«

Dillon steckte sich eine Zigarette an. »Erst ist die Sache mit dem US-Präsidenten fehlgeschlagen und dann die mit dem Ältestenrat. Vielleicht ist das Opfer diesmal wirklich die nahe liegende Wahl. Der russische Ministerpräsident kommt doch bald nach London, nicht wahr, Charles?«

»Ich bitte Sie, das würde selbst Rashid jetzt nicht probieren«, sagte Ferguson. »Bei all den zusätzlichen Sicherheitsvorkehrungen? Unmöglich.«

»Meinen Sie?« Blake schüttelte den Kopf. »Eigentlich hätte es auch unmöglich sein müssen, dass Bell auf Nantucket so nah an den Präsidenten rankommen konnte. Bei allem Respekt vor meinem lieben irischen Freund Sean Dillon - wenn ich dem den Auftrag gäbe, würde er einen Weg finden. Leute wie er schaffen so was immer.«

»Herzlichen Dank«, sagte Dillon. »Du kannst mich auch mal. Aber abgesehen davon - du hast Recht. Rashid würde den Ministerpräsidenten ohne Bedenken aufs Korn nehmen.«

»Und da kommt Bell ins Spiel?«, fragte Harry Salter.

»Letztes Jahr hat uns der amerikanische Präsident in London besucht. Zwei Leute, irische Terroristen, ein Mann und eine Frau, haben versucht, ihn umzulegen. Mit ein wenig Hilfe ist es mir gelungen, sie davon abzuhalten. Die Narben habe ich allerdings immer noch.«

»Worauf willst du hinaus?«, fragte Blake.

»Um einen Ausdruck aus der englischen Unterwelt zu benutzen, den Harry und Billy gut kennen: Das brauchen wir nicht mehrhändig anzupacken. Eine, höchstens zwei Personen reichen aus.«

»Ganz richtig«, sekundierte Billy.

»Mag sein, aber wir tun gerade so, als hätte Rashid tatsächlich diesen Plan«, wandte Ferguson ein. »Vielleicht hat er genug.«

»General«, sagte Sean Dillon, »wenn Sie das glauben, ist Ihnen nicht mehr zu helfen.«

»Na gut«, sagte Ferguson. »Kaffee, und dann los.«

»Tee«, sagte Dillon. »Schließlich bin ich Ire. Das passt zum Regen, General.«

Von der Gulfstream aus rief Bell Rashid auf dessen abhörsicherem Handy an und erreichte ihn in der Villa.

»Hören Sie zu, mir ist was eingefallen.«

»Heraus damit.«

Bell fasste den Artikel im *Telegraph* zusammen. »Da gibt es eine echte Chance.«

»Na gut, aber nicht der Premierminister«, sagte Rashid. »Nur der Ministerpräsident. Erkunden Sie die Lage, sobald Sie in London sind. Ich komme in ein oder zwei Tagen nach. Vorläufig schicke ich Instruktionen, dass man Sie in jeder Hinsicht unterstützen soll.«

»Was ist mit Dillon und Konsorten?«

»Ich hoffe, dass die morgen früh nur noch eine ferne Erinnerung sind.« Als Bell lachte, fragte Rashid: »Finden Sie das komisch?«

»Nur die Vorstellung, dass Sean Dillon eine ferne Erinnerung sein könnte. Wenn der hinter Ihnen her ist, ist er Ihr schlimmster Albtraum. Aber ich mache trotzdem weiter.«

Auf der *Sultan* stand Hal Stone am Heck und trank ein Glas kühles Bier. Ali saß in der Nähe. Ein feiner Sprühregen hatte eingesetzt, den Stone genoss. Schließlich musste er bald wieder nach Cambridge zu seinen Studenten zurückkehren. Hazar und alles, was hier geschah, hinter sich lassen.

Während Ali ihm das zweite Bier einschenkte, hörte man ein Klatschen im Wasser. Als Stone sich umdrehte, zog sich eben ein Mann über die Reling, ein Messer zwischen den Zähnen. »*Sahb!*«, schrie Ali auf.

Hal Stone erkannte den Ernst der Lage und griff im selben Augenblick nach dem Browning unter seinem linken Arm. Er zog ihn heraus, und noch während der Mann nach seinem Messer griff, traf er ihn mit einer Kugel, die ihn rücklings über die Reling stürzen ließ. Ein zweiter Mann erschien. Stone drückte erneut ab, doch der Browning hatte Ladehemmung. Der Professor packte Ali an der Schulter. »In die Kabine. Los!« Dann zog er ihn mit sich.

Drinnen schlug er die Tür zu und verriegelte sie, anschließend entlud er den Browning und nahm den Ladestreifen heraus. Während er die Patronen entfernte, machte sich jemand daran, die Tür einzutreten.

Dillon und seine Begleiter gingen durch Hazar. Sie waren auf alles vorbereitet – und trafen auf nichts. Am Hafen fanden sie das Motorboot vor, stiegen ein, legten ab und hielten auf die *Sultan* zu. Vorsichtig gingen sie längsseits.

Das Hecklicht unter der Markise brannte und es war vollkommen still, als Billy die Leiter erklomm, um das Boot zu vertäuen. Harry folgte ihm, dann kamen Ferguson, Blake und Dillon.

In diesem Augenblick gelang es Hal Stone, den Browning nachzuladen und durch die Kabinentür zu feuern. Im nächsten Moment stürzten vier Araber aus der Dunkelheit und griffen Ferguson und seine Leute an.

Dillon schoss auf einen der Männer, doch der war vom Quat so in Raserei versetzt, dass er auf ihn aufprallte und ihn über die Reling stieß. Dillon holte tief Luft, tauchte unter der *Sultan* durch und kam auf der anderen Seite wieder hoch.

Mehrere Schüsse krachten. Dillon zog sich die Leiter empor, schlich hinter einen am Boden kauernden Araber, der ein Messer in der Hand hielt, umklammerte seinen Hals und brach ihm das Genick. Es knackte, und der Mann sank in sich zusammen.

Stille. Jemand sagte auf Arabisch: »Hamid, bist du da?«

»Ja«, antwortete Dillon und machte einen Schritt vorwärts.

Er packte den Mann und brach ihm den rechten Arm. Der Araber ließ seine Pistole fallen und Dillon beförderte ihn über die Reling. Wieder war es still. »Ich bin's«, sagte Dillon. »Seid ihr alle da?«

»Wir liegen auf dem Deck«, rief Ferguson, »aber unversehrt.«

»Schauen wir mal, ob dem Professor was passiert ist«, sagte Dillon. »Und dann sollten wir aus diesem Drecksloch verschwinden.«

»Eine ausgezeichnete Idee«, erwiderte Ferguson.

Später kam Rashid ins Wohnzimmer der Villa und sagte zu Kate: »Keine Chance. Der Angriff auf das

Schiff ist fehlgeschlagen. Ferguson, Dillon und die anderen sind gerade nach London abgeflogen.«

»Und was machen wir nun?«, wollte Kate Rashid wissen.

»Wir fliegen auch nach Hause, meine Liebe ... und versuchen es noch einmal«, erwiderte ihr Bruder.

London
an der Themse

12

In London verbrachte Bell allerhand Zeit damit, auf der Themse herumzufahren. Er folgte der Route, die der russische Ministerpräsident laut *Daily Telegraph* nehmen würde.

Er stieg in ein Boot zum Millennium Dome, um anschließend zum Savoy Pier zurückzukehren. Dann dachte er nach und wiederholte denselben Ausflug am folgenden Tag noch einmal.

Ein weiterer Bericht über den Staatsbesuch erschien, diesmal in der *Daily Mail*. Er las ihn sorgfältig durch und stellte fest, dass der für den Ausflug vorgesehene Flussdampfer den Namen *Prince Regent* trug. Für Speisen und Getränke sorgten die Gebrüder Orsini.

Während Aidan Bell im Salon der South Audley Street am offenen Kamin saß, nahm in seinem Kopf ein Plan Gestalt an.

Paul Rashid und Kate bestiegen das zweite Flugzeug, nachdem Paul mit seinen Leuten in der Arabischen Wüste verschiedene Abmachungen getroffen hatte. Als er abflog, war die Situation so unübersichtlich, dass weder der Ältestenrat noch die Amerikaner oder die Russen allein damit zurechtkommen würden. Außerdem ließ er den Leichnam von George bergen und nach England überführen.

In London suchte Dillon Hannah im Krankenhaus auf. Sie saß aufrecht im Bett und zufällig war Bellamy da, um sie zu untersuchen. Dillon entschuldigte sich und wartete draußen. Endlich kam der Professor heraus.

»Wie geht es ihr?«, fragte Dillon.

»Besser. Es bleibt abzuwarten, ob sie sich vollständig erholen wird. Allerdings weiß ich noch, wie Norah Bell Ihnen ein Messer in der Rücken gestoßen hat. Das haben Sie auch überstanden.«

»Ich weiß. An einem guten Tag sind Sie ein wahres Genie.«

Bellamy seufzte. »Wie oft habe ich Ihnen eigentlich schon die Haut gerettet, Sean? Das kann nicht immer gut gehen. Versuchen Sie, besser auf sich aufzupassen.«

Er ging davon und Dillon dachte kurz über seine Worte nach. Dann klopfte er an Hannah Bernsteins Tür. »Wie geht's dir?«

»Ziemlich mies. Aber ich muss dich nur anschauen, dann weiß ich schon, dass es dir auch ziemlich mies ergangen ist. Erzähl mir davon.«

Er öffnete das Fenster, steckte sich eine Zigarette an und setzte sich zum Erzählen zu ihr. Als er fertig war, sagte sie: »Der junge Billy entpuppt sich ja als echter Star.«

»Kann man wohl sagen. Bellamy meint, du schaffst es.«

»Das sagt mein Vater auch. Allerdings werde ich morgens womöglich nicht mehr die große Runde um den Hyde Park drehen können.«

»Tja, man kann nicht alles haben.«

»Was Rashid betrifft, solltest du mal in die Zeitungen schauen. Aus Langeweile habe ich jeden Tag eine

Menge gelesen. Schau dir den Stapel da drüben an. Da findest du eine Ausgabe des *Daily Telegraph*, die dich wahrscheinlich interessiert.« Er las den Artikel, dann blickte er nachdenklich vor sich hin. »Das könnte doch passen«, sagte Hannah.

»Durchaus. Erinnerst du dich an die Sache mit Norah Bell?«

»Wie könnte ich die vergessen? Schließlich habe ich sie erschossen.«

»Sie und ihr Freund hatten damals kein Problem, sich in die Mannschaft des Flussdampfers einzuschmuggeln ...«

»Als Kellner«, ergänzte Hannah. »Schließlich ist es nicht sehr schwierig, die Cocktailhappen herumzutragen.«

Dillon stand abrupt auf. »Ich muss jetzt los. Alles Gute, Hannah.«

»Pass auf dich auf, Dillon.«

Er nahm ein Taxi zum Cavendish Place, wo Ferguson und Blake am Kamin saßen und sich unterhielten. Dillon erläuterte ihnen, was er entdeckt hatte.

»Meinen Sie, das soll nach demselben Muster ablaufen wie bei Norah Bell?«, fragte Ferguson.

»Nach Hannahs Meinung ja, und nach meiner auch. Was tun wir? Informieren wir den Geheimdienst?«

Ferguson schnaubte. »Diesen Haufen? Der baut sowieso nur Mist. Das wissen Sie doch, Dillon.«

»Na schön, aber was unternehmen wir nun tatsächlich?«

»Hört mal«, sagte Blake, »ich liebe Flüsse. Nimm mich morgen auf dieselbe Bootsfahrt mit, Sean, und dann schauen wir mal, was uns einfällt.«

Der nächste Morgen war typisch für London. Regen fiel, als Dillon und Blake am Savoy Pier die *Prince Regent* bestiegen. An einem derart grauen Tag außerhalb der Saison waren nicht mehr als fünfzehn Leute an Bord.

»Eine tolle Stadt«, sagte Blake, als die beiden am Heck unter der Markise standen. »Selbst bei Regen.«

»Dublin ist zwar nicht übel, und auch Manhattan hat Atmosphäre, aber die Themse ist tatsächlich was Besonderes.«

»Erzähl mir doch mal diese Geschichte mit Norah Bell, Sean.«

»Eine Gruppe iranischer Fundamentalisten, die sich die Armee Gottes nennt, war nicht mit dem neuen Status Palästinas einverstanden, den Arafat mit Israel ausgehandelt hatte. Genauso wenig hat den Leuten gepasst, dass der amerikanische Präsident die Verhandlungen im Weißen Haus geleitet und der Vereinbarung seinen Segen gegeben hat. Deshalb sind sie an einen loyalistischen Killer aus Ulster und dessen Freundin herangetreten. Diese beiden – Michael Ahern und Norah Bell – waren so übel, dass selbst die ›Red Hand of Ulster‹ sie rausgeschmissen hatte.«

»Und worum ging es?«

»Um fünf Millionen Pfund Sterling für die Ermordung des Präsidenten.«

»Mein Gott, davon habe selbst ich nie was gehört«, sagte Blake.

»Ach, das hat man unter Verschluss gehalten. Der Premierminister hatte sich einen bunten Abend mit Cocktails für den Präsidenten ausgedacht, eine Kreuzfahrt auf der Themse am Parlamentsgebäude vorbei zum Westminster Pier. Ahern und Norah haben sich, als Kellner verkleidet, an Bord geschlichen. Ein Komplize hatte dort zwei Revolver für sie hinterlegt.«

»Und?«

»Tja, nachdem es mir gelungen war, die Sache aufzudecken, bin ich im letzten Moment mit Charles und Hannah ebenfalls an Bord gegangen. Ahern habe ich erledigt, aber Norah hat mit einem Springmesser auf mich eingestochen. Dann hat Hannah sie abgeknallt.« Dillon steckte sich eine Zigarette an. »Es war eine üble Geschichte. Eine Zeit lang hat es so ausgesehen, als wäre ich erledigt, aber mit Hilfe von Freunden hab ich's geschafft.«

»Das ist ja eine Wahnsinnsgeschichte.«

Hinter ihnen ging eine Tür auf und eine Kellnerin kam heraus. »Kaffee, Gentlemen, oder etwas Alkoholisches?«

»Für mich Kaffee«, sagte Blake.

Dillon grinste. »Ich nehme Tee und einen irischen oder schottischen Whiskey, wenn Sie darauf bestehen.«

Sie blieben unter der Markise. Schließlich kam die junge Frau mit einem Tablett zurück.

»Sie sind bestimmt ziemlich aufgeregt wegen der hohen Tiere, die hier erwartet werden«, sagte Dillon zu ihr.

»Und wie«, antwortete sie. »Übrigens haben Sie Glück. Heute ist der letzte Tag, bevor unsere Firma die *Prince Regent* aus dem Verkehr zieht, um sie für den großen Abend aufzupolieren.«

»Sind Sie dann im Dienst?«, fragte Dillon.

»Leider nicht«, erwiderte die Kellnerin sichtlich missgelaunt. »Ob Sie's glauben oder nicht, die haben für das Schiff eine Crew von der Royal Navy bestellt. Fürs Catering ist auch eine andere Firma zuständig. Wir dürfen nicht mal in die Nähe.«

»Das ist aber 'ne echte Schande«, meinte Blake.

»Ja, aber so läuft es eben. Entschuldigen Sie mich, Gentlemen.«

Blake trank seinen Kaffee, und Dillon goss sich den Whiskey in den Tee, während der Regen stärker wurde.

»Na, was meinst du?«, fragte der Amerikaner.

Dillon seufzte. »Da ist irgendwas ... ich weiß nicht recht, wie ich's sagen soll. Es ist einfach – weißt du, ich habe eine Menge solcher Aufträge hinter mir. Und ich habe immer darauf geachtet, dass meine linke Hand nicht wusste, was meine rechte tat. Bei so was versucht man, die Leute dazu zu bringen, in eine bestimmte Richtung zu schauen, damit sie nicht mitbekommen, was in der anderen Richtung vor sich geht. Und das hier – das ist einfach total offensichtlich.«

»Schon klar, aber trotzdem können wir es uns einfach nicht leisten, ein Risiko einzugehen, Dillon. Wir müssen ein starkes Aufgebot an Sicherheitsleuten hier haben und alle unsere Anstrengungen auf dieses Boot konzentrieren.«

Dillon drehte sich lächelnd um. Es sah fast so aus, als hätte sich seine Persönlichkeit plötzlich verändert. »Mensch, Junge, du hast Recht. Alle unsere Anstrengungen. Es ist so offensichtlich, dass es *zu* offensichtlich ist. Habe ich's dir nicht gesagt?«

Er holte sein Handy aus der Tasche und wählte die Nummer von Ferguson. »Ich bin mit Blake gerade auf der *Prince Regent*.«

»Also glauben Sie, die werden dort zuschlagen?«

»Nein. Nie und nimmer. Haben Sie das Besuchsprogramm vorliegen?«

»Ja.«

»Wo wohnt der Ministerpräsident?«

»Im Dorchester, und zwar in der Suite im obersten Stock.«

»Großartig«, sagte Dillon. »Ich melde mich wieder.« Er schaute Blake an. »Er wohnt im obersten Stock des Dorchester. Ich kenne diese Suite. Von der Terrasse hat man einen fantastischen Blick über die Dächer von London. Wenn man da draußen steht, kann man alle Welt sehen – und von aller Welt gesehen werden.«

»Und du glaubst, das ist es?«

»Natürlich könnte ich auch total auf dem Holzweg sein, aber wenn es mir darauf ankäme, dass meine linke Hand nicht weiß, was die rechte tut – dann würde ich dort zuschlagen.«

In der South Audley Street saßen Paul, Kate und Michael mit Bell im Salon um den Tisch. Es war der Augenblick, in dem Aidan Bell die Karten auf den Tisch legte.

»Ferguson sitzt bestimmt wie auf glühenden Kohlen. Er erwartet einen Anschlag, und inzwischen redet er sich ein, dass der während der Bootsfahrt stattfinden wird. Aber das wird er nicht.«

»Wie? Was haben Sie denn dann für einen Plan?«, fragte Kate.

»Der Ministerpräsident wohnt im obersten Stock des Dorchester. Darunter sind ein paar wunderhübsche Flachdächer, von denen man eine perfekte Schusslinie hat. Da klettere ich hoch und erledige ihn selbst.«

Es herrschte Schweigen, dann sagte Michael: »Ich komme mit.«

»Das ist nicht nötig.«

»Bell, diesmal will ich ganz sichergehen. Schließlich hat man mich auch als Scharfschützen ausgebildet. Ich komme mit.«

»Und ich auch«, sagte Paul Rashid.

»Um Gottes willen, Paul, was denkst du dir bloß?«, protestierte Kate. »Drei Leute? Das ist viel zu gefährlich.«

»Das ist mir egal. Es ist unsere letzte Chance, Kate. Wenn wir diesmal versagen, kommt es ohnehin nicht mehr darauf an, ob man uns erwischt oder nicht.« Er drehte sich um und lächelte, und zum ersten Mal hatte sie den Eindruck, es wäre das Lächeln eines Wahnsinnigen. »Wir tun es für George, Kate, und für unsere Mutter. Es gibt kein Zurück.«

Dillon, Blake und Ferguson fuhren zum Dorchester und wurden zur Suite geführt. Der Blick von der Terrasse war wie angekündigt außerordentlich – und außerordentlich gefährlich.

»Dillon hat Recht«, sagte Ferguson. »Der Ministerpräsident darf hier nicht untergebracht werden.«

»Was werden Sie veranlassen?«, erkundigte sich Blake.

»Nicht nötig, ein großes Theater zu machen. Ich werde dem Büro des Premierministers einfach mitteilen, dass mir die allgemeinen Sicherheitsvorkehrungen nicht behagen.«

»Was bedeutet, dass Sie keine Einzelheiten über den Plan des Anschlags auftischen müssen«, sagte Blake.

»Genau. Wir bleiben ganz diskret. Aber den Premierminister muss ich doch noch mal besuchen.«

In der Downing Street blieb Dillon im Daimler sitzen, während Ferguson und Blake zum Arbeitszimmer des Premierministers geführt wurden. Der saß mit einem kleinen, weißhaarigen Mann Anfang fünfzig zusammen, dem man den Akademiker ansah, der er früher gewesen war. Es war Simon Carter, der stellvertretende Direktor der Geheimdienste, der Dillon nicht sehr wohlwollend gegenüberstand.

»Also, was hat sich in Hazar abgespielt?«, erkundigte sich der Premierminister.

»Nun, zum einen ist der Ältestenrat unversehrt geblieben, und zwar dank Dillon.«

»Doch nicht wieder dieser kleine irische Schweinehund«, sagte Carter.

»Carter, wir sind zwar nicht gerade Freunde, aber Ihre Leistungen habe ich bisher auch nie in Frage gestellt. Wenn Sie gestatten, Premierminister, würde ich gern berichten, was Dillon zustande gebracht hat.«

»Aber natürlich.«

»Außerordentlich«, sagte der Premierminister anschließend, und selbst Carter musste zustimmen.

»Erzählen Sie ihm auch von der Sache auf Nantucket«, sagte der Premierminister.

Als Ferguson geendet hatte, sagte Carter: »Das ist einfach unglaublich ... die ganze verfluchte Angelegenheit.« Er sah so erschüttert aus, wie Ferguson ihn noch nie gesehen hatte. »Tja, dann ist es klar, dass wir alle Unternehmungen mit dem Ministerpräsidenten streichen müssen. Wir sagen einfach alles ab.«

»Moment«, sagte Ferguson. »Wir haben eine bessere Idee.«

»Und die wäre?«, fragte der Premierminister.

»Natürlich muss man den russischen Sicherheitskräften mitteilen, dass es Probleme geben könnte. Wenn Mr. Carter einverstanden ist, würde ich es gern folgendermaßen handhaben: Die Unterbringung im Dorchester sollte beibehalten werden, schon wegen der Medien.«

»Und weiter?«

»Die Cocktailparty auf der *Prince Regent* wird abgesagt, aber erst im letzten Augenblick. Dazu reicht jeder beliebige Vorwand aus. Verlegen Sie das Dinner einfach irgendwo anders hin, zum Beispiel in den Reform Club. Dort wird man Sie bestimmt mit offenen Armen willkommen heißen, Sir.«

Der Premierminister lächelte. »Das glaube ich auch.«

»Und dann?«, fragte Carter.

»Dann wird der Ministerpräsident nicht ins Dorchester zurückgebracht, sondern in die russische Botschaft befördert.«

»Aber was ist der Zweck des Ganzen?«, fragte der Premierminister.

»In der Suite im Dorchester warte ich mit ein paar handverlesenen Leuten.«

»Mit Dillon?«

»Ja, Sir, und mit einigen seiner Freunde. Die haben uns in Hazar einen großen Dienst erwiesen. Auf die Neujahrsliste der Ordensanwärter würde man sie allerdings trotzdem nicht setzen.«

»Und dort warten Sie ab, ob Rashid oder dieser Bell auftaucht?«

»Ja, Sir, aber das ist noch nicht alles. Ich glaube, Mr. Carter weiß schon, worauf ich hinauswill.«

Carter lächelte. »Ja.« Er sah den Premierminister an. »Bislang existieren keine gerichtlich verwertbaren Beweise gegen Rashid. Aber wenn er oder einer seiner Leute auftaucht, und wir ihn lebend bekommen, ist er nicht mehr unantastbar. Inzwischen muss er allmählich immer verzweifelter werden, und so können wir *ihm* eine Falle stellen statt umgekehrt.«

»Dann bin ich einverstanden.« Der Premierminister erhob sich. »Die Sache liegt in Ihren Händen, Gentlemen. Mr. Johnson, ich spreche mit dem Präsidenten.«

Draußen war es kalt. Dillon stand neben dem Daimler und rauchte eine Zigarette, als Ferguson, Blake und Carter auf ihn zukamen.

»Soll ich Sie mitnehmen?«, fragte Ferguson Carter.

»Nein, ich habe Lust auf einen kleinen Spaziergang. Außerdem ist es mir unerträglich, mit jemandem im selben Wagen zu sitzen, der Downing Street einmal mit einem Granatwerfer beschossen hat.«

»Nun, Sir«, erwiderte Dillon, »Sie tragen die Nase zwar reichlich hoch, aber Recht haben Sie, das muss man Ihnen lassen.«

Gegen seinen Willen musste Carter lachen. »Ach, rutschen Sie mir den Buckel runter, Dillon.« Er ging auf das Tor von Downing Street 10 zu, blieb jedoch wieder stehen und kam zurück. Sein Lächeln war verschwunden. »Es ist mir ganz egal, wer dieser Rashid ist, trotz all seiner Orden und seines Geldes. Halten Sie ihn auf, Dillon.«

Er ging davon.

Als Ferguson Rashid im Bürogebäude von dessen Firma anrief, teilte man ihm mit, Rashid sei nicht erreichbar. Eine Sekretärin bat ihn zu warten, und nach einer Weile kam Kate Rashid ans Telefon.

»General Ferguson, was kann ich für Sie tun?«

»Ich bin um acht Uhr in der Piano-Bar des Dorchester.«

»Und das soll von Interesse für mich sein?«

»Das würde ich Ihnen ernsthaft raten, Lady Kate. Bringen Sie den Earl mit.«

Er legte auf.

Sie rief Paul an, der mit Bell und Michael im Dauncey Arms saß, und berichtete ihm von ihrem Gespräch mit Ferguson. »Ich erledige das, wenn du willst«, sagte sie.

»Nein«, sagte Paul, »wir kommen heute Nachmittag. Ich werde dich mit Dillon und Ferguson nicht allein lassen. Man darf den General nie unterschätzen. Bis später.«

Er schaltete sein Handy aus. »Probleme?«, frage Michael.

»Ferguson will uns treffen. Wir fahren zurück.«

»Wir alle?«

»Aber ja.« Paul blickte Bell an. »Sie müssen natürlich in Deckung bleiben.« Betty Moody erklärte er lächelnd: »Wir müssen gehen, meine Liebe.«

Als sie im Rolls Royce saßen und der Fahrer die gläserne Trennwand geschlossen hatte, sagte der Earl zu Bell: »Ich glaube, Sie sollten lieber nicht in unserem Haus in der South Audley Street übernachten.«

»Was schlagen Sie vor?«

»Michael besitzt eine Motorjacht, die in Wapping an einem Ort namens Hangman's Wharf liegt. Da können Sie über Nacht bleiben.«

»Hört sich gut an.«

»Dieses Treffen, Bruder«, sagte Michael. »Was hat Ferguson im Sinn?«

»Das, was Dillon im Sinn hat. Mal sehen.« Paul Rashid schloss die Augen und lehnte sich zurück.

In London machte sich Dillon mittlerweile Gedanken. Er hatte sich in Fergusons Computer eingeklinkt und war die Liste sämtlicher Besitztümer der Rashids durchgegangen. Dann rief er Harry Salter im Dark Man an.

»Harry, Michael Rashid hat am Hangman's Wharf in Wapping ein Boot liegen. Du weißt doch über alles Bescheid, was auf dem Fluss vor sich geht. Was ist das für ein Ding?«

»Ich sehe mal in meinem Computer nach.« Nach einer Weile kam Salter lachend wieder ans Telefon. »Der Kahn heißt *Hazar.*«

»Na, das passt. Ist Billy da?«

»Ja.«

»Schalt uns drei mal zusammen.«

Nachdem er die Lage erläutert hatte, sagte Dillon: »Er muss Bell also irgendwo versteckt haben. Was meint ihr? In der South Audley Street oder am Hangman's Wharf?«

»Beides kommt in Frage«, meinte Billy. »Ich schaue mich heute Abend mal ein paar Stunden in der South Audley Street um. Ist da nichts zu sehen, versuche ich es auf der *Hazar.*«

Als Kate Rashid am Abend als Erste eintraf, wartete Dillon bereits auf sie.

»Wie? Spielen Sie heute nicht Klavier, Dillon? Das enttäuscht mich aber. Eigentlich habe ich mir nur deshalb die Mühe gemacht zu kommen, um Sie spielen zu hören. Da würde man nie auf die Idee kommen, dass Ihre wahre Berufung darin liegt, Menschen umzubringen.«

»Aber ich foltere sie nicht, Kate. Ich bringe keinen jungen, anständigen Mann auf die furchtbarste Weise um. Das hatte Bronsby nicht verdient.«

»Ach, lecken Sie mich am Arsch«, sagte sie.

»Mensch, Mädchen, hat man Ihnen das in Oxford beigebracht?«

Gegen ihren Willen zeigte sie den Anflug eines Lächelns. »Feine junge Damen können schlimmer sein als so manches Flittchen.«

»Wie aufregend.«

Er zündete sich eine Zigarette an. Sie streckte die Hand aus, nahm sie ihm aus dem Mund und zog ein paarmal daran. »Sie haben meinen Bruder umgebracht.«

»Der dafür gesorgt hat, dass man Bronsby die Haut vom Leib gezogen hat. Und Sie und der Earl waren dabei. Wollen Sie mir etwa weismachen, dass Sie das eine gutheißen und das andere missbilligen?«

Sie atmete tief ein. »Eigentlich nicht. Ich hasse Sie nur, weil Sie George getötet haben.«

»Nein, Kate, nein, das tun Sie nicht. Das ist ja das Problem.«

Billy und sein Onkel warteten in einem Shogun in der South Audley Street. Billy saß am Lenkrad, Harry las den *Evening Standard*. Als er zufällig den Kopf hob, sah er, wie ein Mini aus einer Seiteneinfahrt des Hauses kam.

»Das sind Bell und Michael Rashid, Billy. Los geht's.«

Paul Rashid betrat die Piano-Bar im selben Augenblick, in dem Ferguson und Johnson hereinkamen. Er war gebräunt von der Sonne von Hazar, und trug einen cremefarbenen Leinenanzug sowie die übliche Guards-Krawatte und sah sehr gut aus.

»General Ferguson.« Er bot ihm nicht die Hand. »Dillon. Mr. Johnson.«

Alle setzten sich.

»Es ist vorbei«, sagte Ferguson.

»Was denn?«, fragte Rashid.

»Das wissen Sie genau. Ich habe gedacht, ich gebe Ihnen eine letzte Chance: Hören Sie auf, und zwar sofort. Sie sind mit einer Menge Dinge davongekommen, aber damit ist jetzt Schluss, das kann ich Ihnen versprechen.«

Paul antwortete leise und bedachtsam. »Ich bin ein Familienmensch. Ich hatte einen Bruder, der mir sehr viel bedeutet hat und der in Hazar ums Leben kam.«

»Verzeihung, Mylord«, sagte Dillon. »Die Tatsache, dass Sie nach allem, was Sie Bronsby angetan haben, ein derartiges Theater machen, weist auf ernsthafte geistige Verwirrung hin.« Kate schüttete ihm ihr Glas Champagner ins Gesicht. Dillon fuhrt sich mit der Zunge über die Lippen und griff nach einer Serviette. »So eine Verschwendung.«

Im selben Augenblick läutete sein Handy. »Entschuldigen Sie mich.« Er stand auf und entfernte sich ein Stück. »Dillon.«

Am anderen Ende war Billy. »Harry und ich sind Michael Rashid und Aidan Bell zum Hangman's Wharf gefolgt. Die beiden sind auf die *Hazar* gegangen. Willst du Ferguson informieren?«

»Nein, das ist unsere Sache. Ich will nicht, dass Ferguson was davon erfährt, sonst sagt er womöglich nein. In einer halben Stunde bin ich bei euch.«

Er ging an den Tisch zurück. »Tut mir Leid, aber ich muss los. Sie werden hier bestimmt allein zurechtkommen, General. Sagen Sie den Herrschaften, dass wir über ihre Pläne bezüglich der Bootsfahrt Bescheid wissen und dass sie damit nie und nimmer durchkommen. Es reicht.«

»Soll ich mitkommen?«, fragte Blake.

»Diesmal nicht, alter Junge.« Dillon sah Paul Rashid an. »Ich würde auf den General hören, ehrlich.« Damit drehte er sich um und ging hinaus. Er lächelte.

13

Der Regen trieb über die Themse und peitschte auf Hangman's Wharf, als Billy und Harry ihren Wagen abstellten. Billy ging nach hinten, öffnete die Heckklappe des Shogun und holte einen Schirm heraus.

»Na, das ist ja süß«, kommentierte Harry. »Ich will dir mal was sagen: Damit siehst du auch nicht wie Humphrey Bogart in *Tote schlafen fest* aus.«

»Mag sein, aber ich habe eine Kanone in der Tasche«, sagte Billy. »Und das ist wohl alles, worauf es ankommt.«

An Bord der *Hazar* tranken Bell und Michael Rashid einen Schluck. Rashid sagte: »Also, dann schlafen Sie gut. Morgen melde ich mich wieder, und falls sich nichts anderes ergibt, läuten am Abend die Totenglocken.«

»Na, schauen wir mal«, erwiderte Aidan Bell.

Draußen rief in diesem Moment eine Stimme: »He, bist du da, Rashid, und ist dieses irische Arschloch bei dir?«

Bell und Rashid zogen ihre Brownings und gingen zum Niedergang.

Dillon kam fünfzehn Minuten später an. Er parkte hinter Billy und Harry und gesellte sich zu den beiden. Dann griff er nach seinem Handy und rief Ferguson an.

»Wo sind Sie?«, wollte der wissen und Dillon sagte es ihm. »Um Gottes willen. Was haben Sie denn vor?«

»Wir sind noch immer nicht sicher, wo der Anschlag stattfinden wird, auf dem Fluss oder im Dorchester, deshalb ergreife ich die Initiative. Billy und Harry sind bei mir. Bell hat zusammen mit Michael Rashid das Haus der Familie verlassen, die beiden Salters sind ihnen zu Michaels Boot in Wapping gefolgt und da bin ich zu ihnen gestoßen.«

»Dillon, hören Sie mir doch mal zu.«

»Nein, ich werde mir selbst zuhören, General. Ich lasse Sie wissen, wie es läuft.«

Er schaltete das Handy aus.

»Er war wohl nicht erfreut?«, fragte Harry.

»Nicht besonders. Aber vielleicht ist er's doch, wenn wir was erreichen.«

»Wie gehen wir vor?«, wollte Billy wissen.

Dillon zog seine Jacke aus und lockerte die Krawatte, während er es den beiden erklärte. Er nahm die Walther heraus und schob sie sich hinten in den Hosenbund.

»Du trittst ihnen direkt gegenüber, Billy, und du gibst ihm Feuerschutz, Harry.«

»Mensch, Dillon, das wird aber kalt für dich da drin.«

»Das kann dir egal sein. Pass gut auf dich auf, Billy. Bell ist ein raffinierter Kerl.«

»Mach dir keine Sorgen um mich. Denk an dich selbst, Dillon. Du hast den schwierigsten Part.«

»Schon gut. Warte, bis ich drin bin, dann bist du am Zug.«

Harry Salter kauerte sich hinter einen Poller am Kai. Dillon kletterte eine Leiter hinab und ließ sich ins Wasser sinken. Es war bitterkalt. Er schwamm um das Boot zu dessen anderer Seite, wo er, wie erwartet, eine Leiter zum Deck vorfand. Im selben Augenblick ging Billy Salter auf die *Hazar* zu und hob die Stimme.

»He, bist du da, Rashid, und ist dieses irische Arschloch bei dir?«

»Sie gehen ans Heck«, sagte Bell zu Michael Rashid, »ich übernehme den Bug. Und machen Sie bloß keinen Blödsinn.«

»Ich bin doch kein Trottel«, sagte Rashid.

»Na, dann los!«

Bell verließ ihn, um die Treppe zum Deck hochzusteigen, und Rashid ging nach hinten durch die Kabinen und zog sich durch die Luke in den Schatten am Heck.

Dann geschahen mehrere Dinge gleichzeitig. Harry bewegte sich hinter seinem Poller, Aidan Bell schoss und traf ihn in die rechte Schulter. Der Aufprall der Kugel warf Salter auf den Rücken; Bell zog sich über den Rand des Kais und rannte in den Schatten.

Michael Rashid drückte mehrfach ab und Billy schoss zurück. Als Rashid zur Reling zurückwich, griff Dillon nach oben und zog ihn an den Knöcheln, so dass er ins Wasser stürzte. Dillon legte ihm einen Arm um den Hals, atmete tief ein und griff nach der Ankerkette, um sich unter Wasser zu ziehen. Rashid sträubte sich und trat um sich, doch Dillon hielt fest, bis er sich nicht mehr regte. Aus dem Schatten beobachtete Bell die Szene, dann machte er sich davon.

Dillon ließ die Leiche los und zog sich die Leiter zum Kai empor.

Von Billy gestützt, stand Harry auf den Beinen. Er stöhnte.

»Tut mir Leid, Dillon, Bell ist entkommen.«

»Michael Rashid ist tot.« Dillon sah Harry Salter an. »Steig in den Shogun. Du fährst, Billy. Bring uns ins Rosedene. Ich rufe Ferguson an, damit er Professor Henry Bellamy bestellt.«

»Dillon, ich werde wirklich zu alt für so was«, sagte Harry.

»Unsinn. Wir schmuggeln Dora ins Krankenhaus, um dich zu pflegen.«

Während sie davonfuhren, wählte Dillon die Nummer von Ferguson. »Wir brauchen das Bergungsteam. Ja, Michael Rashid. Er treibt am Hangman's Wharf neben seinem Boot, der *Hazar*, im Wasser.«

»Das waren Sie selbst, nehme ich an.«

»Bell ist entkommen, nachdem er Harry in die Schulter geschossen hat. Wir sind auf dem Weg ins Rosedene. Bestellen Sie Bellamy hin. Wenn der nicht erreichbar ist, dann den Vater von Hannah. Nur einen von den Besten.«

»Einverstanden. Aber es wäre nett, wenn Sie mir ab und zu was sagen würden.«

Im Rosedene wartete Dillon gemeinsam mit Billy. Bellamy war gerade mit einer Bypass-Operation im Guy's Hospital beschäftigt, doch Arnold Bernstein war verfügbar gewesen.

»Schauen wir doch mal bei Hannah rein«, schlug Dillon vor.

»In Ordnung«, meinte Billy.

Hannah saß aufrecht im Bett, las den *Evening Standard* und sah wesentlich besser aus als beim letzten Mal.

»Ah, die zwei Musketiere. Bringt mich mal auf den neuesten Stand.«

Was Dillon tat.

Anschließend saß sie da und brütete vor sich hin. »Na, was meinst du?«, fragte Dillon.

Sie schwieg einen Augenblick, bevor sie antwortete. »Hat dir mal jemand genauer erzählt, weshalb Paul Rashid im Golfkrieg das Verdienstkreuz bekommen hat?«

»Nein, was ist damit?«

»Tja, ich habe die Akten studiert. Villiers hat zwanzig Männer in zwei russischen Wüstenfahrzeugen hinter die irakischen Linien geführt. Die zweite Gruppe, zehn Männer, wurde von Rashid befehligt, doch der hat einen Fehler gemacht. In einem vermeintlichen Notfall hat er Villiers auf einem unverschlüsselten Kanal angefunkt. Die Iraker haben den Funkspruch aufgefangen, Rashid aufgespürt und alle seine Leute umgebracht.«

»Bis auf Rashid selbst?«, fragte Billy.

»Genau. Als Villiers dann den Ort des Geschehens erreichte, war keiner mehr da. Nur sieben irakische Soldaten, allesamt tot und kastriert.«

»Und Rashid?«, fragte Dillon.

»Der hat die alliierten Linien zehn Tage später allein zu Fuß erreicht.«

»Tony Villiers hat nie davon gesprochen«, sagte Dillon. »Weshalb nur?«

Hannah lächelte und schüttelte den Kopf. »Welch ein Trost – selbst der große Sean Dillon ist manchmal naiv. Weißt du, Rashid ist ein echter Earl, der außerdem in Sandhurst, bei den Grenadier Guards und beim SAS war. Ganz egal, was man ihm dort beigebracht hat – wie man seinem Gegner den Schwanz abschneidet, war bestimmt nicht dabei. Über so was schweigt man also lieber.«

»Das ist ja mächtig interessant, Superintendent«, sagte Billy, »aber was schließen Sie daraus?«

»Er ist tatsächlich verrückt. Und er glaubt an Rache, und zwar in der extremsten Form. Dillon hat seine beiden Brüder umgebracht, also muss Dillon sterben.« Sie drehte sich um. »Das ist das Einzige, was sicher ist, Sean. Er wäre nicht in der Lage, einfach weiterzuleben, wenn du noch am Leben bist.«

»Und Kate?«, fragte Dillon.

»Für die gilt dasselbe. Aristokraten bedeutet die Familie alles, und in diesem Fall haben wir eine doppelte Dosis – einerseits die Daunceys, andererseits die Rashids. Kate ist sich ihres Stammbaums bewusst und blickt zu Paul als dem Familienoberhaupt auf. Das geht gar nicht anders.«

»Also will sie Dillon womöglich auch umbringen?«, fragte Billy.

»Würde ich sagen.« Plötzlich sah Hannah müde aus. »Ich muss mich ausruhen.«

Die Tür ging auf, und ihr Vater steckte den Kopf herein, noch in seiner Operationskleidung. »Man hat mir gesagt, dass ihr hier seid.«

»Wie geht's ihm?«, fragte Billy.

»Tja, meine Empfehlung lautet, dass Ihr Onkel angesichts seines Alters versuchen sollte, nicht mehr angeschossen zu werden. Abgesehen davon wird er uns erhalten bleiben.« Bernstein trat zu seiner Tochter. »Und wie geht's dir?«

»Bin müde.«

»Dann schlaf jetzt.« Zu den beiden Besuchern sagte er: »Raus.«

Sie setzten sich in Bewegung, doch als Dillon die Tür aufmachte, rief Hannah: »Sean, pass auf dich auf, um Gottes willen. Rashid ist besessen und meint, er muss dich umbringen. Er würde dir sogar selbst entgegentreten. Das wird wie damals in der Wüste sein, Sean. Er will dich selbst erledigen.«

Sie weinte. Arnold Bernstein schob Dillon und Billy durch die Tür und sagte: »Ich komme wieder, Liebes.«

»Sie nimmt es sich sehr zu Herzen«, sagte Dillon. »Warum nur? Sie hat mich nie gemocht.«

»Sie sind doch ein gescheiter Mann«, sagte Bernstein. »Das müssen Sie sein, sonst wären sie nicht dreißig Jahre lang damit davongekommen, Leute umzubringen. Aber wenn Sie nicht merken, warum sie weint, mein lieber irischer Freund, dann müssen Sie wirklich töricht sein.«

Er ging davon. Billy sagte: »Ich glaube, er meint, sie mag dich, Dillon.«

Dillon steckte sich eine Zigarette an. »Tja, den Eindruck hatte ich auch. Trinken wir eine Tasse Tee und warten wir noch eine Weile hier. Vielleicht darfst du Harry sehen, bevor wir verschwinden.«

Sie gingen in die Cafeteria an der Rezeption, gaben bei einem der Mädchen eine Bestellung auf und setzten sich.

Aidan Bell schlich vom Fluss in die High Street und nahm ein Taxi nach Mayfair. Die letzten paar hundert Meter bis zur Rückfront des Hauses in der South Audley Street ging er zu Fuß. Er läutete an der Küchentür. Kate machte ihm auf und sah ihn bestürzt an.

»Was ist schief gelaufen?«

»Alles. Ist er da?«

»Ja.«

»Dann bringen Sie mich zu ihm.«

Plötzlich zeigte sich Angst in ihrer Miene. »Wo ist Michael?«

»Machen Sie schon.«

Sie brachte ihn in den großen Salon, wo Paul Rashid am Kamin saß und den Kopf hob.

»Was wollen Sie denn wieder hier? Wo ist Michael?«

»Was ich zu sagen habe, kann ich Ihnen nicht schonend beibringen. Dillon ist mit den Salters am Hangman's Wharf aufgetaucht. Harry Salter habe ich zwar erwischt, aber Dillon hat Ihren Bruder über die Reling gezerrt. Soweit ich gesehen habe, hat er ihm einen Arm um den Hals gelegt und ihn unter Wasser gezogen.«

Kate stieß einen gequälten Schrei aus, drehte sich um und taumelte davon. Rashid sagte mit vollkommen ruhiger Miene: »Berichten Sie mir genau, was geschehen ist.«

Dillon und Billy tranken Tee in der Cafeteria, als Ferguson hereinkam. »Wie geht es Harry?«, fragte er.

»Er wird's überleben«, erwiderte Billy. »Belohnen Sie ihn mit dem Verdienstorden.«

Ferguson sah Dillon an. »Was zum Teufel hatten Sie eigentlich im Sinn?«

»Mir ist plötzlich klar geworden, dass wir keinerlei Gewissheit hatten. Wir haben über die *Prince Regent* gesprochen und über das Dorchester und alles hat sich logisch angehört, aber sicher sein konnten wir nicht. Deshalb sind Billy und Harry Michael Rashid und Bell zum Hangman's Wharf gefolgt, wo Rashid seine Motorjacht liegen hatte. Dort ist es dann ein wenig hektisch geworden. Bell hat Harry angeschossen und ist abgehauen; ich habe den jungen Rashid über die Reling gezerrt und ertränkt.«

»Was für ein Bastard Sie doch sind, Dillon.«

»Tja, das ist der Job, den Sie mir übertragen haben. Hat das Bergungsteam ihn schon gefunden?«

»Nein, aber die Polizei. Ich habe beschlossen, die Sache so zu handhaben: ein anonymer Telefonanruf von jemandem, der mit seinem Hund am Kai spazieren gegangen ist und die Leiche im Wasser gesehen hat.«

»Und Paul Rashid?«

»Der muss inzwischen Bescheid wissen.«

»Und Bell?«

»Keine Ahnung. Ich hätte gedacht, den wären wir los. Was Rashid mit dem russischen Ministerpräsidenten vorhatte, haben Sie ja erfolgreich verhindert. Wenn Bell nur ein Fünkchen Verstand hat, dann hat er sich längst davongemacht.«

»Das ist ja interessant«, sagte Billy. »Wir hatten eine sehr aufschlussreiche Unterhaltung mit Superintendent Bernstein. Ich wusste gar nicht, dass sie Psychologie studiert hat. Laut ihrer Analyse ist Paul Rashid ein tobsüchtiger Irrer. Auf Grund der Familienehre muss er Dillon umbringen, und seine Schwester würde das wahrscheinlich auch für ihn besorgen.«

»Bell«, sagte Dillon, »ist auch irre, und wenn man es genau betrachtet, ich womöglich ebenfalls. Jedenfalls würde ich nicht darauf wetten, dass Bell die Fliege macht. Er liebt das Spiel, und wenn Rashid meint, er braucht ihn immer noch, kann eine Menge Geld für ihn drin sein.«

In der Leichenhalle von Kensington warteten Paul und Kate Rashid in einem hässlichen, grün-weiß getünchten Raum. An der Wand befand sich ein elektrischer Heizofen, durchs einzige Fenster blickte man auf einen Parkplatz. Nach einer Weile kam ein Pfleger herein. Er sah unsicher aus.

»Mr. Rashid?«

Kate kam Paul zuvor: »Mein Bruder ist der Earl of Loch Dhu.«

»Und der Verstorbene, Michael Rashid ...?«

»Der ist auch mein Bruder.«

»Möchten Sie ihn sehen?«

»Ja«, sagte Paul Rashid tonlos.

»Man hat gerade eine Autopsie vorgenommen. Der Pathologe ist noch drin. Womöglich ist es nicht sehr angenehm für Sie. Ich denke an die junge Dame.«

»Das ist nett von Ihnen, aber es muss sein.«

»Es ist nur so, dass auch noch ein paar andere Herren drin sind. Ein General Ferguson und zwei weitere.«

Kate stieß einen Schrei aus, doch ihr Bruder legte ihr die Hand auf den Arm. »Das macht nichts. Wir kennen uns.«

Sie wurden in einen Operationssaal geführt: weiße Tünche, viel rostfreier Stahl. Der forensische Pathologe stand mit Ferguson, Dillon und Blake zusammen; der Pfleger ging zu ihm und flüsterte ihm etwas zu. Der Pathologe drehte sich um.

»Lord Loch Dhu, mein aufrichtiges Beileid.«

»Ferguson«, sagte Rashid, »wären Sie wohl so freundlich, draußen zu warten. Ich würde mich gern mit dem Herrn hier unterhalten.«

»Selbstverständlich«, erwiderte Ferguson sehr förmlich, ganz wie ein echtes Mitglied der britischen Oberschicht.

Er ging mit Dillon und Blake hinaus. Kate trat zum Operationstisch, auf dem der nackte Michael Rashid lag. Sein Körper war mit groben Stichen vernäht; rund um den Schädel führte eine Linie.

»War das notwendig?«

»Ihr Bruder ist zwar ertrunken, nachdem er über die Reling seines Boots gefallen war, aber der Untersuchungsrichter hat eine vollständige Autopsie verlangt. So etwas ist unumgänglich. Als Todesursache habe ich Ertrinken festgestellt und nach Paragraf drei des entsprechenden Gesetzes kann ich Ihnen eine Bescheinigung über die Freigabe des Leichnams ausstellen. Eine Gerichtsverhandlung ist nicht vonnöten.«

»Das ist ausgesprochen freundlich von Ihnen«, sagte Paul Rashid. »Ich treffe die nötigen Vorkehrungen.«

Als er mit Kate hinausging, stand Ferguson am Empfang und sprach mit einem Mann mittleren Alters, der einen Regenmantel und einen altmodischen Filzhut trug.

Der General nickte den Rashids zu. »Wir sehen uns draußen.«

Der Mann mit dem Filzhut sagte zu Paul: »Ich bin Chief Inspector Temple. Es gibt keine Hinweise auf ein Verbrechen. Einfach ein tragischer Unfall.«

»Selbstverständlich.«

»Ich nehme an, der Pathologe hat Ihnen erklärt, dass er den Leichnam unter diesen Umständen nach Paragraf drei freigeben kann, ohne dass ein Untersuchungsrichter tätig wird?«

»Ja.«

»Das muss ich als ermittelnder Beamter gegenzeichnen, was ich gleich anschließend tun werde. Danach können Sie jederzeit über den Leichnam verfügen.«

In seinen Augen stand ein merkwürdiger Blick. Außerdem: Weshalb war ein Chief Inspector der ermittelnde Beamte bei einem simplen Tod durch Ertrinken?

Paul Rashid lächelte und schüttelte ihm die Hand. »Sehr freundlich von Ihnen.«

Draußen wartete Ferguson auf dem Gehsteig neben dem Daimler, an dessen Lenkrad sein Chauffeur saß. Dillon stand mit Blake in der Nähe und rauchte.

»Ich weiß zwar nicht, wie's mit euch beiden steht, aber ich habe einen Bärenhunger«, sagte Ferguson. »Ihr kennt doch dieses nette italienische Lokal nicht weit vom Dorchester?« Er drehte sich um. »Ah, da sind Sie ja.«

»Der Leichnam meines Bruders George wurde bereits aus Hazar überführt. Michael wird freigegeben. Übermorgen bestatten wir die beiden im Mausoleum unserer Familie in Dauncey. Danach ist die Jagdzeit eröffnet.«

»Ihr Bruder ist ertrunken«, sagte Ferguson. »So einfach ist das.«

Kate ging auf Dillon zu und schlug ihm ins Gesicht. »Und Sie haben ihn ertränkt.«

»Kate, er hat versucht, mich umzubringen. Weshalb meint man bei den Rashids eigentlich, es sei in

Ordnung, andere Leute umzulegen, aber nicht, selbst dafür kaltgemacht zu werden?«

Sie wandte sich ab und setzte sich hinters Lenkrad ihres Mercedes. »Die Rache ist mein, Dillon«, sagte Paul Rashid. »Das sollte Ihnen klar sein. So steht's im Alten Testament.«

»Na, dann will ich Ihnen mal was sagen, Mylord. Ich mache Ihnen ein faires Angebot. Da ich genauso irre bin wie Sie, komme ich zur Beerdigung. So können Sie versuchen, mich zu erledigen – falls Sie das schaffen –, und ich werde eventuell dasselbe bei Ihnen versuchen. Was meinen Sie dazu?«

Einen Moment lang leuchteten Rashids Augen auf und es sah fast so aus, als lächelte er. Dann sagte er mit einem kurzen Nicken: »Ich erwarte Sie«, und fuhr davon.

»Meine Güte«, sagte Ferguson, »jetzt haben Sie ihn in die Enge getrieben.«

Dillon wandte sich zu ihm um. »Es ist Zeit, dass diese ganze Geschichte ein Ende hat, General.« Er blickte dem entschwindenden Wagen nach. »So oder so.«

Während Kate den Wagen durch die Straßen lenkte, wählte ihr Bruder die Nummer einer Wohnung ganz in der Nähe des Hauses in der South Audley Street. Normalerweise war dort zusätzliches Personal untergebracht, momentan jedoch Bell.

Als der abhob, sagte Rashid: »Ich bin's. Hören Sie zu.«

Er berichtete genau, was geschehen war. Als er fertig war, sagte Bell: »Was für ein Bastard Sean doch ist. Aber deshalb hat er auch so lange überlebt.«

»Sie sagen das, als würden Sie ihn bewundern.«

»Er ist ein anständiger Kerl. Wir haben viel gemein.«

»Ich würde mich zwar gern selbst um diese Sache kümmern, aber wenn Sie es schaffen, auch gut. Die drei sind auf dem Weg zu irgendeinem italienischen Lokal in der Nähe des Dorchester. Fergusons Wagen ist ein Daimler, den können Sie nicht übersehen.«

»Was soll ich tun?«

»Sie umbringen. Kommen Sie rüber in die South Audley Street, dort versorge ich Sie mit einer Waffe. Natürlich bezahle ich Sie dafür.«

»In Ordnung. Bis bald.«

Rashid schaltete sein Telefon aus. »Meinst du das ernst?«, fragte Kate.

»Kate, ich habe ihnen gesagt, wann die Beerdigung stattfindet, und Dillon hat so reagiert, wie ich es wollte. Jetzt werden sie einen Anschlag am wenigsten erwarten.« Er zuckte die Achseln. »Das ist ein Fall, wie Bell ihn mag. Ich gebe ihm noch eine einzige Chance. Wenn er auch dieses Mal versagt, bringe ich Dillon selbst um. Anschließend ist Bell an der Reihe.«

Er war so ruhig und so selbstsicher, dass Kate ihm nicht widersprechen konnte, und so fuhr sie einfach weiter.

Als Bell an der Hintertür der South Audley Street eintraf, ließ Rashid ihn herein und führte ihn nach oben, wo er eine Tür zu einem Raum aufschloss, der sich als Waffenlager entpuppte. Es war so ziemlich alles im Angebot, doch Bell wählte ein Armalite.

»Das ist ein alter Freund. Man kann den Schaft einklappen und es hat außerdem einen Schalldämpfer.«

»Vollständig leise ist es aber nicht. Was haben Sie eigentlich vor?«

»Einen Reifen zu zerschießen, dann bekomme ich sie alle gleichzeitig.«

»Das klingt gut. Schauen wir mal, ob Sie's schaffen. Kehren Sie aber auf jeden Fall in die Wohnung zurück. Ich erwarte, Sie dort wieder zu treffen.«

»In Ordnung. Geben Sie mir jetzt einen Stadtplan.«

Bell fand einen alten Regenmantel mit geräumigen Taschen, in dem er das Armalite mit seinem einklappbaren Schaft leicht verbergen konnte. Er ging die South Audley Street entlang, bis er das Lokal gefunden hatte. Der Daimler stand tatsächlich davor. Der Chauffeur hatte die Innenbeleuchtung eingeschaltet und las Zeitung.

Bell hatte dem Stadtplan entnommen, dass sie nach dem Verlassen des Lokals nach links in die Park Lane einbiegen, dann wenden und durchs Curzon Gate fahren mussten, um den auf der anderen Seite der Park Lane gelegenen Cavendish Place zu erreichen. Also überquerte er die Straße, trat in den Schatten des Hyde Parks, kletterte über den Zaun und stellte sich ins Dunkel eines Baumes. Er hatte ein Nachtsichtgerät dabei, das er an seinem Kopf befestigte, um den Eingang des Lokals zu beobachten.

Als Ferguson, Blake und Dillon herauskamen, gingen sie zum Daimler und stiegen ein. Bell holte das Armalite heraus, klappte es auf und wartete. Zu dieser Nachtstunde war nur wenig Verkehr, und bald durchfuhr der Daimler das Curzon Gate und beschleunigte. Bell zielte auf das Hinterrad der Beifahrerseite und drückte ab. Im selben Augenblick drehte Dillon zufällig den Kopf und sah das Mündungsfeuer. Der Reifen platzte, und der Daimler schleuderte über die Straße und wieder zurück, bevor er auf den Bordstein prallte. Ferguson wurde an die Beifahrertür geworfen; Blake lag auf den Knien.

»Das ist ein Anschlag«, sagte Dillon. »Ich habe das Mündungsfeuer gesehen. Den hole ich mir.«

Er hechtete hinaus, sprang über den Zaun und zog seine Walther. Aidan Bell drehte sich um und rannte davon, das Armalite an die Brust gepresst.

Dillon verfolgte ihn und jagte ihn durch die Schatten. Sie kamen zu einem riesigen Denkmal, das hell angestrahlt war. Bell stolperte und fiel zu Boden; das Armalite flog davon. Dillon stoppte, stand schwer atmend da und hielt sich die Walter an die Seite.

»Ach, Aidan, du bist's, alter Junge. Wie viel hat der Earl dir geboten?«

»Scher dich zum Teufel, Dillon.«

Bell griff nach dem Armalite, und Dillon schoss ihm zweimal ins Herz.

Dillon kehrte zum Wagen zurück. Ferguson hielt sich den Arm. »Ich glaube, der ist gebrochen.«

»Was ist geschehen, Sean?«, wollte Blake wissen.

»Es war Bell. Ich habe ihn erschossen. Er liegt am Denkmal. Ich weiß nicht, wie Sie die Sache handhaben wollen, General. Soll man den berühmten IRA-Terroristen tot im Hyde Park finden oder wollen Sie das Bergungsteam rufen?«

»Unter diesen Umständen sollten wir diskret vorgehen. Melden Sie sich, sagen Sie, wo Sie sich befinden, und warten Sie. Ich fürchte ich muss ins Rosedene.« Er stieg mit Blake aus dem Daimler und sagte zu seinem Chauffeur: »Rufen Sie für den Wagen den

Abschleppdienst. Mr. Johnson wird sich um mich kümmern.«

Später, als er im Schatten des Denkmals saß, nahm Dillon sein Handy und rief Paul Rashid an. »Ich bin's, Dillon. Aidan Bell hat versucht, uns zu erledigen, hat aber leider zum allerletzten Mal versagt.«

»Sie haben ihn umgebracht?«

»Ja.«

»Nun, wenn Sie es nicht getan hätten, hätte ich's getan.«

»Das überrascht mich nicht. Ich freue mich auf die Bestattung, Rashid. Wenn Sie meinen, Sie können mich erledigen, bitte sehr. Es reicht allmählich.«

»Ich freue mich auch darauf, Dillon.«

Kate, die ihm gegenübersaß, sagte: »Was ist denn?«

»Bell ist tot.«

»Dillon?«

»Wer sonst.«

»Er wird also zur Trauerfeier kommen?«

»Wenn es nach mir geht, kommt er zu seinem Tod.«

Dillon saß auf den Stufen des Denkmals und rauchte eine Zigarette. Nach einer Weile kam das Bergungsteam.

DAUNCEY PLACE

14

Blake flog am folgenden Vormittag in die USA zurück; Bell verschwand spurlos. Als Dillon zu Besuch ins Rosedene kam, saß Ferguson an Hannahs Bett, den linken Arm in einer Schlinge.

»Wie geht es Ihnen?«, fragte Dillon.

»Mir ist es schon mal besser gegangen.«

Dillon wandte sich Hannah zu. »Und dir?«

»Ich werd's überstehen. General Ferguson hat mich ins Bild gesetzt. Du hast Bell also umgelegt?«

»Das klingt missbilligend. Um Himmels willen, er hat versucht, uns umzubringen.« Dillon lächelte. »Ach ja, jetzt hab ich's. Du bist gegen die Todesstrafe.«

»Rutsch mir den Buckel runter, Dillon. Der General sagt, du hättest Rashid mitgeteilt, dass du morgen zur Bestattung seiner Brüder kommst.«

»So? Du hast mir doch erzählt, er würde mir entgegentreten. Da hab ich mir gedacht, ich komme ihm zuvor.«

»Du Idiot! Ich habe dir gesagt, dass er verrückt ist. Jetzt wird er alles tun, um dich zu erledigen.«

»Und wie ich dir schon oft gesagt hab, Hannah, ich bin vermutlich auch verrückt.«

»Ich finde wirklich nicht, dass sie es tun sollten, Dillon«, sagte Ferguson. »Genauer gesagt, das ist ein Befehl.«

»Und wenn ich nein sage«, erwiderte Dillon, »was tun Sie dann? Lassen Sie mich in Wandsworth in den Bau sperren?«

»Das könnte ich. Aus Ihrer Vergangenheit haben Sie genug auf dem Kerbholz.«

»Tatsächlich? Als Sie mich in Serbien aus dem Bau geholt und durch blanke Erpressung dazu gezwungen haben, Ihr Vollstrecker zu werden, war der zentrale Punkt der Abmachung der, dass unter meine IRA-Taten ein Schlussstrich gezogen wird. Jetzt erklären Sie mir rundheraus das Gegenteil. Wenn Sie das ernst meinen, kann ich dazu nur sagen: Billy Salter ist zwar ein Gangster, aber von Moral versteht er mehr als Sie.« Er beugte sich vor und gab Hannah einen Kuss auf die Wange. »Alles Gute, Mädchen, und pass auf dich auf. Rashid will mich zwar umbringen, aber das hat die britische Armee auch lange genug versucht, und ich bin immer noch am Leben.« Er nickte Ferguson zu. »Sie wissen, wo Sie mich abholen lassen können, wenn Sie das wirklich vorhaben. Sonst fahre ich morgen nach Dauncey zu der Beerdigung. Rashid bekommt seine Chance.«

Er drehte sich um und ging hinaus.

»Lassen Sie ihn tatsächlich einsperren, Sir?«, fragte Hannah.

»Natürlich nicht.« Ferguson seufzte. »Ich wollte bloß schauen, ob ich ihn durch einen Bluff von seinem Plan abbringen kann. In den vergangenen acht oder neun Jahren ist er mir doch ziemlich ans Herz gewachsen. Ihnen auch, habe ich den Eindruck.«

»Durchaus, Sir, aber es wäre nett, wenn Sie mir versprechen könnten, ihm das nicht zu verraten.«

»Selbstverständlich, meine Liebe. Und da ich mich absolut miserabel fühle, gehe ich jetzt wohl lieber nach Hause.«

Es war um die Mittagszeit, als Paul und Kate Rashid das Dauncey Arms betraten. Betty Moody stand hinter der Theke; die üblichen Gäste aus dem Ort waren ebenfalls da. Alle erhoben sich.

»Nein, Freunde, setzt euch wieder«, sagte Rashid. »Gib allen einen aus, Betty, aber ich bin hungrig wie ein Wolf. Mach mir irgendwas zu essen.«

In ihren Augen standen Tränen. Sie hob die Hand und berührte sein Gesicht. »Ach, Paul«, sagte sie, und da brach auch Kate in Tränen aus. Betty ergriff ihre Hand und hob die Klappe an der Theke. »Hör auf zu heulen, Mädchen. Das sage ich dir schon, seit du denken kannst. Komm und mach dich in der Küche nützlich.«

Später, als die beiden gegessen hatten, öffnete Betty eine Flasche Champagner für sie, und sie setzten sich ans Kaminfeuer.

»Morgen«, sagte Kate zögernd. »Die Bestattung. Du hast nicht viel gesagt.«

»Die Trauerfeier in der Kirche ist um halb zwölf. Diesmal beschränken wir die Zahl der Einladungen, Betty. Keine öffentliche Trauerfeier wie das letzte Mal. Die Leute aus dem Dorf sind aber willkommen. Du könntest uns hier im Pub ein Büfett anrichten. Aber wir wollen keine Umstände. Nach der Bestattung will ich noch nicht mal Personal im Haus haben.«

»Ganz wie du willst, Paul, überlass es nur mir.«

Sie ging davon. »Wird er kommen?«, fragte Kate.

»O ja, er wird kommen«, entgegnete ihr Bruder. »In meinem ganzen Leben war ich mir noch nie so sicher.«

Dillon besuchte Harry im Rosedene und fand ihn im Bett sitzend vor, von Kissen gestützt. Dora, der Inbegriff der Bardame, hatte sich in eine Krankenschwester verwandelt und kümmerte sich um ihn.

»Pass bloß auf«, warnte Dillon sie. »Wenn du weiterhin so gute Arbeit leistest, kommt der alte Knacker womöglich noch auf die Idee, dich zu heiraten.«

Ihre Augen strahlten. »Setz ihr keine Flausen in den Kopf, die nicht zu ihrer Stellung passen!«, sagte Harry und gab Dora einen Klaps auf den Hintern. »Und du bist jetzt ein liebes Mädel und besorgst mir eine Flasche Scotch.«

Sie ging hinaus. »Du meinst, du hast sie in der Tasche, Harry«, sagte Dillon, »dabei hat sie dich da in der Hand, wo du am empfindlichsten bist. Abgesehen davon hast du ein Schweineglück. Im Grunde ist sie eine verdammt nette Frau, die alles für dich tun würde.«

»Das brauchst du mir nicht zu sagen.«

»Dann behandle sie anständig.«

Salter musterte ihn. »Weshalb habe ich wohl den Eindruck, dass du nicht gerade bester Laune bist?«

»Na ja, im Leben geht's doch für uns alle manchmal rauf und manchmal runter. Ich war bei Hannah. Du weißt ja Bescheid. Sie mag mich und sie hasst mich und sie macht sich Sorgen um mich.«

»Du hast doch irgendeinen Blödsinn vor«, sagte Harry. »Mensch, Dillon, du fährst tatsächlich morgen nach Dauncey zu dieser Doppel-Beerdigung.«

»Es ist eine Herausforderung, Harry. Er will mir selbst entgegentreten. Ich habe seine beiden Brüder umgebracht, da hat er das Recht dazu.«

»Weißt du was, alter Junge, das klingt in meinen Ohren wie ein Todeswunsch. Hast du vor, Billy mit hineinzuziehen? Sonst gibt's doch niemanden.«

»Nein. Ich sehe nachher mal im Dark Man vorbei, um was zu essen, aber Billy hat genug getan. Weißt du, Harry, er bezeichnet sich als meinen jüngeren Bruder, und auf eine gewisse Art ist er das auch geworden. Ich bringe ihn nicht wieder in Gefahr, und deshalb werde ich ihn auch nicht bitten, morgen nach Dauncey mitzukommen. Womöglich kommt der Earl auf die Idee, die Hunde auf uns zu hetzen.«

»Dann ziehst du also einen schwarzen Anzug an, fährst hin und stellst dich in der Dorfkirche von Dauncey unter die Gemeinde?«

»Es muss sein, Harry.«

»Na, das ist ja wirklich großartig! Gerade, als ich bereit war, dich als Billys älteren Bruder zu adoptieren, hast du vor, den Kopf aufs Schafott zu legen.«

Dillon stand auf. »Harry, du bist ein toller Kerl, genau wie Billy, aber manchmal kommt die Zeit ...«

»Ja, ich weiß schon. Wenn ein Mann tun muss, was ein Mann eben tun muss. John Wayne, Friede seiner Asche.« Dora kam mit einer Flasche Scotch herein, und Harry sagte: »Los, hau schon ab, Dillon, du machst mich wütend.«

Dillon ging. Harry saß da und streichelte Dora abwesend das Hinterteil, dann griff er nach dem Telefon am Bett und wählte die Handy Nummer seines Neffen. Billy war im Büro am Cable Wharf.

»Hör mal, Dillon war gerade hier. Er hat gesagt, er schaut vorbei, um was mit dir zu essen. Du weißt ja, dass Rashid sich morgen in der Kirche von Dauncey von seinen Brüdern verabschiedet, und Dillon ist entschlossen, ihm dort entgegenzutreten. Hört sich nach einer Neuauflage von Wyatt Earps Duell am OK Corral an. Außerdem will er allein hin.«

»Kommt nicht in die Tüte«, sagte Billy. »Wenn er hinfährt, dann komme ich mit. Mir ist schon klar, dass dir das womöglich nicht passt.«

»Ich bin sogar stolz auf dich, Billy, aber sag ihm das bloß nicht. Sag ihm nur, er ist bescheuert. Wir lassen ihn fahren und folgen ihm dann.«

»Wieso ›wir‹?«

»Billy, selbst wenn Dora bei mir ist, kann ich nicht ewig hier rumliegen. Zumindest kann ich dir dort mit moralischer Unterstützung dienen. Wir fahren Dillon nach.«

Im Dark Man herrschte reges Treiben; am Cable Wharf parkten viele Wagen. Zur Jahreszeit passend, regnete es am Fluss. Dillon fand im Kofferraum des Mini Cooper einen alten Regenschirm, spannte ihn auf, steckte sich eine Zigarette an und ging ein wenig spazieren.

Er war seltsam melancholisch. Es war das Gefühl, irgendwie ans Ende der Geschichte gekommen zu sein. Er empfand keinen Hass auf Paul Rashid, und was Kate betraf, so bewunderte er sie, was auch auf die meisten anderen Männer zutraf. Im Lauf der Jahre hatte er oft getötet; das war seine Natur. Er hatte es mit dem Tod seines Vaters gerechtfertigt, der auf einer Belfaster Straße in eine Schießerei zwischen

IRA-Mitgliedern und britischen Fallschirmjägern geraten war.

Aber wenn es tatsächlich seiner Natur entsprach, war der Tod seines Vaters dann nicht nur eine Ausflucht? Was sagte das über ihn aus? Er konnte geltend machen, dass er auf seine Weise all die Jahre ein Soldat gewesen war, aber konnte er Rashid verurteilen, sich selbst jedoch nicht? Der einzige Unterschied zwischen ihnen, das, was wirklich unannehmbar war, war der entsetzliche Tod von Cornet Bronsby.

Leicht verdrossen und deprimiert steckte er sich eine neue Zigarette an. »Ach, zum Teufel damit. Was ist nur in mich gefahren?«

In diesem Augenblick rief ihn jemand von der Tür des Pubs, und als er sich umwandte, sah er Billy auf sich zulaufen. Billy duckte sich unter den Schirm.

»Was hast du vor – willst du ersaufen?«

»So was in der Richtung.«

»Aha, du hast einen schlechten Tag. Da tut Sean Dillon uns allen aber furchtbar Leid.«

»Scher dich zum Teufel«, blaffte Dillon.

»Du brauchst offenbar ein gutes Essen im Dark Man und was zu trinken. Schließlich bist du nicht mehr der Jüngste. Nach allem, was wir in den letzten Wochen durchgemacht haben, kannst du einfach nicht mehr so frisch sein wie ich.«

Dillon lachte laut auf. »Du frecher Rotzlöffel!«

»Schon besser so.«

Billy führte ihn hinein. Die Theke war voll besetzt. Baxter und Hall saßen in der hintersten Nische. Als die beiden sie gefunden hatten, sagte Billy: »Macht die Fliege, ihr zwei, wir müssen was besprechen. Sagt der Süßen an der Theke, sie soll uns eine Flasche Bollinger bringen, zwei Gläser und zwei Portionen Irish Stew.«

»Womit habe ich bloß so viel Nettigkeit verdient?«, fragte Dillon.

»Ach, komm. Du hast die beiden Brüder von Rashid umgebracht, und jetzt will er dir an die Eier und erwartet von dir, dass du morgen nach Dauncey fährst und ihm entgegentrittst. Wie Superintendent Bernstein gesagt hat, willst du ihm aus gutem Grund eine Chance geben. Dabei ist *er* der Irre.«

»Ich vielleicht auch, Billy, habe ich gesagt.«

»Quatsch. Ich habe noch nie erlebt, dass du nicht genau wusstest, was du getan hast. Du sprichst mehrere Sprachen, du kannst jede Sorte Flugzeug steuern, du bist ein Meistertaucher. Harry hat mir alles erzählt. Du warst derjenige, der Rashid herausgefordert hat – und jetzt hast du die bescheuerte Idee, da ganz allein hinzuwollen. Aber das lasse ich nicht zu, und das habe ich auch Harry gesagt.«

»Der war bestimmt begeistert.«

»Er hat mir sogar zugestimmt. Er hat gesagt, wir sollen dich losziehen lassen und dir dann folgen. Dabei hat er von ›moralischer Unterstützung‹ gesprochen.«

Eines der Barmädchen brachte einen Eiskübel, Bollinger und Gläser. Dillon deutete mit dem Kinn auf Baxter und Hall, die an der Theke standen und Bier tranken.

»Zwei Gläser für die beiden.«

»Du bist so rücksichtsvoll.«

»Ich werde dir zeigen, wie rücksichtsvoll ich sein kann. Ich lasse dir tatsächlich deinen Willen. Du darfst mit mir die Straße hinabgehen, genau wie in einem schlechten Film. Ich besorge zwei Walther und Titanwesten, denn er meint es ernst, Billy. Wie Hannah Bernstein gesagt hat, kann er nicht weiterleben, solange ich am Leben bin. Dich würde er natürlich auch gern kriegen.«

»Ich weiß«, sagte Billy, »aber ich werde dir den Rücken decken.«

»Nur eines noch, Billy. Ferguson weiß, was ich vorhabe, und wird mich nicht aufhalten, aber Harry wird wirklich allmählich älter, auch wenn er noch so viele Witze darüber reißt. Ich will nicht, dass er sich Sorgen um dich macht.«

»Und was tun wir dagegen?«

»Du rufst ihn heute Abend spät im Rosedene an und erzählst ihm, Ferguson hätte mich in den Bau stecken lassen, um mich vor einer Dummheit zu bewahren. Am Morgen verschwinden wir beide dann nach Dauncey. Du stellst die Limousine. Die Trauerfeier ist um halb zwölf. Bist du einverstanden?«

»Das wird er mir nie verzeihen – aber in Ordnung.«

Dillon prostete ihm zu. »Cheers, wie ihr im East End sagt. Und, Billy, trag einen schwarzen Anzug, wenn es geht. Ich habe auch einen an.«

»Der Leichenbestatter-Look?«

»Genau.«

»Fantastisch.« Das Mädchen brachte das Irish Stew. »Ich kann es kaum erwarten«, sagte Billy und rief Joe Baxter und Sam Hall herbei. »Joe, gleich morgen früh brauche ich den Jaguar. Dillon und ich machen eine Landpartie. Wir fahren zu den Rashids nach Dauncey, also zieh eine Chauffeursuniform an. Wir gehen zu einem Begräbnis.«

»Alles klar, Billy.«

Billy blickte zu Hall empor. »Du musst für mich das Lagerhaus managen und die Schwarzmarktzigaretten aus Calais in Empfang nehmen. Und noch was. Harry darf nichts erfahren, sonst will er mitkommen, also haltet schön die Klappe. Eine Kugel hat er schon abbekommen.«

»Und wir wollen nicht, dass er noch eine abbekommt«, fügte Dillon hinzu.

Baxter nickte. »Also bin ich die Sorte Chauffeur, die eine Kanone im Handschuhfach stecken hat?«

»Richtig. Dieser Rashid ist ein ganz übler Typ; ihr kennt die Geschichte ja, Jungs. Übrigens, Joe, wenn du lieber nicht mitkommen willst ...«, sagte Billy.

Baxter war sichtlich entrüstet. »Hör auf, mich zu beleidigen, Billy. Schließlich sind wir zusammen, seit wir siebzehn waren.«

Billy widmete sich wieder seinem Irish Stew. »Wenn Harry sich nach mir erkundigt, sagst du, man hätte mich wegen dieser Schnapslieferung nach Southhampton bestellt.«

»Er wird im Quadrat springen, wenn er die Wahrheit erfährt, Billy«, sagte Hall.

»Na, das wäre nicht das erste Mal. Dora wird ihn schon beruhigen und ihm zeigen, dass er immer noch ein echter Mann ist. Ich hoffe, ich kann mich auf euch verlassen. Und jetzt bestellt euch was zu essen.«

»Da gehen wir also wieder schweren Zeiten entgegen?«, fragte Dillon.

»Genau.« Billy grinste. »Du hast mein Leben verändert, Dillon, weil du mich davon überzeugt hast, dass ich ein Hirn im Kopf habe. Was war ich vorher? Ein Gangster dritten Ranges mit vier lausigen Gefängnisstrafen. Und wie viele Leute habe ich inzwischen in Situationen, in die du mich reingezogen hast, schon umgelegt? Du weißt doch noch: ›Ein ungeprüftes Leben ist nicht lebenswert.‹ Nachher rufe ich Harry an und seife ihn kräftig ein.«

»Wie er sagen würde, du junger Bastard.«

»Ich habe schon eine tolle Idee. Soweit ich gehört hab, spielen sie in diesem kleinen Theater – dem Old Red Lion – ein Stück von Brendan Behan über die IRA. Es heißt *Die Geisel.*«

»Ein Meisterwerk.«

»Toll. Wie wär's, wenn wir's uns anschauen. Dann haben wir heute Abend was zu tun ... und vielleicht erfahre ich dabei sogar was über dich.«

»Einverstanden«, sagte Dillon.

Die Aufführung war ein großer Erfolg. Nachher diskutierten sie in einer Kneipe über die Aussagen des Stücks. Joe Baxter, der sie zum Old Red Lion gefahren und das Stück gezwungenermaßen mit angesehen hatte, saß verständnislos dabei.

Als sie Dillon an den Stable Mews abgesetzt hatten, rief Billy Harry im Rosedene an.

»Hoffentlich ist es nicht zu spät?«

»Ich kann nicht einschlafen Billy; ich liege einfach schon zu lang im Bett. Also, was ist aus Dillon geworden? Ich habe erwartet, dass du dich früher meldest.«

»Ich habe mich mit ihm zum Mittagessen im Pub getroffen, und er hat ständig von seiner Fahrt dahin erzählt, aber heute Abend hat sich was Neues ergeben.«

»Was Neues?«

»Na ja, Ferguson hatte ihn davor gewarnt, zur Beerdigung zu gehen, und als Dillon nicht versprochen hat, seine Anordnungen zu befolgen, hat er ihn vom Special Branch abholen lassen. Irgendwie ging es um Dillons Zeit bei der IRA.«

»Aber das hat Ferguson doch aus dem Register löschen lassen, als Dillon zugestimmt hat, für ihn zu arbeiten!«

»Na ja, in den Bau geschickt hat er ihn trotzdem.« Billy erwärmte sich richtig für seine Story. »Sie haben in ins West End Central gesteckt. Wenigstens gibt's dort anständige Zellen.«

Harry Salter war außer sich. »Was für eine verfluchte Schande! Ferguson hat Dillon sein Wort gegeben, als er ihn damals aus dem serbischen Gefängnis geholt hat!«

»Tja, er ist eben ein typisches Mitglied der Upperclass, der General«, sagte Billy. »Das ist die Klassengesellschaft, Harry. Unser Land leidet noch immer darunter.«

»Und wir sollen wohl die bösen Buben spielen?« Harry schämte vor Wut. »Wehe, wenn ich Ferguson das nächste Mal sehe. Ich habe gedacht, er wäre ein echter Brite.«

»Harry, das ist schlecht für deinen Blutdruck. Schlaf dich jetzt mal aus. Morgen komme ich vorbei.«

In den Stable Mews kleidete Dillon sich am folgenden Morgen sorgfältig an. Wie er Billy gesagt hatte, wählte er einen schwarzen Anzug, ein weißes Hemd und eine schwarze Krawatte.

»Mensch, Junge«, sagte er zu seinem Spiegelbild. »Du siehst aus, als würdest du dich um eine Rolle als

Mafia-Killer im vierten Teil des *Paten* bewerben.« Stirnrunzelnd fügte er leise hinzu: »Geht es bei diesem ganzen Straßentheater nur darum? Womöglich all die Jahre seit dem Anfang in Belfast?«

Es läutete an der Tür. Er ging in den Flur und holte einen schwarzen Armani-Mantel und die Waffentasche aus dem Schrank.

Als er die Tür aufmachte, stand Billy vor ihm. In seinem schwarzen Anzug und der passenden Krawatte sah auch er ungewohnt elegant aus. Baxter lehnte uniformiert am Jaguar.

»He, du schaust toll aus«, sagte Billy.

Dillon öffnete die Waffentasche und nahm eine Titanweste heraus. »Wie du weißt, hält dieses Ding eine Kugel aus einer Fünfundvierziger aus nächster Nähe aus. Meine Weste trage ich schon unter dem Hemd. Komm in die Garderobe und zieh die da an, Billy. Wir warten so lange.«

»Wenn's sein muss.«

Während Billy ins Haus ging, nickte Dillon Baxter zu. »Mach den Kofferraum auf, Joe.«

Baxter gehorchte. Dillon legte die Waffentasche und seinen Mantel hinein, dann öffnete er die Tasche wieder. Aus der Waffensammlung wählte er einen Browning und einen Schalldämpfer.

»Wenn du Glück hast, brauchst du ihn nicht, Joe, aber andererseits ...«

Baxter lächelte kühl. »Wer weiß?« Er öffnete die Fahrertür, griff nach dem Handschuhfach und ließ die Waffe hineingleiten. Wenig später kam Billy heraus, einen Mantel über dem Arm.

»Der ist wohl für mich, Dillon.«

»Es könnte regnen.«

»Toll. Andererseits könnte man auch eine Uzi in diesen Taschen unterbringen. Ich gehe gern im Regen spazieren. Da ist man ganz in seiner eigenen Welt. Los geht's.«

Sie stiegen hinten ein, und Baxter fuhr los.

Harry saß aufrecht im Bett, Dora neben sich, und aß ein gekochtes Ei mit Toaststreifen. Er hatte eine schlaflose Nacht hinter sich, weshalb es schon spät am Vormittag war. »Ruf im Büro an«, sagte er. »Ich will mit Billy sprechen.«

Sie gehorchte, dann drehte sie sich um, das Telefon in der Hand. »Billy ist nicht da. Es ist Sam Hall.«

Harry griff nach dem Hörer. »Wo ist er, Sam?«

»Es gab Probleme mit der Schnapslieferung, da hat man ihn nach Southhampton bestellt.«

»Na, das hätte er mir ja sagen können. Ich rufe ihn auf seinem Handy an.«

Hall geriet in Panik. »Das habe ich gerade auf seinem Schreibtisch gefunden, Harry«, brachte er heraus.

»Dieser dumme junge Hund. Na schön, wenn er anruft, sag ihm, er soll sich bei mir melden.«

Als Major der Reserve hatte Paul Rashid das Recht, bei entsprechenden Gelegenheiten Uniform zu tragen. Während er seinen Waffenrock anzog und vor dem Spiegel seiner Kommode die Knöpfe mit dem Zeichen der Grenadier Guards zurechtrückte, boten seine Auszeichnungen einen prächtigen Anblick. Er griff nach seiner Uniformmütze und ging hinaus.

Den Mittelpunkt von Dauncey Place bildete im ersten Stock eine große, ringförmige Galerie, von der alle wichtigen Räume abgingen. Eine Treppe führte hinab in den Großen Saal, nach oben wand sich eine Wendeltreppe zum Glockenturm, der sich über dem alten Bau erhob. Paul rückte seine Mütze zurecht, ging die Treppe hinab und sah Kate am offenen Kamin stehen, in dem ein Feuer brannte. Betty Moody wartete in einem schwarzen Kostüm in der Nähe.

Betty trat auf ihn zu, hob die Hand und gab ihm einen Kuss auf die Wange. »Ach, Paul, du siehst großartig aus.«

»Das ist das Mindeste, was ich für die Jungs tun kann. Die Fallschirmjäger wollten eine Ehrenwache und einen Trompeter für George schicken, aber ich habe dir ja gesagt, dass Kate und ich es dezent halten wollen.«

»Ich bin nur vorbeigekommen, um die letzten Vorkehrungen zu besprechen. Das Büfett im Pub ist aufgebaut, Champagner steht auch bereit. Du willst doch Champagner haben?«

»Schließlich feiern wir das Leben der beiden«, erwiderte Rashid.

»Und nachher? Du hast gesagt, dann willst du niemanden im Haus haben, nicht mal das Personal.«

»Kate und ich werden das Büfett rasch verlassen, nachdem wir alle begrüßt haben. Wir wollen unsere Ruhe haben, wollen allein sein.«

»Selbstverständlich. Ich gehe jetzt. Bis später.«

Sie ging hinaus, und die große Eingangstür schlug mit einem lauten Knall zu. Kate trug eine schwarze Jacke über einem schwarzen Overall, eine Goldkette um den Hals und Ohrringe mit Diamanten.

»Du siehst sehr hübsch aus«, sagte er.

»Und du siehst großartig aus. Wie ein echter Held.«

»Es wäre schön, wenn man so denken könnte, kleine Schwester. Gehen wir?«

Sie holten den Range Rover aus den Stallungen. Kate setzte sich ans Steuer, fuhr die lange Einfahrt entlang, bog in den Ort ab und parkte am Dorfplatz. Ein paar andere Wagen standen schon da.

Als sie ausstiegen und zur Tür des Dauncey Arms gingen, kamen sie an dem geparkten Jaguar vorbei, neben dem Joe Baxter in seiner Uniform stand. Im eleganteren Teil des Pubs drängten sich viele Menschen, hauptsächlich Einheimische. Mitten unter ihnen standen Dillon und Billy in ihren schwarzen Anzügen und Mänteln am Kamin.

Kate sog die Luft scharf ein. »Er ist gekommen.«

»Hast du das nicht erwartet?« Rashid ging gemeinsam mit ihr durch die Menge, schüttelte Hände und dankte den Trauergästen fürs Kommen.

»Schön, dass Sie kommen konnten, Dillon.«

»Ein großartiger Auftritt«, erwiderte Dillon.

»Freut mich, dass es Ihnen gefällt. Die Mäntel sind aber auch sehr hübsch. Erstaunlich, was in diese großen Taschen passt. Und wie aufmerksam von Ihnen, Ihren Freund mitzubringen.«

»Was haben Sie vor – wollen Sie's mir wegen Rama heimzahlen? Mir antun, was Sie mit Bronsby gemacht haben?« Billy schüttelte den Kopf. »Versuchen Sie's bloß, mehr will ich gar nicht sagen.«

»Paul, gehen wir«, sagte Kate.

Betty kam mit finsterem Blick herbei. »Gibt es Probleme?«

»Überhaupt nicht. Diese Herren sind Freunde von mir.« Rashid lächelte. »Nachher gibt es Büfett und Champagner.« Betty wandte sich ab. »Und dann erwarte ich Sie in Dauncey Place, wenn Sie mir das Vergnügen machen wollen.«

»Na, das Vergnügen mache ich Ihnen gern, verflucht noch mal«, erwiderte Billy.

»Ausgezeichnet. Ich freue mich darauf. Komm, Kate.« Die beiden wandten sich ab.

Ab elf Uhr füllte sich die Kirche allmählich mit Menschen. Dennoch standen draußen nur wenige Limousinen, ganz anders als bei der Bestattung des alten Earls und von Lady Kate. Wie Rashid es gewollt hatte, waren die Schönen und Mächtigen praktisch ausgeschlossen. Wie früher hatte allerdings einer der bedeutendsten Imams von London eingewilligt, gemeinsam mit dem Dorfpfarrer aufzutreten, ein Zeichen für die Liberalität des Islam, die von Außenseitern oft nicht wahrgenommen wird.

Dillon trat mit Billy ein. Einige Trauergäste setzten sich, andere gingen umher, um die marmornen Grabsteine der vor langer Zeit Verstorbenen zu betrachten. Billy ging voraus und schloss sich ihnen an. Plötzlich blieb er stehen und winkte Dillon herbei.

»Schau dir mal diesen Typen an: Sir Paul Dauncey. Da steht, er ist fünfzehnhundertzehn gestorben.«

»Das war der erste Paul«, sagte Dillon. »Er hat in Bosworth für Richard III. gekämpft, also an einem schlechten Tag für seine Partei. Anschließend ist er nach Frankreich entkommen, bis der neue König, Henry Tudor, ihn begnadigt hat.«

»Woher weißt du das alles?«

»Ich hab's nachgeschaut Billy. Steht alles im *Debrett's* – das ist die Bibel der englischen Aristokratie.«

Billy blickte auf Sir Paul Dauncey hinab. »Der sieht wirklich so aus wie Rashid.«

»So was kommt in Familien vor, Billy.«

»Ich will dir mal was sagen – der sieht wie ein harter Knochen aus.«

»Er sieht wie ein Krieger aus, Billy, und das war er auch.« Dillon zuckte die Achseln. »Rashid ist es ebenfalls, und du, ehrlich gesagt, auch. Erinnerst du dich noch, was ich dir mal gesagt habe? Es gibt Männer der rauen Art, die sich um die Dinge kümmern, mit denen gewöhnliche Menschen im Leben nicht fertig werden. Normalerweise sind sie Soldaten der einen oder anderen Couleur.«

»Genau wie du und ich.«

»In gewisser Hinsicht, ja.« Dillon lächelte. »Aber jetzt setzen wir uns mal, am besten hinten.«

Die Gemeinde kam zur Ruhe, die Orgel setzte ein, und Major Paul Rashid, der Earl von Loch Dhu, kam mit Lady Kate Rashid durch den Haupteingang, gefolgt von Angestellten des Bestattungsinstituts, die die beiden Särge trugen, einen hinter dem anderen. Beide waren mit der britischen Fahne drapiert. Auf dem Sarg von George lag das rote Barett der Fallschirmjäger, auf dem von Michael die Mütze, die er beim Abschied aus Sandhurst getragen hatte, auf beiden die zeremonielle Jambiya der Anführer der Rashid-Beduinen. Aus der Sakristei war der Pfarrer getreten, gefolgt vom Imam.

Es herrschte Schweigen, dann sagte der Pfarrer: »Wir sind hier, um des Lebens zweier junger Männer zu gedenken. George und Michael haben den Namen der Rashids, aber auch den der Dauncey getragen. Ihr Geschlecht ist aufs Engste mit unserem Dorf verbunden, das seit dem fünfzehnten Jahrhundert ihren Namen trägt.«

Die Trauerfeier begann.

Später regnete es, als die Särge zum Mausoleum der Familie getragen wurden. Die Gemeinde folgte; einer der Leichenbestatter hielt einen riesigen schwarzen Regenschirm über Rashid und Kate. Baxter hatte den Jaguar am Tor des Kirchhofs abgestellt. Billy lief zu ihm und kam mit einem Schirm zurück.

»Mann, ich habe noch nie so viele Regenschirme gesehen.«

»Das ist das Leben, das die Kunst imitiert. Ich könnte jetzt eine Zigarette und einen großen Bushmills gebrauchen, und zwar in dieser Reihenfolge.«

»Also gehen wir zu diesem Büfett im Pub?«

»Warum nicht? Mitgefangen, mitgehangen.«

Er drehte sich um und ging davon und Billy folgte ihm.

15

Als sie zum Jaguar kamen, stieg Joe Baxter aus und Dillon sagte: »Wir gehen zu Fuß. Du wartest am Dorfplatz, Joe.«

Baxter warf einen Seitenblick auf Billy, der sagte: »Was er sagt, läuft auch. Tu's einfach.«

»Wie du willst, Billy.«

Er stieg ein und fuhr davon, während Dillon sich eine Zigarette ansteckte. »Wir sind noch nicht ausgerüstet.«

»Das hat Zeit, Billy, viel Zeit. Machen wir einen kleinen Spaziergang.« Während sie auf den Dorfplatz zugingen, hielt Billy den Regenschirm über ihre Köpfe.

In London rief Harry Salter bei Sam Hall an, hatte aber Schwierigkeiten, ihn ans Telefon zu bekommen. Eine junge Sekretärin sagte ihm, Sam kümmere sich gerade um eine Lieferung am Fluss. In Wahrheit war Sam schlicht und einfach in Deckung gegangen.

Völlig frustriert befahl Harry Dora, seinen Wagen samt Fahrer zu bestellen, und zog sich an. Sie musste ihm helfen, weil er mit seiner Wunde an der Schulter eine Schlinge brauchte. Während sie herumhantierte, sah die Oberschwester herein.

»Haben Sie etwa vor, sich selbst zu entlassen, Mr. Salter?«

»Nein, ich gehe einfach nach Hause. Ich komme jederzeit zurück, wenn Sie mich untersuchen wollen.«

»Tja, Professor Bernstein ist gerade hier, um sich General Ferguson anzuschauen, aber ich glaube, das wird nicht lange dauern.«

»Sie sagen, Ferguson ist hier?«

»Ganz recht.«

»Zeigen Sie mir, wo!«

Wenig später saß Harry wütend in einem Wartebereich. Eine Tür ging auf und Ferguson trat heraus, gefolgt von Arnold Bernstein, der eine Aktentasche in der Hand trug.

»Ach, Harry«, sagte Ferguson.

»Nennen Sie mich bloß nicht Harry, Sie alter Trottel!«

»Ich kann mich nicht erinnern, Ihnen gesagt zu haben, dass Sie aufstehen dürfen, Mr. Salter«, sagte Bernstein.

»Na, ich bin trotzdem auf, und ich verschwinde gleich ganz. Ich unterschreibe alles, was Sie wollen, aber vorher habe ich ein Hühnchen mit seiner Hoheit da zu rupfen.«

»Ach, du meine Güte, gibt es Ärger?« Bernstein seufzte. »Ich sehe mal nach meiner Tochter. Ich bin gleich zurück – ich kann Sie nur dringend auffordern, meine Ratschläge zu befolgen. Zumindest brauchen Sie die geeigneten Medikamente.«

Er ging davon, und Harry wandte sich Ferguson zu. »Was für ein Bastard Sie doch sind! Dillon einfach einzulochen!«

»Wovon zum Teufel reden Sie da?«, fragte Ferguson.

»Billy hat's mir gestern Abend erzählt. Sie haben ihn vom Special Branch einkassieren lassen, auf Grund der alten IRA-Sachen, die Sie angeblich haben löschen lassen. Und jetzt sitzt er im West End Central, damit er nicht nach Dauncey zur Beerdigung fahren und Rashid gegenübertreten kann.«

»Ich habe Dillon angewiesen, nicht zu fahren«, sagte Ferguson, »aber er hat nicht auf mich gehört. Sie sagen, Billy hat Ihnen diese Geschichte erzählt?«

»Ja.«

»Wo ist er? Rufen Sie ihn doch mal an!«

»Er ist nicht erreichbar. Irgendwas in Southhampton.« Ein Ausdruck des Schreckens trat auf sein Gesicht. »O Gott, er hat mich angelogen. Dillon ist doch hingefahren.«

»Und ich glaube, Sie werden feststellen, dass Billy mitgefahren ist, um ihm den Rücken frei zu halten. Das ist die einzige logische Erklärung für seine Abwesenheit.«

»Ich habe gewusst, dass er hin wollte, und ich habe gesagt, ich fahre mit.«

»Na, jetzt wird mir so manches klar. Sie haben genug mitgemacht, und da wollte er Sie aus der Sache raushalten. Wissen Sie, eine direkte Konfrontation mit Rashid wird sich wahrscheinlich wie ein Spaghetti-Western abspielen.«

»Und Sie lassen so was zu? Sie sind ja schlimmer als ich.«

»Wegen der Verbindung, die sich in den letzten Jahren zwischen uns ergeben hat, habe ich Sie gründlich überprüfen lassen«, sagte Ferguson. »In Ihrer Glanzzeit als einer der wichtigsten Guvnors – ich glaube, so lautet der Ausdruck – hatten Sie eine Auseinandersetzung mit den Corelli-Brüdern. Alle drei sind spurlos verschwunden. Dann war da noch Jack Hedley, der den Spitznamen Mad Jack trug. Den hat man in einer Gasse nahe der Brewer Street gefunden. Ich könnte Sie noch an ein paar weitere Namen erinnern.«

»Na schön«, gab Harry zu, »das waren geschäftliche Angelegenheiten. Nur damit habe ich mich befasst. Mit Huren oder Drogen hatte ich nie was im Sinn.«

»Ich weiß, Harry, Sie haben einfach Leute umgebracht, die Ihnen in den Weg gekommen sind. Ich tue dasselbe oder lasse es tun. Es gibt immer einen guten Grund. Das ist mein Job, Harry, es sind geschäftliche Angelegenheiten.«

»Worauf wollen Sie hinaus?«

»Ich habe genug von Rashid. Das muss ich nicht genauer ausführen. Sie wissen, wofür er verantwortlich ist. Seine beiden Brüder sind erledigt, dank Dillon. Auch Bell und seine Spießgesellen sind aus dem Spiel. Damit bleibt nur noch Paul Rashid, und der muss auch verschwinden.«

»Aber trotzdem wollten Sie nicht, dass Dillon zu dieser Beerdigung fährt und die Herausforderung von Rashid annimmt.«

»Dann bin ich ein Lügner, Harry. Ich habe Dillon zwar ein wenig unter Druck gesetzt, aber mir war klar, er würde fahren, und wenn er Rashid auf die richtige Weise beseitigt, ist mir das recht. Wissen Sie, Dillon ist ein bemerkenswerter Mensch – nicht nur wegen seiner vielen Begabungen, seines wachen Verstands und der Tatsache, dass er töten kann, ohne damit ein Problem zu haben.«

»Und was haben Sie ausgelassen?«

»Es ist ihm egal, ob er am Leben bleibt oder nicht.«

»Das ist gut, das ist sehr tröstlich – und mein Neffe schlägt in dieselbe Richtung?«

»Ihr Neffe war, um einen Ausdruck aus der Unterwelt zu gebrauchen, ein echter Halunke. Sein Umgang mit Dillon in den letzten Jahren hat ihm ein Selbstwertgefühl vermittelt. Außerdem ist er ziemlich helle.«

»Na schön, das ist mir jetzt klar, aber was unternehmen wir?«

Ferguson warf eine Blick auf seine Armbanduhr. »Die Trauerfeier hat um halb zwölf begonnen. Anschließend gibt es im Dauncey Arms ein Büfett, hauptsächlich für die Einheimischen. Da es jetzt halb eins ist, können wir wohl nicht viel tun, außer uns auf Dillon zu verlassen.«

»Und was ist mit Billy?«

»Natürlich auch auf Billy.«

Bernstein kam zurück. »Wollen Sie immer noch fort, Mr. Salter?«

»Es muss sein«, sagte Harry.

»Na gut. Kommen Sie zur Rezeption, dann schreibe ich Ihnen die richtigen Antibiotika auf, aber ich bestehe darauf, dass Sie beide morgen um zehn in meine Praxis in der Harley Street kommen. Da kann ich Ihren Streit dann schlichten.«

Im Dauncey Arms aß man und trank Champagner, während Betty Moody alles unermüdlich im Auge behielt. Dillon und Billy gesellten sich dazu, aßen etwas Salat, Räucherlachs, Kartoffeln. Billy trank, wie üblich, nur Wasser; Dillon probierte den Champagner und verwarf ihn als ziemlich minderwertig.

Eine junge Frau beugte sich über die Theke. »Sind Sie Mr. Dillon?«

»Ganz recht, meine Liebe.«

»Dieser Champagner hier ist für Sie.« Sie hielt die Flasche hoch. »Cristal.«

»Der Beste«, sagte Dillon. »Wer hat mir denn den spendiert?«

»Natürlich der Earl, Sir.«

Während sie die Flasche entkorkte, blickte Dillon sich um. Rashid war nirgendwo zu sehen. Das Mädchen goss ein und bot auch Billy ein Glas an, doch dieser lehnte mit einer Handbewegung ab.

»Der Earl ist offenbar nicht hier.« Dillon leerte das Glas mit einem einzigen Zug.

Das Mädchen sah verwirrt drein. »Das ist merkwürdig, Sir. Gerade hat er noch mit Lady Kate am Kamin gestanden.«

»Hat er noch was anderes gesagt?«

»O ja, er hat gesagt, wenn Sie ihn besuchen, spendiert er Ihnen die andere Hälfte.«

»Na, das ist aber nett von ihm.«

»Noch ein Glas, Sir?«

»Nein, danke. Ich nehme jetzt ein großes Glas Bushmills. Womöglich ist es mein letztes. Kein Wasser.«

Sie reichte es ihm. Betty Moody kam aus der Küche, das Gesicht vom Weinen geschwollen. Dillon hob sein Glas.

»Ein schrecklicher Tag für Sie, Mrs. Moody.«

»Für uns alle.«

»*L'chaim*«, sagte Dillon und goss den Bushmills hinunter.

»*L'chaim*? Was bedeutet das?«

»Das ist ein hebräischer Trinkspruch und bedeutet: Aufs Leben!« Er stellte sein Glas ab, wandte sich Billy zu und sagte: »Wir müssen gehen.« Dann führte er ihn hinaus.

Auf Dauncey Place war es still, als Rashid und seine Schwester durch die wuchtige Tür kamen und den Großen Saal betraten. Wie er angeordnet hatte, war niemand vom Personal im Haus; es gehörte ganz ihnen. Im Kamin brannten Holzscheite, und auf dem Tisch in der Mitte stand ein Eiskübel mit einer Flasche Bollinger und vier Gläsern. Rashid half Kate aus dem Regenmantel und machte sich daran, die Champagnerflasche zu öffnen.

»Wieso vier Gläser?«, fragte sie.

»Für uns, Dillon und Billy Salter.« Er schenkte ein. »Sie kommen, und ich bin ein aufmerksamer Gastgeber, sowohl als Rashid wie als Dauncey.« Er reichte ihr ein Glas und hob das seine. »Auf uns, kleine Schwester, auf George und Michael und auf Dillon.«

Sie trank einen kleinen Schluck. »Du hasst ihn also nicht.« Es war eine Feststellung, keine Frage.

Er zuckte die Achseln. »Kate, unser Vater war Soldat und hat das Risiko des Soldatenlebens auf sich genommen. Sean Dillon ist Soldat, auch ich bin noch immer einer, George hat in Hazar als Soldat gehandelt und Michael in Wapping. Jedes Mal ist Dillon dasselbe Risiko eingegangen.«

»Glaubst du das wirklich?«

»Natürlich.« Er hob sein Glas. »Auf Sean Dillon und auf Paul Rashid, zwei tapfere Männer!«

»Willst du wirklich tun, was du angekündigt hast, Bruder?«, fragte Kate.

»Mein liebes Mädchen, ich habe alles getan, was möglich war. Ich habe mein Leben aufs Spiel gesetzt und unglaubliche Reichtümer angehäuft, doch wie viel Geld kann man letzten Endes ausgeben?«

»Was ist dann von Bedeutung?«

»Ach, ich vermute, Dillon würde sagen: das Spiel.«

»Und so siehst du es auch?«

Er trank seinen Champagner aus und lachte laut auf. »O ja, Kate, das einzige Spiel, das es wert ist.«

Das Feuer knisterte, sonst war es ganz still. Sie ließ den Blick durch den Großen Saal schweifen. »Alles, was wir als Daunceys je gewesen sind.«

»Und alles, was gestern war.«

»Was wird nun geschehen?«

»Dillon kommt mit Billy Salter.«

»Und was hast du vor?«

»Ihm entgegenzutreten, Kate, was eine wesentlich interessantere Aussicht ist als die, noch eine Milliarde zu scheffeln.«

Eine lange Pause entstand, dann seufzte sie. »Du hast mir keine Antwort gegeben, Paul.«

Neben dem Eiskübel lagen zwei kleine Sender. Er hob einen auf. »Das sind ganz einfache Dinger. Drück den roten Knopf, dann bist du in Kontakt mit mir.«

»Aber wozu?«

Er lächelte. »Das erkläre ich dir schon, aber zuerst musst du ein letztes Glas mit mir trinken.«

»Das gefällt mir nicht. Es ist, als würdest du dich verabschieden.«

»Niemals, mein Liebling. Wir werden immer zusammen sein, immer.«

Dillon und Billy trafen auf Baxter, fuhren im Jaguar zu Dauncey Place und parkten im Hof vor den Ställen. Sie stiegen aus, Baxter klappte den Kofferraum auf, und Dillon zog den Reißverschluss der Waffentasche auf.

Er nahm die beiden Walther-Pistolen heraus, steckte sich die eine hinten in den Gürtel und reichte Billy die andere.

»Reicht das?«, fragte Billy.

»Nein.« Dillon holte zwei Parker-Hales heraus. »Genau wie in Rama.« Er steckte eine in die linke Tasche seines Mantels.

»Also, wie gehen wir es an?«, erkundigte sich Billy.

»Falls er sich keine Verstärkung geholt hat, ist er mit seiner Schwester allein da drinnen; und Kate können wir wohl vernachlässigen.«

»Woher willst du das wissen?«

»Nur ein Gefühl.«

»Also klopfen wir am Vordereingang?«

»Vielleicht ist schon offen. Schauen wir mal. Du kommst mit, Joe. Und steck deinen Browning ein.«

Die drei stiegen die Stufen des großen, mit Säulen geschmückten Portals empor. Dillon versuchte es erst mit der verschnörkelten Klinke, dann mit dem Ring in einem Löwenmaul. Die Tür öffnete sich ein paar Zentimeter, doch er zog sie wieder zu.

»Eine allzu offensichtliche Einladung. Versuchen wir es an der Terrasse.«

Genau, wie Rashid es vorausgesehen hatte. Sie bewegten sich an der Reihe von Glastüren entlang, hinter denen sich die Bibliothek befand. Eine davon stand offen.

»Ach, er gibt uns eine Chance.«

Drinnen stand zwischen reich verzierten Vorhängen ein Bücherschrank von der Sorte, die meist hinter einer im italienischen Stil des siebzehnten Jahrhunderts bemalten Türe verborgen ist. Er war geöffnet. Kate stand davor.

»Was nun?«, fragte Billy.

»Ich nehme den Vordereingang, du gehst hier rein, aber pass auf, dass du mich nicht versehentlich abschießt.« Dillon sah Baxter an. »Du gehst an die Hinterseite des Hauses. Schieß mit deinem Browning dreimal in die Luft und nimm vorher den Schalldämpfer ab, damit er's hören kann.«

»Und denkt, wir kommen von dort? Das ist doch Bockmist«, wandte Billy ein.

»Schon klar, aber was Besseres fällt mir nicht ein. Es kommt sowieso darauf an, was Rashid vorhat, Billy.« Dillon wandte sich an Baxter. »Los. Wir gehen gleich rein. Bis später, Billy.«

»In der Hölle«, sagte Billy.

»Abgelehnt. Eine Flasche Champagner für mich und Irish Stew für uns beide im Dark Man.« Damit schlich Dillon sich davon.

Kate, die alles gehört hatte, schloss die Tür des Bücherschranks und nahm Kontakt mit ihrem Bruder auf. Er meldete sich sofort. »Was gibt's?« Sie berichtete es ihm. »Gut«, sagte er, »ich locke ihn auf den Glockenturm und trete ihm auf der Engelsterrasse entgegen. Du hältst dich raus.«

Er schaltete aus. Oben auf der Galerie trat er zur Balustrade, in den Händen ein AK 47 mit Schalldämpfer und eingeklapptem Schaft. Noch immer trug er seine Uniform, aber ohne die Mütze. Er wartete.

Die Schüsse krachten, Baxter rannte los, Billy drückte die Glastür auf und trat ins Haus. Dillon drehte am Haupteingang den Ring im Löwenmaul und schob sich ebenfalls hinein.

Der Saal war voller Schatten; die Flammen der brennenden Scheite warfen seltsame Glanzlichter. Dillon stand hinter den Stühlen des gewaltigen Esstisches. Rashid sah ihn einen Augenblick lang an, ohne abzudrücken.

»He, Dillon. Was soll der große Mantel? Da steckt wohl eine Parker-Hale in der Tasche?« Dillon duckte sich, die Walther in der Hand. »Ich kann Sie sehen – durch ein Infrarotvisier. Ich bin hier oben auf der Galerie. Nehmen Sie die Haupttreppe und dann das, was wir den Blauen Bogen nennen, zur Wendeltreppe auf den Glockenturm. Über dem Dach erhebt sich die Engelsterrasse. Dort erwarte ich Sie, falls Sie den Mumm haben. Wenn Sie eine Maschinenpistole brauchen, okay, aber mir reicht auch eine Walther oder die bloßen Fäuste.«

Er lachte. Die Tür zur Bibliothek ging knarrend auf. »Bist du da, Dillon?«, flüsterte Billy.

Mit seinem Infrarotvisier zielte Rashid auf Billys Brust und drückte zweimal ab. Dillon erkannte das charakteristische, gedämpfte Krachen eines AK 47 mit Schalldämpfer sofort. Billy wurde auf den Rücken geworfen.

»Einer erledigt«, rief Rashid, dann verklang sein Lachen.

Dillon kroch zu Billy hinüber, der stöhnend nach Atem rang, und Dillon riss ihm das Hemd auf. Er tastete umher und fand die beiden Geschosse, die in der Titanweste steckten.

»Lass dir Zeit«, flüsterte er. »Du hast einen traumatischen Schock des Herz-Kreislauf-Systems, aber die Weste hat die Kugeln abgehalten. Kauf ein paar Wilkinson-Aktien.«

»Ich schaffe es«, keuchte Billy.

»Bleib liegen, bis deine Atmung sich normalisiert hat. Ich folge ihm auf den Glockenturm.«

Er stand auf, zog seinen Mantel aus und ließ ihn samt der Parker-Hale liegen. Als er quer durch den Saal ging und die Treppe hochstieg, war die Walther in seiner Rechten seine einzige Waffe.

Billy lag da und versuchte, seine Atmung zu beruhigen. Hinter ihm knarrte erneut die Tür zur Bibliothek. Lady Kate Rashid starrte auf ihn herab, dann hetzte sie durch den Saal und eilte Dillon nach.

Dillon befolgte keine besonderen Vorsichtsmaßnahmen, während er die Wendeltreppe des Glockenturms erklomm. Rashid wollte ihn da oben, wollte ihm entgegentreten, das war der entscheidende Aspekt der Situation. Neben der Tür ganz oben befand sich ein schmales Fenster. Er lugte hindurch und sah eine Fläche, bei der es sich offensichtlich um die Engelsterrasse handelte, aber kein Zeichen von Rashid.

Dillon öffnete die Tür, drückte sich flach an eine Seite und spähte hinaus. Der Regen hatte sich zu einem nahezu tropischen Guss gesteigert. Dillon sah ein geschwungenes Geländer und auf der anderen Seite das altmodische Dach aus Bleiplatten. Es fiel schräg zu einer Kante aus Granit ab, die etwa dreißig Zentimeter breit war.

Ohne dass er es wusste, stieg hinter ihm Kate Rashid die Wendeltreppe empor. Dillon holte tief Luft und trat in den Regen, die Walther in der ausgestreckten Hand. *Nichts.* Er holte gerade wieder Luft, als Paul Rashid sich von oben, vom Sims über der Tür, auf ihn stürzte. Dillon fiel auf die Knie und Rashid schlug ihm aufs rechte Handgelenk, so dass er die Walther fallen ließ. Er rammte Rashid den Ellbogen ins Gesicht und schaffte es aufzustehen. Als er sich umdrehte, sah er Rashid vor sich stehen. Die prächtige Uniform war klatschnass vom Regen.

»Nun denn, mein Freund, endlich!«

Er stürzte sich auf Dillon, und die beiden prallten aufeinander. Hinter ihnen ging die Tür auf und Kate erschien. Sie schrie auf, als das Gewicht des schwereren Rashid Dillon rücklings gegen das Geländer taumeln ließ. Sie rangen einen Augenblick miteinander, dann stürzten sie gemeinsam übers Geländer und rutschten in verschiedene Richtungen.

Der strömende Regen hatte die nassen Bleiplatten fast so schlüpfrig wie Eis werden lassen. Rashid schlitterte in die eine Richtung, wand sich und glitt über den Rand der Granitkante. Dillon rutschte ein paar Meter von ihm weg, hatte jedoch mehr Glück, weil seine Füße hart auf dem Granit aufkamen.

Langsam schob er sich am Dach entlang und streckte eine Hand aus. »Kommen Sie!«

»Scheren Sie sich zum Teufel!«

Unten hoben Joe Baxter und Billy die Köpfe.

»Um Himmels willen«, sagte Dillon, »nehmen Sie einfach meine Hand. Streiten können wir später.«

»Nein, verflucht noch mal.«

Ein Schrei erklang, und über den beiden tauchte Kate auf. »Paul, nein!« Sie duckte sich unter dem Geländer durch, rutschte die nassen Dachplatten herab und kam mit den Füßen auf der Granitkante auf. Rashid glitt weiter ab. Sie nahm allen Mut zusammen, streckte den Arm aus und packte seine linke Hand.

»Komm schon, Paul, halt dich an mir fest.« Das tat er einen Augenblick lang, doch sein Gewicht zog sie nach vorn, so dass sie um ein Haar mit dem Kopf voran über die Kante gestürzt wäre.

Paul lächelte zu ihr empor. In seinen Augen lagen nichts als Liebe, Verständnis und eine seltsame Anmut. Es war ein herzzerreißender Anblick, der sie den Rest ihres Lebens verfolgen würde.

»He, kleine Schwester, irgendwann muss mal ein Ende sein. Nicht auch noch du.«

Er löste seine Hand, und es sah fast so aus, als würde er von ihr fortschweben. Mitten in der Luft drehte er sich einmal um die eigene Achse, bevor er neben Billy und Baxter auf die Terrasse prallte.

Kate stieß keinen Schrei aus, nichts dergleichen. Es schien fast, als wäre jede Möglichkeit einer solchen Reaktion auf ewig in ihr gestorben, so groß war der Schock. Dillon erwischte ihre rechte Hand und griff nach der nächsten Kante der Dachplatten.

»Kommen Sie.« Einen Moment lang zögerte sie, und er versuchte es noch einmal. »Kommen Sie, wenn Sie nicht auch noch sterben wollen.«

Irgendetwas verließ sie mit einem schaudernden Seufzer. Dillon griff erneut nach oben und zog sich mit ihr zum Geländer empor.

Sie riss sich von ihm los, rannte die Treppe hinab und durch den Großen Saal. Dillon hob seinen Mantel auf und folgte ihr. Draußen blieb er stehen und legte ihr den Mantel um die Schultern, während sie bei ihrem Bruder kniete. Der leicht benommene Billy und Baxter standen neben ihr. Als sie den Blick hob, war ihr Gesicht unglaublich ruhig.

»Er ist tot. Sie haben alle umgebracht, Dillon, all meine Brüder.«

»Es tut mir Leid.« Das war eine instinktive Antwort und er wusste, dass die leer und töricht klang.

»Verschwinden Sie.«

»Um Gottes willen, Mädchen.«

»Das ist meine Sache, Dillon. Gehen Sie und nehmen Sie Ihre Leute mit. Ich kümmere mich später zu einem passenderen Zeitpunkt um Sie.«

Dillon zögerte, dann nickte er Baxter und Billy zu. »Gehen wir.«

Sie stiegen in den Jaguar, Baxter ließ den Motor an und fuhr los. Dillon drehte sich um und blickte zurück. Sie lag noch immer auf den Knien.

»Alles in Ordnung?«, fragte er Billy.

»Mir tut alles weh. Was ist da droben passiert?«

»Am Ende war es ein Kampf Mann gegen Mann. Wir sind übers Geländer auf das Dach gestürzt, und er ist über die Kante gerutscht. Ich habe ihm meine Hand gereicht, als er da hing, aber er wollte sie nicht. Kate ist zu uns gerutscht, aber er hat sie losgelassen, weil er dachte, sie würde auch abstürzen.« Als Dillon sich eine Zigarette ansteckte, zitterte seine Hand. »Er hat gesagt: ›He, kleine Schwester, irgendwann muss mal ein Ende sein. Nicht auch noch du.‹«

»Meine Güte«, sagte Billy. »Was hat sie denn damit gemeint, dass sie sich später zu einem passenderen Zeitpunkt um dich kümmern will?«

»Ganz einfach, Billy. Das bedeutet, es ist noch nicht vorbei. Aber jetzt sollte ich Ferguson anrufen.« Er zog sein Handy aus der Tasche.

Epilog
London

Für die Welt im Allgemeinen und die Medien im Besonderen war es eine sensationelle Story. Am Tag einer Familientragödie, nach der Bestattung zweier Brüder, war Paul Rashid, der Earl of Loch Dhu und einer der reichsten Männer der Welt, auf dem uralten Familiensitz von der Engelsterrasse des Glockenturms gestürzt.

Der Bericht seiner Schwester war einfach gewesen. Nachdem er den Empfang nach der Beerdigung verlassen hatte, sei er verstört gewesen. Er habe allein sein wollen und sei auf den Glockenturm gestiegen, einen seiner Lieblingsplätze. Die Journalisten hielten sich zurück, nicht nur wegen der gesellschaftlichen Stellung der Rashids, sondern auch, weil sie viel Kapital in Fernsehsender und Zeitungen investiert hatten. In den meisten Blättern war von einem tragischen Unfall die Rede; gelegentlich wurde ein Selbstmord angedeutet, aber das war auch schon alles.

Dagegen wurde in allen Zeitungen ausführlich über Paul Rashids Bestattung berichtet. Es war eine einfache Trauerfeier, zu der nicht einmal die Dorfbewohner von Dauncey eingeladen waren. Ein Imam aus London begleitete den Pfarrer, der einzige Trauergast war Lady Kate Rashid.

Doch wie üblich waren die Medien im Irrtum, denn es war noch jemand anwesend.

Sean Dillon ging nicht in die Kirche zur Trauerfeier. Er saß mit Billy im Jaguar und wartete.

»Es regnet wieder«, sagte Billy.

»Das tut es fast immer«, erwiderte Dillon.

Der Leichenzug kam aus der Kirche. Kate Rashid, nun die Countess of Loch Dhu, folgte dem Sarg. Dillon stieg aus dem Jaguar.

»Brauchst du den Schirm?«, fragte Billy.

»Was macht ein wenig Regen schon aus, Billy?«

Dillon wartete, bis sie das Mausoleum des Geschlechts der Dauncey erreicht hatten, dann ging er ein Stück vorwärts und stellte sich an den Rand des Kirchhofs, während der Pfarrer und der Imam ihre Gebete sprachen. Seltsamerweise hatte Kate keinen Schirm, und niemand hielt einen über sie. Wie üblich schwarz gekleidet, stand sie im Regen, während man den Sarg hineintrug. Ihr einziger Schutz war ein schwarzer Regenmantel. Der Pfarrer und der Imam gaben sich die Hand, die Leichenbestatter gingen davon.

Kate drehte sich um, ging davon und kam durch den Kirchhof auf das Tor zu, an dem Dillon stand. Fast sah es so aus, als bewegte sie sich in Zeitlupe. Sie war ganz allein; ein dunkler Hut beschattete ihr Gesicht, in dem sich keinerlei Gefühlsregung zeigte, nicht einmal, als sie sich Dillon näherte. Es war, als wäre er gar nicht da – nein, mehr noch, als existierte er nicht. Sie kam ihm so nahe, dass ihr Mantel ihn fast streifte, dann ging sie durchs Tor und die Straße entlang, die zu Dauncey Place führte. Dillon sah ihr einen Moment lang nach, dann kehrte er zum Jaguar zurück.

»Auf nach London.«

Billy ließ den Wagen an und fuhr los. »Das war's also?«

»Ich glaube nicht.«

Am Freitagabend derselben Woche trafen sie sich in der Piano-Bar des Dorchester: Harry und Billy, Ferguson und Dillon. Harry trug den Arm noch immer in der Schlinge, Ferguson sah man den gebrochenen Arm dagegen nicht mehr an. Dillon setzte sich ans Klavier, steckte sich eine Zigarette an und begann zu spielen. Er arbeitete sich durch ein paar Standards. Als Kate erschien, nahm er das wahr, ließ sich jedoch nichts anmerken und spielte einfach weiter.

Sie lehnte sich ans Klavier. »Das gefällt mir, Dillon. *A Foggy Day in London Town.*«

»Aus *Ein Fräulein in Nöten* mit Fred Astaire.«

»Ich habe den Film gesehen. Joan Fontaine war furchtbar, aber Sie sind gut – gut in allem.«

Da sie am nächsten Tisch saßen, konnten Ferguson und die beiden Salters das Gespräch mit anhören. Dillon schüttelte eine Marlboro aus der Packung und zündete sie mit seinem alten Zippo an.

»Was wollen Sie, Kate?«

»Nicht Sie allein, Dillon. Sie und Ihre Freunde.«

Sie wandte sich den anderen zu und stand in ihrem üblichen schwarzen Overall da, der allerdings aussah, als stammte er aus der Armani-Boutique und hätte dreitausend Pfund gekostet. Ihr schwarzes Haar war wunderbar geschnitten und es hing ihr bis auf die Schultern herab. Ausnahmsweise funkelten Schmuckstücke an ihrem Körper. Sie sah unglaublich aus, nicht nur erstaunlich schön, sondern auch stark und kraftvoll.

»Die Königin von Saba«, sagte Dillon leise.

»Tatsächlich?« Sie lächelte.

»O ja, und das ist nicht nur der arabische Einfluss. In jener Dorfkirche liegen Frauen aus dem Geschlecht der Dauncey mit marmornen Gesichtern, die denselben Ausdruck haben.«

»Ein größeres Kompliment hätten Sie mir nicht machen können.«

Dillon rutschte vom Klavierhocker und trat zu den anderen.

»Lady Loch Dhu«, sagte Ferguson förmlich, und alle erhoben sich.

»Setzen Sie sich, meine Herren.« Sie gehorchten. »Ich dachte, Sie würden sich freuen, wenn ich die heutigen Nachrichten vorwegnehme. Die amerikanischen und russischen Ölfirmen haben sich mit Rashid Investments auf die Bedingungen für Bohrungen in Hazar und dem umstrittenen Teil der Arabischen Wüste geeinigt. Der Aktienkurs eines gewissen Familienunternehmens ist dadurch sprunghaft gestiegen, was auch für mich als geschäftsführende Vorsitzende von Bedeutung ist.« Sie lächelte. »Gewaltige Kurssprünge in New York und London. Wir haben sieben Milliarden erreicht. Meine Buchhalter sagten, ich sei dadurch die reichste Frau der Welt geworden.«

Ferguson gelang es zu lächeln. »Großartig, meine Liebe.«

»Ich war mir sicher, dass Sie das sagen würden, General.«

Eine Weile herrschte Schweigen, dann bat Dillon: »Bringen Sie's hinter sich, Kate.«

Sie drehte sich um, lächelte leicht. »Entschuldigung, Dillon. Ich wollte nur sagen, dass ich vorhabe,

Sie alle zu vernichten. Das ist meine arabische Hälfte, wissen Sie? Ich hatte drei Brüder, und jetzt bin ich ganz allein.«

»Und wie soll das geschehen?«, fragte er sanft.

»Darauf kommt es eigentlich nicht an. Ich glaube an den alten Spruch, dass Rache ein Gericht ist, das man am besten kalt genießt. Ich kann warten.« Wieder lächelte sie. »Aber damit wandeln Sie, meine Herren, auf einem gefährlichen Pfad. Wenn Sie Ihren Wagen anlassen – wird er explodieren? Die Schritte in der Dunkelheit – sind es die eines Mörders?«

»Tun Sie, was Sie wollen, Schätzchen«, erwiderte Harry Salter. »Die Leute versuchen schon seit vierzig Jahren, mich umzulegen.«

»Danke für die Vorwarnung«, sagte Ferguson. »Sehr kultiviert.«

Kate lächelte Dillon an. »Vergessen Sie mich nicht, Sean, und denken Sie an das Motto der Dauncеys: *Ich kehre immer zurück.*«

Sie ging davon, unvergleichlich schön, ein Inbegriff der Eleganz.

Dillon sah ihr nach und sagte leise: »Oh, ich werde dich nicht vergessen, Kleine.«